Scrittori italiani e stranieri

Antonella Cilento

Lisario
o il piacere infinito delle donne

ROMANZO

MONDADORI

 www.librimondadori.it

Lisario o il piacere infinito delle donne
di Antonella Cilento
Collezione Scrittori italiani e stranieri

ISBN 978-88-04-63447-8

© 2014 Arnoldo Mondadori Editore S.p.A., Milano
I edizione marzo 2014
Anno 2014 - Ristampa   6 7

Lisario o il piacere infinito delle donne

a Paolo

M'interrogavo su questa nozione misteriosa: il sesso delle donne.

Michel Tournier, *Il re degli ontani*

... qui è una donna, là una statua; più in là, un
cadavere.

Honoré de Balzac, *Il capolavoro sconosciuto*

Se il nudo è una forma plastica si dovrebbe allora
giungere a sbarazzarsi della sua nudità. Ciò vuol
dire che da questo punto di vista il mondo estetico si
costituisce solo nella separazione di forma e desiderio, anche se la forma in questione raccoglie espres-
samente l'evocazione dei nostri più forti desideri.

Georges Didi-Huberman, *Aprire Venere*

Lettere
alla Signora Santissima della Corona delle Sette Spine
Immacolata Assunta e Semprevergine Maria

Signora mia Pregiatissima, Dolcissima e Valentissima,

oggi, addì 16 di marzo 1640, comincio questo segreto quaderno di lettere all'età di anni undici a seguito di gravissima malattia, ovvero, come ripete la Madre, disgrazia irrimediabile e, come chiosa Immarella, la serva, "nu guaio troppo esagerato".

Tu, che dalle Stelle vedi tutto, di certo conosci la mia casa ma, non volesse il Cielo Ti confondessi con un'altra Belisaria Morales, detta Lisario, per sicurezza aggiungo: abito nel Castello di Sua Maestà Cattolicissima di Spagna, Napoli, Sicilia e Portogallo, Filippo IV, Dio lo conservi, locato a Baia, presso la Splendidissima Città di Napoli e, comunque, basta che chiedi e tutti Ti sapranno dire chi è la Figlia Sfortunata che Ti scrive.

Ti chiederai come, dacché alle Femmine è vietato lo Studio: appresi a leggere un giorno di quattro anni orsono, mentre crescevo senza fratelli, essendo io nata da Madre Difettosa e menata nell'aia come Gallina senza istrumento, entrando in gran segreto nella Stanza del Padre dove erano i Libri. Curiosa, mi arrampicai sullo scranno per afferrarli, caddi e i tomi mi piombarono sulla testa!

Lì io credo Tu mi abbia illuminato, perché, da Gallina quale ero, mi ritrovai, ripresi i sensi, Sperta di Lettura, e, comprendendo ciò che il libro raccontava, lo rubai.

In pochi mesi appresi compiutamente il Leggere e lo Scrivere sfogliando e risfogliando quel solo Libro che chiamasi Novelle Esemplari *dell'eccellentissimo Signor Miguel de Zerbantes, da lui dedicato a don Pedro*

Fernández de Castro, Conte di Lemos. Ah, quale mondo si apriva ai miei occhi! Certo, subito fui tentata di rubare altri Libri dalla stanza del Padre: un'opera in versi, l'Orlando Furioso di Messer Ludovico Ariosto, un'avventura avventurosa nomata Lazarillo de Tormes di Anonimo e Ignoto Autore (Tu sai chi è, Suavissima?) e infine la commedia Otello o il Moro di Venezia di un albionico a nome Guglielmo Shakespeare.

Le recitavo tutte a memoria queste scritture, intanto rubandone altre, fino a che il Padre se ne accorse – dei furti! – e diede la colpa a Immarella, che alla parola Libro sgranava grandi gli occhi e muoveva la mano chiusa, come cucuzziello, valesi a dire zucchina.

Immarella fu punita e io in questa circostanza scansai disgrazia e appresi l'arte del Recitare, poiché ad altri dovevo ancora sembrare Gallina, ma avevo ormai anima di Volpe.

Suavissima, Ti prego però di tenere il silenzio e il segreto sul fatto che questa povera Cristiana sa scrivere e sa leggere poiché già troppe cose finirono male nella mia breve vita. Eccomi, quindi, alla ragione della Lettera.

Io ho il gozzo. Un brutto gozzo, Madonna Mia Dolcissima, che cresce e cresce. Colpa della mia costituzione canterina, dicono Madre e Padre, malata dalla nascita di straparola.

Infatti, appena partorita, già cantavo, squillante come tromba, tanto che il Medico guardò Madre e Padre, si fece il segno della Croce, e, per la vergogna, giù schiaffoni per farmi tacere: e io mi tacqui. Ma, crescendo, il vizio non scompariva, anzi vorticoso cresceva perché o io cantavo o io parlavo, come speditissimo predicatore, cosa vietatissima alle Piccole Femmine – e alle Grandi – dicendo tutto quello che mi passava per la testa.

Suavissima, mi informarono che la Femmina è nata per obbedire, tacere e soffrire. E, a conferma, ogni volta che io cantavo o parlavo, riceveva schiaffi e schiaffoni.

«Scignetella, agliòttiti la lengua!» dicevano le serve e complimenti simili così tanti che io il canto lo ringoiai una, due, mille volte ed ecco, all'improvviso, una grande palla in gola! E più mi dicevano di stare zitta, più mi si gonfiava delle parole che non potevo dire e delle canzoni che non potevo cantare!

Perché io, Suavissima, vorrei da grande fare la Cantante. Mi piacerebbe assai cantare l'opera melodrammatica dell'Illustrissimo Maestro Monteverdi, canzonette e balli di festa e le *Tue Lodi*, o mia Signora, ché già conosco tutti i canti di Chiesa in latino!

Ma finisco la *Triste Storia*: questo gozzo cresce e cresce e tre mesi fa il Padre chiama il Chirurgo e dice: «Taglia!».

E, con mio grande sconcerto, il chirurgo viene e prepara i coltelli.

Scappo, lo confesso, *Vigliacchissima Lepre*, inciampando lungo gli spalti del Castello, fra le gambe dei soldati, mi calo nel chiassetto, fra sozzure e merde, il gozzo quasi mi soffoca. A prezzo di Grande Schifo mi ero quasi salvata che, ecco, non mi viene il singhiozzo? E così mi sfilano a braccia dal chiassetto mentre non smetto di dibattermi, miserrima e lercia, e finisco legata sulla sedia del Chirurgo. E qui, *Orribilissimo Terrore*: mi piscio, mi caco, urlo! Ma, niente, neanche le implorazioni a Te, Signora Mia Dolcissima, mi salvano. Mi aprono la gola col coltello: sento uno strappo e vedo il sangue – il mio! – che cola sulla gonna. E penso: muoio.

Infatti, *Suavissima*, sono morta, per tre mesi. Ho dormito senza sogni, chi Ti scrive è Lisario defunta. Però, proprio ieri, mi sveglio e chi ti vedo? La Madre che piange al mio capezzale, il Padre serio, che la rimprovera. Così io provo a parlare per dire: sono viva! Ma non mi esce fiato, non una parola e odo le serve, che già conoscono la *Verità*: «Povera criatura, senza lengua! Essa c' 'a teneva accussì longa!».

Sono muta! Sono spenta, sono un Liuto senza Corda!

«'O Chirurgo ha sbagliato... Ha fatto nu guaio...» dice Immarella.

Corro per le mura, scappo, le mani sulla bocca. Che mi hanno fatto!

Da oggi solo Lettere a Te, Signora mia Dolcissima. Le nascondo qui, sotto le pietre, nella spiaggia del Castello, dove ora scrivo. Arrivano, mi cercano, che il mare le protegga.

Lisario, la Tua Servitrice

[...]

Suavissima Signora,

crescere è una pignatta! Io sono la pignatta e tutti mi vogliono rompere! Due anni che sono muta, s'approfittano che non mi sentono mai dire di no e allora: «Lisario fai questo, Lisario fai quello».

E Lisario, tonta, fa! Ma quest'impero va a cadere! Lisario prende il forcone e fa rivolta!

La Madre, poi, m'invidia perché lei è nana. E che ci posso fare se lei è stata fermata dalla mano dei Santi? A me i Santi, invece, dicono di continuo: cresci, cresci! E io m'allungo, come le alici che vengono dal mare. In fine, mi sono venute le regole! Quando ho visto il sangue sulla gonna, Suavissima, ho creduto che di nuovo m'avessero tagliato la gola. Nessuno mi aveva detto che è il normalissimo Sangue delle Donne e che da oggi posso anche io fare Figli.

Epperò, Suavissima, lo dico a Te: nessunissima voglia di fare Figli. Sarà peccato? Come farò?

Come farò a fare la Femmina?

Ah, Suavissima, io sogno di essere zingara e lazzaro, faina e falco, delfino e gabbiano!

Lisario, con il malo di panza, addì 20 gennaio 1642

[...]

Suavissima!!!

Da giorni nel Castello si parla di maritarmi.

Ma allora le mie preghiere, i miei voti, a che servono? Sposa!

E sposa di un vecchio bavoso e gottoso! No!!! Mi sembra di essere finita in una delle Novelle dell'eccellentissimo Signor di Zerbantes nomata "Il vecchio dell'Estremadura geloso"!

Ma non farò la fine di Leonora, chiusa in casa, senza conoscere uomo, creduta adultera e poi vedova e monaca! Piuttosto mi getto dalle mura del Castello! La Madre me l'ha presentato l'altrieri: un notabile napoletano, senza denti, il fiato marcio... «Nu viecchio e vavùso, che stuommaco... Viecchio e zezzùso, che curaggio ammuglià stu cesso cu na criaturella!» dicevano in coro piangendo Annella, Immarella e Maruzzella! Non posso, non posso! Una gran rabbia mi cresce dentro: alzo il pugno e avviso il Cielo, tanto nessuno mi sente, che d'ora in poi scriverò solo a Te, per significare cosa voglio e cosa no. E, poiché non vengo ascoltata, dormirò, come dopo il taglio del Chirurgo: giorni, settimane, mesi e anni e mai più, giuro su queste dita e questa croce e sputo a terra, mai più mi sveglierò!

Sia quel che sia!

Addio Mondo, Addio Napoli, Addio Suavissima!

Lisario muore, addì 6 luglio 1644

L'ANNO SEGUENTE

1

«Vai da don Ilario, dottore? Ah, c'è chi ha tutte le fortune a questo mondo... Eh, c'è il diavolo in quella casa... Stai a sentire, dottorino, tornatene a Madrid!»

Avicente Iguelmano era sceso dal mulo inciampando, imbragato da mutandoni e corregge che gli erano state appioppate perché non scivolasse lungo il tragitto, l'affanno che disegnava nuvole compatte nell'aria di ghiaccio. La guarnigione che aveva seguito da Napoli – uomini violenti e stanchi, che si erano adattati alle mollezze della capitale del Viceregno sposando e stuprando donne napoletane, avvezzi al vino più che alla disciplina –, profittando della distanza del capitano rumoreggiava e fischiava prendendosi beffe del ganzo spagnolo.

«È il diavolo che fa nevicare! Vedessi qui com'è caldo d'estate... È caldo fino a Natale... S'è mai visto un tempo così?»

Iguelmano, medico laureato, cittadino catalano di anni ventitré, aveva sentito dire nella sua madre patria, la Spagna Cattolicissima, che il Sud e le colonie erano calde in inverno più che l'Andalusia, il clima mite e il sole sempre splendente. Invece quel mattino, sul golfo di Pozzuoli, l'aria, intrisa dell'umido di otto giorni di continui acquazzoni, era gelata di colpo.

«Sembra di essere nelle Fiandre...» soffiò per farsi udire dal soldato che lo precedeva e si strinse, imprecando, nella cappa di panno leggero indossata immaginando la perenne estate coloniale. Iguelmano era esile di petto e insufficiente di stomaco, sembrava uno straccio bagnato.

«Ah, buone quelle! Il buco del culo del mondo!»

Il dottore non negò. Anzi, con un brivido di ribrezzo, tornò con la mente al breve quanto tempestoso apprendistato presso il più illustre chirurgo dell'Aja cui era appena sfuggito. L'incomprensione fra maestro e allievo era stata dettata dall'ignoranza del giovane Avicente, che si univa, per carattere, alla spocchia e all'orgoglio. Ma in Avicente le ragioni si configuravano diverse. Si mostrava cinico, per posa, mentre era di fondo insicuro e vigliacco e, di conseguenza, non tollerava alcun insegnamento.

Il maestro chirurgo dell'Aja, Reenart Helmbreker, l'aveva sorpreso a mescolare del sangue di vacca con acqua e feci per dimostrare che un suo paziente soffriva di emorroidi, poiché non tollerava di essere in errore. Helmbreker aveva aspettato, sperando in una redenzione che non sarebbe giunta, poiché è illusione di vecchi confidare nelle correzioni della vita: invece Avicente, disprezzando la seconda possibilità che gli veniva concessa, si era fatto sorprendere a sfogliare i quaderni privati del maestro ed era stato licenziato all'istante.

Per questo era a Napoli, perché qui nessuno ne conosceva i fallimenti. Di certo, nella seconda capitale dell'Impero, gli sarebbe stato facile trovare un cantuccio protetto in cui esercitare male quanto voleva la sua professione. L'accoglienza, tuttavia, non era stata delle migliori. Al porto era stato derubato di ogni suo avere, eccezion fatta per la lettera di presentazione che un suo vecchio compagno d'università, assurto a ben altra gloria, s'era premurato di scrivergli, in cambio della cancellazione di un antico debito di gioco, per un'anziana nobildonna invisa alla corte madrilena e ora di stanza a Napoli.

Il soldato, intanto, blaterava. «Sicuro, sicuro. È da quando Sua Eccellenza si mise in testa di edificare il castello che non ne va una giusta...»

«Cento anni fa... Colpa del vulcano!»

«Quale vulcano?» aveva chiesto ansioso Avicente.

Era un ganzo, non lo si poteva confondere con la marmaglia, ma un ganzo vigliacco: sin dallo sbarco aveva osservato inquieto l'ombra cilestrina del Vesuvio, imbiancato dalla tormenta.

Aveva un sacro terrore dei terremoti. Ne aveva passati, da bambino in Spagna, e non intendeva ripetere l'esperienza. Figurarsi lave e vulcani.

«Il monte. Come, dottore, non sai del monte? Ma sì, quello sorto in cinque notti.»

Il soldato che aveva parlato si era segnato tre volte. Era lo stesso che aveva nominato il diavolo. Una lunga cicatrice verdastra gli tagliava il volto, che Avicente fissò cercandovi, e trovandovi, i segni del vaiolo, del mal di fegato, della bile in eccesso, tracce di epidemie vecchie, la mascella storta, i denti marci. In breve: un figurino. Il soldato gli fiatò addosso e Avicente poté contemplare nel dettaglio la bocca, una caverna nera che esalava puzzo.

Non poteva avere tanti più anni di lui, al massimo ventotto, ma sembrava già un vecchio. Questa era la vita che Avicente non aveva mai voluto fare e che era disposto a fuggire con ogni mezzo, a costo di vendere angeli per gabbiani.

«Come può un monte sorgere in cinque notti?» domandò.

«Mio nonno c'era» rispose il soldato. «Era di stanza qui, sotto don Pedro da Toledo. Ci fu prima un boato spaventoso. Mai sentito un rumore di quel genere, disse, come se la terra si liberasse di pancia. E poi tutto un paese scomparso, le case tirate via come stuzzicadenti, gli alberi sradicati e incendiati. Uno sbotto di fuoco e un'aria puzzolente... Qui, dottore, la terra fiata marcio...»

Avicente Iguelmano ritrasse il naso dalla bocca del soldato e dall'aria locale, impennandolo, da cornacchia impressionabile qual era, e aspettò che altro gli venisse spiegato.

«Eccolo lì, il monte. Lo puoi vedere anche tu, dottore.» Il soldato indicò una collina fra le molte della zona, rossa fino in cima, che ora appariva grigiastra a causa delle piogge e del gelo. «Lo chiamano

Monte Nuovo. Io lo chiamerei il monte del diavolo... Chi abita qui è maledetto. E don Ilario al castello ne sa qualcosa...»

Avicente Iguelmano sobbalzò. Una mano enorme, come la zampa di un leone, gli s'era posata sulla spalla.

«Dottore, vi aspettano.»

2

«Lo sa il cielo perché mai abbiamo fatto di questa città una colonia...
Bisognava prendere altre terre. Questa non è ricca, non è bella ed
è abitata da gente irascibile. Pazzi, violenti, sporchi... Grand'affare prenderla agli Aragonesi. Già s'erano pentiti loro di averla presa agli Angioini! Città di tradimenti e di congiure... E non si trova
un panno di lino decente a pagare oro!»

Ecco la Señora Eleonora Fernanda Antigua di Mezzala, la destina-
taria della lettera di raccomandazione, due giorni prima dell'arrivo
del dottore al Castello di Baia. Avicente Iguelmano era andato subito a trovarla, secondo le istruzioni del suo compagno d'università.

La Señora di Mezzala era celebre per i suoi pareri vispi, così gli
aveva detto l'amico – questa era una delle ragioni che l'avevano
disgiunta dalla corte di Madrid –, e Avicente, che non osava contraddire alcuno se da questi dipendeva il suo destino, pensò tuttavia di far bella mostra di sé andando contro il giudizio della sua
nuova protettrice.

«Questa terra è ricchissima, Señora. E so che molti denari giun-
gono al re da questa città...»

Donna Eleonora aveva fissato il suo nuovo protetto con occhio
obliquo, valutandone l'affidabilità. Ne aveva abbastanza di parassiti, inclusi quelli che le saltellavano giù dalla parrucca.

«Voi siete un ingenuo...» tossicchiò. «Non c'è estate torrida in
cui io non mi penta d'essere venuta qui con mio marito e non c'è

inverno strano e pazzo, come questo, in cui io non rimpianga la neve di Madrid... Voi siete del Sud e conoscete solo il buon tempo del mare, ma Madrid... Ah, Madrid...»

Sì, non doveva spirare vento buono per la sua protettrice: la sala in cui Avicente era stato ricevuto si trovava nel vico detto dei Sanguini, una buia faglia di pietra, l'ennesima di una fitta rete in cui il dottore aveva perso subito l'orientamento. Quante rue, lave, cupe e vichi c'erano in quella maledetta città? La stanza in cui era stato alloggiato sentiva d'umido dalle pareti. Una serva larga come una palla d'obice e allegra come un impiccato gli aveva mostrato un pagliericcio impestato e si era ritirata a lavargli il vaso solo dopo che Avicente aveva protestato per la presenza di feci estranee nel suo gabinetto.

«In tal caso, Señora» si inchinò Avicente, «questa neve dovrebbe farvi sentire a vostro agio...»

«Nemmeno per sogno! Finirà che dovrò ricorrere alle vostre arti mediche se il freddo continua...» e poi, scrutandolo come se ne volesse eviscerare l'anima, aggiunse con un sibilo: «Perché come medico siete bravo, voi... o no?».

Avicente Iguelmano, temendo che notizie di Reenart Helmbreker l'avessero anticipato dall'Aja, sorrise sbiancando. «Faccio del mio meglio, Señora» sussurrò, pavido.

Annusando una trappola che non sapeva a che preda fosse destinata, la Señora rispose cullandosi le parole fra le labbra come un dolciume: «Del vostro meglio, dite?». Si spazzò con calma la gonna da certe bucce di mandorle che aveva in precedenza sgranocchiato e aggiunse: «E allora dovremo provarvi. Ci vorrebbe una malattia rara o un consulto difficile...».

Il cagnetto della Señora scese con un salto dal suo grembo e s'aggirò nervoso fra i vassoi di ossa che mandavano fetore agli angoli della sala. Un gigantesco uccello tropicale arrampicato e incatenato su un piatto d'ottone gettò un grido. Il cagnetto, in risposta, gli ringhiò.

«Ecco, ho trovato!» esclamò la Señora e si grattò il mento peloso mentre un curioso sorriso le si disegnava sul labbro. Nella sua aspra pelosità nera, il labbro contrastava con il belletto sparso a grosse strisce porpora sulle guance. «Vi manderemo da don Ilario, al castello. Non avete ancora sentito parlare di sua figlia?»

Iguelmano s'inchinò, negando.

«Davvero? È la favola della città! Dorme, mio caro dottorino, dorme di continuo!»

Avicente trattenne una risatina di nervi.

La Señora lo tacitò con una smorfia. «Dorme da *sei* mesi.»

Avicente inarcò le sopracciglia. Le gambe presero a tremargli, non avrebbe saputo dire il perché, ma tempo dopo si sarebbe rammentato di questo istante in cui la minaccia incombeva liquida sul suo futuro, sotto forma di fiaba.

«Da *sei* mesi dorme e non si sveglia mai. Sembra morta. Venti medici l'hanno visitata e tutti dicono che non vale la pena aspettare, meglio seppellirla. Però la ragazza respira, capite? E ingoia quel po' di liquidi e minestrine che don Ilario e sua moglie le fanno preparare.»

«Dunque, deglutisce dormendo?» disse a fil di voce Avicente Iguelmano, deglutendo a sua volta.

«È così! Ma non si sveglia!»

«Señora» azzardò il medico, esperto in menzogne, «è possibile che la ragazza finga.»

La Señora si alzò dalla sedia scolpita, un cuscino le cadde dal grembo e un servitore, lesto a sparire come un'ombra, venne a raccoglierlo. «Sciocchezze» mormorò guardando fuori dalla grande bifora che si apriva nella stanza del palazzo, che aveva conosciuto altri tempi, altri regnanti, altri fasti. «Se fingesse, qualcuno l'avrebbe scoperta. E poi, dottore, che ragioni avrebbe?»

Avicente si pizzicò il mento e agitò una mano a vanvera. «Suo padre vuole maritarla a suo dispetto?»

La Señora si voltò di colpo. «No. Che io sappia, non c'è alcuno sposo.»

«Allora» insisté il dottore «lei vuole maritarsi in segreto e suo padre ha opposto veto? Vedete, Señora, le donne sanno inventare numerosi sistemi per sopravvivere alle costrizioni...»

E, dicendo così, Avicente non sapeva quanto e come stesse descrivendo il suo futuro e il suo stesso destino.

La Señora lo trafisse con uno sguardo perfido: il dottore fu certo che quelli dovessero essere gli occhi delle Erinni in presenza di Oreste.

«In tal caso» aggiunse la spagnola con calcolata lentezza, «starà a voi scoprire la verità. Andate e verificate. Se saprete sciogliere il caso di don Ilario sarete medico mio e della mia famiglia, e il passo seguente sarà diventare medico del Viceré.»

3

A scrutare nel passato del giovane Avicente si rintracciava una tipica giovinezza da ganzo, trascorsa nelle osterie e nei saloni gentilizi di Lleida e Barcellona, una spensieratezza senza briglie, spendacciona e velleitaria: non fosse stato per la morte prematura di sua madre e la rovina economica dei nonni, niente e nessuno l'avrebbe costretto a praticare il mestiere di medico come suo padre. Avicente aveva bene in mente un matrimonio ricco e una maturità di pigra inettitudine.

Non c'era stato giorno della sua infanzia in cui Avicente non avesse giurato a se stesso e ai suoi cari che mai e poi mai avrebbe scelto di praticare la medicina che, pure, era stato costretto a studiare. Aveva in spregio gli strumenti medici, che trovava simili ad attrezzi di tortura, provava terror panico di pus e virulenze e aveva conati e svenimenti in presenza del sangue.

Anche adesso che era uomo, si svegliava spesso nel cuore della notte urlando, gli occhi colmi dello stesso sogno che gli aveva ossessionato l'infanzia, quando sua madre correva al capezzale chiedendogli di che incubo si trattasse, anche se ne conosceva già l'argomento poiché Avicente rispondeva, ogni volta: «L'Operazione». Causa di questo sogno era un preciso ricordo risalente ai suoi nove anni, quando aveva seguito suo padre a Padova, dove aveva assistito all'evento che continuava a visitarlo ogni notte.

Don Aleandro Iguelmano era un medico pio, rispettatissimo, finanziatore di ospedali, patrono delle arti, benefattore. Gli piaceva tenersi aggiornato sulla pratica medica e, una volta l'anno, si recava a Padova in visita al teatro anatomico della locale università.

«Bisogna conoscere le nuove teorie e le scoperte che di continuo si compiono» spiegava a suo figlio. «Restare indietro può costare caro! Se ne vedono di casi non risolti, di parcelle ritirate e se ne incontrano di buffoni senza esperienza, che si riempiono la bocca di esperimenti mai fatti!» ripeteva di continuo al figlio, che sapeva già di dover raddrizzare.

Avicente ricordava quel viaggio a Padova con precisione e timore: il tempo uggioso della città italiana, i suoi passi di bambino risuonare sul marmo delle scale e poi, attutiti dal legno, scomparire nelle stanze del teatro. Ricordava la sua pancetta di bimbo colitico, stretta dentro la blusa ricamata, traversare l'aria dei corridoi affollati, pieni di tutte quelle ginocchia e quelle calze colorate che erano l'unico panorama praticabile dalla sua scarsa altezza. E le scarpe, l'odore di cuoio, il puzzo dolciastro di piedi, gli intestini che esalavano dalle brache adulte, così pericolosamente vicine alla sua testa, e che gli preannunziavano evoluzioni destinate a divenirgli note: diarree, stipsi, dispepsie, umori putridi, urina non lavata. Crescere cominciò a sembrargli una pericolosa trasformazione, sconsigliabile, benché gli adulti fossero compiaciuti di questo loro stato maleolente e tenessero fra loro discorsi di un certo impegno nonostante il crescente precipitare dei propri fluidi corporei. Guardava suo padre colloquiare con i colleghi senza capire una parola dei loro discorsi: sembravano così sicuri mentre parlavano affondati nelle pappagorge, sussiegosi, come se la morte non li dovesse mai cogliere. Avicente era quasi certo ne conoscessero il segreto. Un segreto che non veniva detto mai ad alcuno e che riguardava, per l'appunto, l'immortalità. Forse erano convinti che la loro professione di medici li avrebbe salvati.

Traviato da quest'impressione, mentre stava fra piedi e deretani che concionavano nel corridoio di legno del teatro anatomico di

Padova, Avicente desiderò seguire davvero le orme di don Aleandro e farsi dottore per scampare alla morte.

Poi, però, un campanello aveva suonato e la piccola folla in attesa si era sciolta dentro l'imbuto del teatro anatomico.

Avicente in Spagna aveva visto un libro dove era illustrato l'Inferno con i suoi gironi. Un poeta italiano l'aveva descritto, poiché c'era andato in visita, e il ragazzo aveva molto apprezzato fuochi, ulcere e ghiaccioli, le teste dei dannati che urlavano fra ossa e moncherini. Ne aveva sorriso sprezzante: se quello era l'Inferno, non era poi così spaventoso.

Aveva avuto appena il tempo di pensare che il teatro, con le sue balaustrate concentriche, somigliava all'illustrazione del libro, quando, la mano nella mano di suo padre, aveva dato un urletto femmineo, che gli sarebbe stato rimproverato per tutta la vita. Don Aleandro Iguelmano aveva calato uno sguardo di disgusto sul figlio e Avicente s'era scostato un po', come se temesse che uno degli enormi sopraccigli del padre gli cascasse addosso. Si era aggrappato ai polpaccetti in radica della balconata e ci aveva spinto dentro la testa fino ad allungare gli occhi come un cinese. Da quella posizione aveva visto per la prima volta cosa ci fosse dentro un uomo.

Sulla tavola anatomica una cosa, che tutti chiamavano il Corpo, se ne stava sbudellata né più né meno che il maiale o il vitello nel negozio del macellaio. Pinze tenevano in elevazione nervi e tendini, puntelli rialzavano fasce muscolari in un gioco d'equilibrio che faceva somigliare il Corpo a un'orchestra da camera.

Avicente cercò con lo sguardo l'arpista che avrebbe dovuto suonare i tendini o il violoncellista che avrebbe pizzicato i muscoli, ma solo gigantesche pance vestite di nero e facce rubiconde circondate da merlettoni svolazzavano in curioso silenzio attorno alla cosa sventrata. Aveva già visto il becco d'uccello che copriva il volto di suo padre quando c'era rischio di contagio: anche lì, nel teatro anatomico, qualcuno portava la maschera, qualcuno invece svestiva la faccia per seguire meglio l'esperimento in ɔrso sul tavolo.

Avicente pensò allora che i medici non fossero uomini e segnò mentalmente questo teorema nel suo personale libro di vita.

Nella pancia del Corpo sul tavolo viscidi tubi rossi, organi verdi e blu e sangue, sangue, sangue venivano osservati da facce succhiate d'interesse. Qualcuno vomitava silenziosamente nel cappello, altri fuggivano. Il discorso del medico che teneva la lezione – Avicente a stento riusciva a vederlo ma ne udiva la voce tonante – era spesso interrotto dagli altrui conati.

«I dottorini escano!» aveva sbottato secco il conferenziere. «Lasciate spazio a chi non è debole di stomaco!»

Avicente si era stupito di non essere ancora svenuto e di non riuscire a smettere di guardare. Era impossibile smettere di guardare. E però gli sembrava, al tempo stesso, di aver violato una consegna antica, quasi di aver commesso peccato. Perché guardare così dentro il corpo umano era senz'altro peccato: poteva Dio volere che si vedessero i pezzi intimi della morte? Lunghe lacrime di cordoglio e pentimento gli scivolarono dalle guance.

«Illustri signori...» stava dicendo, intanto, il conferenziere.

E poiché molti interrompevano con domande, la formula veniva ripetuta e ripetuta, con toni sempre diversi. L'Operazione nel frattempo continuava, organi venivano asportati, il sistema venoso e quello arterioso esemplificati in disegni. Si discuteva di labbri leporini, occhi strabici, nasi adunchi: ad Avicente sembrava di possedere mille occhi e tutti senza palpebre.

Quindi, il tavolo era stato fatto ruotare e il corpo si era trovato a pochi palmi dalla balaustra fra i cui polpaccetti il figlio del dottor Iguelmano se ne stava incastrato. Odore di carne, di ferro, di alcool e l'aspro del sangue diluito nell'acqua dei secchi, lo stesso odore di quando la domenica in cucina si spellavano i capretti o i conigli, puzzo d'aceto per frollare, tutto aveva annusato Avicente prima di svenire, il corpo inerte rilasciato e la faccia appiccata fra le colonnine lignee da cui erano scivolate via le sue mani grassocce di bimbo. E, come dell'urletto femmineo, così anche di quello scomposto svenimento suo padre aveva fatto in modo ch'egli non si dimenticasse mai.

Ritornati a Siviglia, aveva detto alla moglie, presente la servitù, che Avicente era adatto solo per il seminario, che fra i monaci avrebbe senz'altro avuto il destino delle femmine: cucire, rassettare, cucinare. Di più a quel ragazzo non era dato chiedere. Tre anni dopo la madre debole e sottomessa, che gli teneva la mano durante gli incubi, era morta di un inspiegabile mal di gola. Il male misterioso, promessa di futuro, pareva aver ucciso alcuni anni prima a Napoli ben venti illustri sudditi, fra cui un poeta assai rinomato a nome Basile. L'epidemia era stata interrotta solo dall'intervento pietoso del venerato san Biagio.

Avicente aveva sentito gran colpa alla morte di sua madre e, invece, nessun rimpianto alla scomparsa, l'anno seguente, per dolore, solitudine e mal di cuore, di don Aleandro, ma si era fatto carico delle sue responsabilità e, fra mille spaventi deciso a ingannare la vita, s'era dato all'unica professione concessagli dalla sua storia familiare: la detestata, spaventosa medicina.

Gli era stato detto che c'erano medici che non avrebbero mai fatto i chirurghi, che somministravano pozioni e rimedi, che prescrivevano parole come cura. Studiò con attenzione le piante e le loro proprietà, si informò dell'anatomia solo dai libri. Divenne assai bravo a parlare, il nome di suo padre lo precedeva e la buona fama conquistata dal vecchio medico ne copriva l'insolente debolezza, così gli divenne facile ottenere benevolenza, che è sempre, in ogni tempo, cosa meno ardua a conquistarsi della stima.

4

Don Ilario Morales, comandante di guarnigione del Castello di Baia, e sua moglie Dominga avevano provato di tutto per risvegliare Lisario, la loro unica figlia, ma non c'era stato verso. Lisario era abbreviazione di Belisaria, poiché il nome intero era riservato alla donna sposata che un giorno avrebbe dovuto esistere al suo posto, ma tutti continuavano a chiamarla così a causa dell'oscuro presentimento che sarebbe rimasta per sempre mezza, né maschio né femmina, sospesa al suo stato animale che la rassomigliava a una lucente e verde lucertola, in quel luogo dell'adolescenza dove tutti gli esseri ancora sono spiriti del mare o dei boschi.

Lisario dormiva nella stanza del nuovo castello voluto dal Viceré e costruito con le lastre tufacee del Monte sorto in sole cinque notti dove, sei anni prima, don Ilario, di stanza con il reggimento, aveva portato a vivere anche la sua famiglia. Contava di andar via presto, di tornare a Toledo. Era un castigliano di antica schiatta e come lui sua moglie, erede di un casato che aveva cacciato i mori e che si era fregiato di numerosi eccidi di infedeli. Don Ilario non tollerava Napoli e la gente del posto, le facce greche e quelle che si erano infranciosate durante le dominazioni precedenti. Perché, se c'era un popolo che detestava più dei napoletani, erano i francesi, anche se gli inglesi arrivava a odiarli finanche di più, e senza remore.

Don Ilario faceva parte di quell'umanità senza certezze che mostra, perciò, di averne di solide, specie in quanto sostenute dalle armi: «... Qui c'è solo gente debole e ingovernabile, un popolaccio rozzo e nobiltà lecchina, dottore, e io non vedo l'ora che Madrid mi richiami. Non si può più vivere in questo Paese!» disse per prima cosa, facendo il verso senza volere alla Señora di Mezzala.

Avicente annuì, servile.

La stanza dove era stato ricevuto era ingombra di tende e di sedili, ma le pareti di nudo tufo trasudavano umido e freddo.

Un grande camino senza bellurie era tenuto acceso con dispendio di legna e il letto dove dormiva Lisario, chiuso da cortine, era circondato da bracieri.

La madre di Lisario, donna Dominga Morales, era nana. Aveva occhi glauchi per una progressiva cecità che l'affliggeva e si poggiava a una servetta napoletana che non apriva mai bocca, ma faceva facce espressive, i capelli chiusi in trecce pidocchiose.

Don Ilario invece era pingue e nervoso, debole di complessione e soggetto a scatti d'ira. Sua moglie non osava mai interromperlo, ma si intuiva che ogni parola detta dalla nana aveva un peso in quella famiglia e che il padrone aveva da chiedere prima consiglio a lei per non sbagliare.

Da quando Lisario s'era addormentata gli equilibri erano mutati, tant'è che, sentendo il marito ripetere per l'ennesima volta la stessa sentenza, la nana aveva sbuffato sonoramente e poi con voce secca aveva iniziato a spiegare al dottore tutto ciò che era stato messo in opera per la salute della figlia.

«... così abbiamo tentato suonando campanelli e poi tamburi e persino fatto squillare trombe. Con rumori improvvisi da suscitare paura o con musiche continue. Abbiamo urlato, fatto cantare e l'abbiamo scossa. Dio ci perdoni, l'abbiamo anche schiaffeggiata, punta e ferita. L'abbiamo portata all'aperto e in carrozza, l'abbiamo immersa nel mare sotto il castello, ha sorbito infusi e bevande, le sono stati praticati salassi e coppettazioni...»

«E non c'è stato mai alcun risultato?»

«Mai, nemmeno un piccolo cambiamento. Dorme. Dorme sempre, tranquilla.»

«E impacchi...?»

«Di ogni tipo! Dottore, siamo disperati: cosa si può ancora fare? Ci siamo ridotti a chiamare il prete e anche una strega che pratica da queste parti...»

«Vi prego, spero non continuiate a vedere certa gente!»

«No no, dottore, ma voi dovete capire... La nostra unica figlia... E ha solo sedici anni...»

«L'avete forzata, le avete chiesto di fare cose che non voleva?»

«Dottore» intervenne Dominga, «le figlie e le mogli fanno quel che dicono i padri e i mariti, non c'è altro da discutere. È la prima volta che...»

«No» li aveva interrotti don Ilario con voce alterata, «è già accaduto, ma mai per così tanti mesi.»

Avicente Iguelmano alzò una mano a chiedere scusa. «Perdonate, desidero visitarla da solo. Potete lasciarci?»

Don Ilario e sua moglie tentennarono. Al castello c'erano stati medici famosi, il medico del Viceré in persona, e nessuno aveva fatto una richiesta simile.

«Ve ne prego. Mi è necessario» insisté Avicente.

I due genitori, lisciandosi gli abiti neri con le mani, uscirono a malincuore, come se lasciare la figlia anche un solo istante potesse causare un danno irreparabile. La servetta napoletana lanciò al medico un'occhiataccia, quindi uscì a sua volta.

Fuori della stanza la nana mormorò, secca: «È catalano».

«Speriamo abbia la soluzione» aveva sospirato don Ilario.

Ma la nana aveva scosso il capo sfiduciata. «È catalano» aveva ripetuto, diffidente e definitiva.

5

Nella stanza di tufo l'eco sorda delle truppe acquartierate intente a manovre ed esercitazioni si udiva appena.

Era come se un antico assedio non avesse mai cessato di tenersi, il ricordo di una guerra mai sopita che si ordiva stancamente ogni giorno. Avicente, che aveva spesso viaggiato con le truppe in Spagna e nelle Fiandre e al seguito di una guarnigione era fuggito dall'Aja, c'era abituato, ma in quella stanza isolata, con il letto a baldacchino soffuso di luce di candela e una ragazza, invisibile, che vi dormiva dentro, gli parve per la prima volta che tutto quell'armarsi e difendersi e prepararsi avesse un che di innaturale.

I militari non sono uomini, fu il teorema che formulò per darsi un contegno, e non ne aveva pensato uno così definitivo dal tempo in cui aveva concepito la medesima sentenza sui medici nel teatro anatomico di Padova.

Il letto di Lisario era coperto di trine: ora che lo guardava meglio da vicino somigliava a un catafalco. Ciondoli, fermagli, gobbi d'argento e mani che facevano le corna, teste d'aglio, collanine di fiori, teschi d'avorio: Avicente si fece tre volte il segno della croce davanti all'apparato e degluti. Si avvicinò a piccoli passi e aprì la cortina. Il respiro di Lisario saliva a piccole onde, come l'acqua gorgogliante nella fontana di un chiostro. E mentre la fontanella gorgogliava, la bocca, il seno e le gambe mandavano profumo di mandorle mescolato a un certo sentore d'acido che Avicente verificò essere causato dal pitale sotto il letto e anche dal fatto che Lisario si pisciava addosso, nonostante le cure della servitù.

Lisario era bellissima, ma Avicente non pensò subito questa parola, "bellissima", perché non gli veniva alla mente. In verità, non ricordava più alcuna parola, come se non avesse mai imparato a parlare. Si sentiva cotone nella bocca, negli occhi, nel naso.

Era vestita d'azzurro, la pelle bianchissima e lunghi capelli neri che si aprivano a raggiera sul cuscino. La servetta doveva trascorrere ore e ore a pettinarla. Un'ombra di ginocchio s'impuntava sotto le coperte. Le mani erano lunghe, le unghie mangiucchiate, il naso assottigliato dal dimagrimento. Il collo fasciato con un merletto.

Avicente afferrò uno sgabello e si sedette accanto al letto.

Si tormentò le mani. Si strofinò una guancia. Un piede prese a battergli per terra senza che se ne rendesse conto.

Quindi scattò in piedi e uscì dalla stanza.

I Morales erano in piedi accanto a una delle balaustrate del castello. L'intero golfo di Pozzuoli si squadernò, cupo di tempesta, dinanzi ad Avicente. Le due figure nere si voltarono sentendolo arrivare di corsa: di colpo la creazione divina apparve nel suo terribile splendore per contrasto con la deformità dei vecchi.

«Ho bisogno di osservare vostra figlia per molte ore al giorno e per molti giorni» affannò il dottore.

Don Ilario sgranò gli occhi. «Quanti?» chiese spaventato.

«Molti» mormorò Avicente. «Molti.»

6

Trascorsero settimane. Le abitudini, facili a prendersi, si srotolavano come un rosario stabilito da secoli: Avicente arrivava, inciampava nella soglia della casamatta, salutava don Ilario, donna Dominga, superava la servetta e rispondeva alla sola questione possibile: «Non so cos'abbia vostra figlia, ma un'accurata osservazione darà i suoi frutti».

Quindi entrava nella stanza della bella addormentata, la servetta portava un vassoio di frutta e un bicchiere di vino, che Avicente puntualmente rifiutava. La porta veniva chiusa e la giornata scorreva in silenzio.

Una sola volta i Morales erano entrati e, trovando i loro doni rifiutati, se ne erano avuti a male, così da quel momento Avicente aveva deciso di fingere di bere e intascava un paio di mele uscendo al pomeriggio, così da mostrare gradimento per l'offerta. Tuttavia i giorni passavano, le ore di osservazione si allungavano e nulla sembrava mutare.

A furia di osservare, Avicente aveva scoperto che Lisario aveva tre nei nascosti su un lato del collo, dove terminava il merletto che veniva sostituito ogni giorno e sotto il quale non aveva ancora osato guardare, e che nell'incavo del ginocchio una voglia a forma di nuvola aveva macchiato la pelle, per il resto candidissima. Sapeva ormai che Lisario sotto le palpebre chiuse aveva gli occhi verdi, di un verde che alla luce delle candele faceva pensare al sottobosco d'estate e che brillavano nonostante fossero rovesciati verso l'interno e lasciassero in luce una cornea limpida e azzurrina. Aveva catalogato le dita che preferiva rosicchiare, il pollice e l'indice. Sapeva che una delle unghie del piede destro aveva rifiutato di crescere per un curioso vezzo di natura. Ma non aveva ancora scoperto perché Lisario dormisse.

La seconda settimana aveva chiesto di assistere ai pasti.

La servetta e donna Dominga erano entrate nella stanza con due piatti di minestra e avevano imboccato la morticina che sbrodolava sul cuscino ma, in effetti, deglutiva. Per evitare che s'affogasse l'avevano sollevata a sedere con molti cuscini, la servetta le teneva la fronte e donna Dominga l'imboccava, ma, essendo quasi cieca, spesso la sporcava. Avicente, innervosito da quel rito insensato, si era offerto di nutrire la malata al posto della madre. La nana si era molto alterata ed era corsa via piangendo, così Avicente si era dovuto scusare e aveva rinunziato ad assistere al rito del pasto.

La terza settimana aveva cercato il bicchiere di vino che gli veniva lasciato regolarmente e questa volta l'aveva bevuto tutto d'un fiato e poi aveva chiamato perché gliene portassero dell'altro. La servetta lo aveva fissato con meraviglia e sospetto, ma poi gli aveva lasciato l'intera caraffa. Il vino rosso luccicava dentro il cristallo panciuto e contro il manico d'argento: un baluginio d'arma e sangue aveva preso Avicente alla testa. Non aveva saputo più trattenersi.

«Perché dormi?» chiese a Lisario. «Perché non mi parli?»

Quindi la scoprì di colpo, lasciando che le coperte cadessero per terra. Il freddo di gennaio, nonostante i bracieri, fece rizzare i piccoli peli sulle gambe di Lisario che rimasero scoperte fino alle ginocchia puntute, le braccia divelte dal terremoto di lenzuola, i capelli sventolati ed elettrizzati. Ma a parte questo nulla mutò: il respiro gorgogliava, come sempre, in quieta fontanella.

Avicente bevve un altro bicchiere. Quindi tornò al catafalco e toccò le gambe di Lisario. Una leggera pressione, quindi una più forte. Era come toccare una statua di marmo, ma tiepida e pulsante. Tuttavia il gelo esterno stava avendo la meglio e il corpo andava rapidamente raffreddandosi. Non si sveglia perché ha freddo, pensò Avicente, ma era un pensiero del tutto scomposto e irrazionale. Tornò a bere. Le coperte non bastano, pensò ancora.

Tornò al letto e toccò il viso di Lisario, scese con le mani sui seni, i piccoli capezzoli irrigiditi, scese sulla pancia, che era diventata gonfia a furia di cibi liquidi e premuta gorgogliava come una raganella. Fontanella, chiostro, denti, raganella: le parole si addensavano e liquefacevano nella testa del medico senza alcun senso logico. Con due dita aprì le labbra di Lisario e le guardò la lingua inerte, i denti che erano bianchi davanti e gialli sul fondo, la saliva che scorreva e gli bagnava i polpastrelli. La lasciò e tornò a bere di nuovo. È come guardare un pesce morto al mercato, pensò, e provò rabbia. Tornò al catafalco, ma sbandava.

Mi vedranno uscire di qui ubriaco, cosa penseranno di me?, si disse. Con sforzo arrivò al letto e si afferrò a una colonna di legno, strappando una tenda. La porta non è chiusa a chiave, osservò. Ma era così lontana, irraggiungibile. E poi perché avrebbe dovuto chiuderla? Sollevò con delicatezza la veste azzurra di Lisario e la lasciò nuda fino alle costole. Il triangolo del pube, avvolto da una leggerissima braga di tela che arrivava fino alle cosce, ondeggiava, anch'esso appena scosso dal respiro. Lo carezzò leggermente, con l'indice e il medio. Le braghe si erano gonfiate d'aria per il gran svolazzare di vesti e coperte e il pelo pubico s'era arricciato di freddo. O di raccapriccio, pensò Avicente terrorizzato.

Una fessura della braga si aprì sotto le sue dita e la mano si trovò di colpo a carezzare la testa di un bambino ricciuto di pochi anni. Avicente aveva il cuore in gola. Affondò la mano. O era come il pelo di un gatto? E se si fosse mosso, la bestia l'avrebbe forse azzannato? Oh, sì: don Ilario l'avrebbe impiccato al legno di quel letto e la nana gli avrebbe strappato gli occhi. La sentiva già appollaiata sulla spalla che gli bisbigliava all'orecchio: "Adesso sono miei e potrò di nuovo vedere! Vedere con gli occhi di un uomo! Gli occhi di un medico catalano!".

L'avrebbero scomunicato ed evirato, il gatto peloso l'avrebbe

37

azzannato e due dita tagliate e sgocciolanti di sangue si sarebbero poggiate sul letto, mozzate. Avicente affannò. Ma le dita iniziarono a scendere, sfiorarono una cresta di carne morbida e presero a ondeggiare. Il gatto non morse. Ma nemmeno si svegliò.

Lisario vibrò appena. L'aveva immaginato?

Non poteva fermarsi, non poteva farsi domande, non c'era che proseguire e le dita sembravano muoversi da sole. Il viso di Avicente era rosso, gli occhi lacrimosi, la mano bollente e il resto del suo corpo freddo e sudato, ma vampe improvvise gli risalivano dai piedi verso il cervello. Mosse le dita lungo le curve di carne che incontrava oltre la scucitura della braga di Lisario, seguendo un percorso invisibile. Sono in una foresta, sono in una grotta, mi sono perso, si disse, imperlato di sudore. Le dita arrivarono in un luogo umido e segreto e se ne ritirarono a fatica, dopo un tempo che sembrò infinito. Lisario vibrava ancora. Avicente era certo di averle visto la bocca schiudersi appena.

Qualcuno bussava alla porta. Come sputato da un pozzo profondissimo Avicente riemerse nella stanza: sì, qualcuno bussava alla porta. Anzi, vista l'insistenza, doveva bussare da molto tempo. L'ho chiusa a chiave, pensò, travolto dal panico. L'ho chiusa senza accorgermene. E mentre ancora si chiedeva quando e come, aveva già ricoperto Lisario, rassettato le coperte e stava girando la chiave nella toppa.

La faccia bianca e rossa della servetta gli si piantò fra gli occhi sospettosa. Adesso avrebbe dovuto spiegare. Certo, doveva sembrare un mostro, con i capelli in disordine, sudato, la faccia rubizza e il fiato di vino.

Don Ilario e la nana stavano di certo per arrivare. Avicente immaginò il cielo azzurro di gennaio che squillava oltre il finestrone di tufo e dava sulla terrazza del castello e i soldati che stavano già alzando il patibolo per lui. Così, fissò la servetta senza vederla e urlò una frase che sarebbe stata la sua salvezza e, insieme, la sua condanna: «Ha fatto un movimento con la bocca! Ha fatto un movimento con la bocca!!!».

7

I Morales vollero sapere ogni cosa e Avicente, ovviamente, non spiegò un bel nulla. S'inventò che, a furia di osservarla, aveva trovato un certo modo di premerle i polsi che aveva provocato quella reazione. La nana non sembrava credergli davvero, ma don Ilario sì. E del resto non c'erano più altre speranze che concedere altro tempo al dottorino venuto da Napoli. Se fosse riuscito sarebbe stato un vero miracolo.

Avicente ottenne che la stanza fosse chiusa a chiave ogni mattino e che nessuno venisse mai a disturbarlo.

«E 'o vino?» gli chiese la servetta, stizzita.

«Me ne basterà un bicchiere, grazie» borbottò confuso.

Il giorno seguente procedette con ordine, lucidamente. Non stava praticando alcuna cura, e lo sapeva. Stava facendo solo quel che gli piaceva. Ma non poteva smettere. Tolse le lenzuola, abbassò le braghe di Lisario e rimase a contemplare il triangolo di pube castano. Con due dita sfiorò di nuovo la cresta di carne che spuntava rosea. Lisario vibrò. Avicente sudò e, spaventato, ritirò la mano. Con il vino era stato più facile. No, no: il suo dovere era osservare, glielo avevano ripetuto suo padre, i libri di studio e Helmbreker fino alla nausea. Tornò a sfiorare la carne del pube, si riaddentrò, provò un movimento, ne provò un altro. Il tremito riprese come un soffio. Avicente urtò contro la sbarra di legno del catafalco: era eccitato e la sua erezione schiacciata gli provocò un lamento. Due lacrime di dolore gli scesero lungo il volto.

Lisario, invece, sembrava ridere.

Sì, Lisario stava sorridendo, gli angoli della bocca rivolti verso l'alto. Avicente riprese a sfiorarla. Ecco che un leggero tremore la prese tutta e un sospiro le uscì dalle labbra. Avicente insisté. Questa volta con maggiore partecipazione: ecco, Lisario era diventata umida, il mondo si era capovolto, il dottore tremava e dalla bocca della malata era uscita un gemito.

Avicente non si fermò. Il gemito si fece più lungo. Allora staccò di colpo la mano dal pube. «Siete sveglia? Volete prendervi gioco di me?» urlò.

Ma Lisario, interrotto il contatto, era precipitata in un silenzio perfetto e il suo corpo era di nuovo inerte, freddo e addormentato, come se nulla fosse mai accaduto.

Avicente, irritato e pieno di vergogna, la scosse per le spalle. «Mi sentite? Mi sentite?!!»

Non ci fu riposta. Nella stanza cadde un silenzio perfetto.

Aveva letto libri e libri sull'utero delle donne, sulla riproduzione e sui neonati, sfogliato illustrazioni antiche e moderne, ma aveva sempre avuto l'impressione di non capirci nulla. E che anche chi ne scriveva non ci capisse nulla. Tuttavia aveva un sacro terrore di ammetterlo, come l'avevano avuto tutti i medici che lo avevano preceduto e quelli che l'avrebbero seguito. Ma se dell'utero non sapeva niente, che gli piacesse o meno, di quel pube, di quella vulva che provocava movimenti e gemiti ne sapeva ancora meno. Oh, sì: era stato nei bordelli. Conosceva bene quelli della costa spagnola, dell'Aja e, benché fosse lì da poco, anche di Napoli. Ma insomma, anche in un bordello, mica aveva perso tempo a toccare il pube delle prostitute. Che sciocchezze: sapeva benissimo cosa voleva e anche loro lo sapevano. C'erano tanti modi e, certo, li aveva sperimentati tutti, per provare piacere. Per far provare piacere all'uomo. Ma che importava se la donna lo provava? Era superfluo.

Steso sulla branda che i militari di stanza gli avevano attrezzato sulla terrazza del castello, perché riposasse durante le visite, Avicente s'addormentava spesso, rimuginando sulla propria ignoranza e indignato per il mistero sciocco delle donne, che non sapeva svelare e che rompeva l'ordine semplice dell'universo, chiaramente creato per l'uomo. Quella Lisario era un disordine di natura, era evidente. Di notte non poteva impedirsi di sognarla, però, nella sua casa napoletana e di risvegliarsi con braghe e pentoloni imbrattati.

Poi, una notte che era tornato particolarmente stanco e assatanato, fece un sogno curioso. Era a letto in camicia e papalina, ma in strada, steso in un cortile buio e profondo. Dalle finestre del cortile si erano affacciati, uno alla volta, cinque uomini in abito religioso.

"Chi siete?" urlava Avicente in spagnolo. "La Santa Inquisizione?"

"Uh, ce scagnano sempre pe' chilli jettatori, Gaetà!" disse uno dei cinque all'uomo che occupava la finestra centrale, la testa avvolta da una specie di aureola.

"No, figliolo, siamo i Teatini. Io sono san Gaetano, lui è il beato Giovanni..."

"E a nuie?" protestarono gli altri. "A nuie nun ce prisienta maie!"

"Pazienza, fratelli, pazienza. E loro sono..." e disse i nomi, ma Avicente non li udì.

"Come? Chi avete detto?"

"Sono..." e di nuovo i nomi non si sentirono. Gli altri protestarono.

"Va bene, va bene, non ha importanza, quel che conta è che siamo qui per fermarti, figliolo. Noi siamo venuti a Napoli cento anni fa per riformare il clero... e anche gli umili... e i nobili e i dottori come te... Lascia stare la ragazza. Lasciala stare e te la caverai..."

Ma Avicente, passata la paura, si era alzato nel letto e aveva agitato furioso il pugno: "Andatevene, seccatori molesti! Cosa capite voi della scienza! Andatevene!" e aveva inveito così forte che i cinque religiosi erano svaniti dalle finestre e si era ritrovato nel suo vero letto, sveglio, ad agitare il pungo, la fronte imperlata di sudore.

Promise a se stesso che sogni con preti, frati, monaci e santi non ne avrebbe fatti più e ricominciò a sognare le belle forme di Lisario.

9

Un mese dopo il suo primo ingresso al castello, Avicente si presentò determinato a dimostrare che la scienza non era disponibile a farsi prendere in giro dalle donne.

Entrò nella stanza di Lisario, rifiutò il vino, si chiuse a chiave e si rimboccò le maniche della camicia. Avrebbe fatto quel che c'era da fare, senza lasciarsi confondere. Svestì la malata, le mise una mano fredda fra le gambe e ripeté a memoria i movimenti che aveva fatto nei giorni precedenti. Senza partecipare, senza lasciarsi ottenebrare o confondere. Da medico, da osservatore. Fece e rifece, ma Lisario non si mosse. Ebbe solo un piccolo scatto col piede: l'alluce sinistro si stirò, niente di più. Dopo dieci minuti Avicente ritirò la mano fredda e asciutta e andò a sedere, depresso.

Aveva fallito. Doveva fuggire dal castello, chiedere scusa per la sua deficienza a don Ilario e tornarsene a Napoli, anzi forse sarebbe stato bene tornare a Barcellona o a Lleida a chiedere l'elemosina per le strade, tanto mai e poi mai, dopo un simile fallimento, la Señora l'avrebbe presentato al Viceré.

E mentre si stropicciava la fronte e si tormentava gli occhi, la mano gli finì sotto il naso e l'odore di Lisario si intrufolò suo malgrado nelle narici. Avicente si ubriacò senza vino. La depressione si trasformò in furia, tornò al letto e accusò la degente: «Voi volete portarmi alla pazzia!».

Quindi la carezzò sulle braccia, la spogliò del tutto, tanto la stanza era chiusa, e si spogliò a sua volta... ma cosa stava facendo?

Non sapeva fermarsi: le si coricò accanto e rifece, questa volta con partecipazione, i movimenti che credeva d'aver imparato a memoria e che invece non conosceva affatto, né avrebbe mai saputo apprendere al punto da spiegarli ad altri. Lisario si fece calda e umida, il mondo si capovolse, le cortine del letto si rovesciarono sulla testa dei due amanti, la schiena di Lisario s'inarcò e la bocca le si spalancò come per gridare. Sono perso, ebbe la lucidità di pensare Avicente, quindi le coprì la bocca con una mano. Lisario gliela leccò, a occhi chiusi. Con una serie di sussulti terminò e dietro di lei spruzzò seme nella mano anche Avicente.

Per molte settimane la cura continuò.

Lisario non si svegliava, ma provava piacere e il suo dottore con lei. Venne il Carnevale, passò, iniziò la Quaresima. I Morales volevano sapere ora cosa sarebbe accaduto, ma Avicente Iguelmano ripeteva solo che gli abbisognava altro tempo. L'appuntamento con la dormiente era diventato la sua malattia. Tuttavia, giunta la primavera, poiché Lisario Morales non si svegliava, don Ilario e sua moglie gentilmente lo congedarono.

Sconfitto, salutò, rifiutò ogni pagamento e se ne tornò nella sua casa nel vico napoletano in lacrime. Solo su una cosa era stato irremovibile con se stesso: non aveva mai deflorato la paziente, ed era già qualcosa. Il suo era un crimine senza prove.

La Señora lo ricevette nuovamente nella sua casa, che altri sovrani di altri Paesi avevano edificato lì dove gli antichi facevano gare con le fiaccole, in vico Lampadio, e lo considerò con formale disattenzione. Al cagnetto che gli si avvicinava cercò di fare una carezza, ma quello gli pisciò su una caviglia. L'uccello esotico che gracchiava sul trespolo lo ignorò. La sua carriera nelle colonie era finita. Il giorno seguente la fine delle sue visite al castello, i bagagli di Avicente erano già pronti e una nave stava per salpare con il medico.

Poi, lesta come una volpe, da Baia arrivò la notizia.

Lisario Morales si era svegliata.

E aveva fame.

«Eh, quella montagna tornerà a esplodere, vedrete...»

Il vecchio con la lepre sulla spalla aveva parlato grattandosi le pulci. Non c'era gesto che non comprendesse una solenne grattata. Avicente si era messo a discreta distanza, pur conoscendo l'inutilità della manovra. Anche la Señora, che pure aveva a disposizione una grande vasca di metallo per lavarsi, era un ricettacolo di pulci. Anzi, con la spidocchiera ricevuta in dono da un Grande di Spagna si faceva spesso aria, spedendo i parassiti a svolazzare per la grande sala gotica. Si era fatta anche ritrarre da un pittore famoso con l'arnese indossato insieme alla parrucca più alta che Avicente avesse mai visto. Ma il vecchio, dall'intensità e dalla regolarità con cui si grattava, non lo si sarebbe detto infestato, piuttosto doveva avere un qualche tipo di rogna o un'infezione da vaiolo.

Avicente, che pure condivideva il carro con l'uomo, si ritrasse ancor più nel suo mantello. La convocazione dei Morales era stata immediata: correva, alla velocità possibile per il carretto, verso la giovane rediviva.

«Ho sentito che presto esploderà anche il Vesuvio...» aveva mormorato, nervoso, e la donna che era seduta a cassetta accanto al vecchio aveva risposto in napoletano.

«Zompa pe' ll'aria una continuazione, 'cellenza. Zompa peggio de la panza mia quanno m'abbuffo 'e fasule... Ma chello c'adda zumpà nun è 'a muntagna, è lu popolo...» E si era fatta una grande risata.

Anche il dottore aveva sorriso, pallidissimo.

La donna per meglio esemplificare aveva alzato una chiappa e, senza smettere di condurre il somaro, aveva sparato una sonora scorreggia continuando a ridere.

Il Castello di Baia comparve dietro una curva, il mare alla loro sinistra era uno sfavillio di luce.

«Ah, chest' è giurnat' 'e maruzze!» aveva sentenziato il vecchio.

In effetti, nonostante fosse marzo e il tempo mutasse di continuo, la primavera era esplosa, l'aria s'era intiepidita e luminose promesse della futura estate illuminavano ora il mare, ora la campagna. Le barche stendevano vele bianche scivolando sull'acqua liscia come olio. Doveva essere di certo stata un'alba pescosa a giudicare dalle grida che arrivavano dal porto, nonostante l'ora prima del mercato fosse ormai trascorsa e nelle ceste non restassero che scorfani e anguille.

Avicente era nervoso. Provava l'impulso furioso di grattarsi anche lui, come il vecchio della lepre, ma l'educazione glielo impediva.

Sospirò. Non era diverso il suo stato d'animo da quello che aveva vissuto da bambino durante l'Operazione. Lo stomaco gli andava su e giù a seconda delle fosse e dei sassi: Lisario l'avrebbe accusato? Era sveglia, aveva sentito? O nel sonno avrebbe comunque ricordato? Stava per essere linciato come stupratore?

Avicente salutò i suoi accompagnatori. La donna ricambiò festosa con un'altra scorreggia. Una degna cornice, pensò il dottore, scivolando con le suole di cuoio sul brecciolino steso per far salire i cavalli, infestato da merde e mosche, e si avviò verso la forca con il cappello piumato scosso dal vento. Un brivido di freddo gli trapassò la spina dorsale. Ufficialmente volevano ringraziarlo, così aveva detto la Señora.

Forse Lisario aveva taciuto? Ma sia che Lisario aspettasse di vederlo e rinfacciargli l'abominio commesso, sia che invece i genitori sapessero e l'invito fosse una trappola per ucciderlo sul terrazzo del castello, la situazione non cambiava: la sua carriera era finita, la sua vita destinata alla rovina. Tanto valeva sbrigarsela in fretta e morire sul colpo. Gli avrebbero sparato o l'avrebbero passato a fil di lama? Don Ilario era di Toledo: lama, lama, era sicuro.

Mentre il carro riprendeva lento il suo viaggio verso Pozzuoli, salì la rampa d'accesso a piedi.

Nella solita stanza la famiglia lo attendeva al completo, unica differenza, in piedi fra loro, Lisario, più piccola di quel che s'aspettava, vestita a festa, un po' pallida e sempre con il merletto attorno al collo. Avicente incrociò il suo sguardo tremando ma lei lo guardò senza interesse e senza emozione. Aveva un'espressione diffidente e distratta, come se pensasse ad altro, ma era bellissima – la parola gli balenò in mente immediata e insieme provò un vuoto in petto – e, se possibile, lo era anche più di quanto ricordava.

Donna Dominga per una volta anticipò il marito. Si alzò e si avvicinò ad Avicente, che, intanto, era stato fatto accomodare. In piedi era alta quanto il dottore seduto e quindi si trovarono faccia a faccia. Le dita gli si contrassero in attesa di uno schiaffo o uno sputo.

La nana invece aprì le braccia e gli si avvinghiò al collo. Piangeva. Piangeva e ringraziava. Senza posa. «Voi mi avete ridato mia figlia, che Iddio vi benedica, voi siete un santo, un santo!» e altre frasi così, scomposte e insensate.

Le serve, inclusa la servetta del vino, ridevano e applaudivano e chi si asciugava la faccia, chi abbracciava la compagna, chi applaudiva come a teatro. Anche i soldati, convocati con grande pena del dottore, che riconosceva in loro la scorta della sua esecuzione, si guardavano fra loro inteneriti.

Don Ilario andò a staccare la moglie dal collo di Iguelmano, che era letteralmente avvampato. «Vi dobbiamo tutto, signore. La salute di nostra figlia è tornata grazie a voi. Questo è un vero miracolo e voi dovete prendervene il merito e le lodi.»

E per oltre mezz'ora i complimenti fioccarono, una cassetta di denari fu posta ai piedi di Avicente, il vino fu fatto girare in abbondanza e nessuno, nessuno mai, si sognò di accusare il medico.

«Ci pensate? Un catalano... E io che pensavo non fosse buono a niente...» mormorava la nana e sospirava.

Cercò nella confusione lo sguardo di Lisario, ma la ragazza giocava con un uccellino chiuso in gabbia, del tutto indifferente a quanto le accadeva attorno.

«E tu? Tu non ringrazi il dottore?» Don Ilario stava spingendo la figlia verso Avicente.

Lisario, un po' seccata, un po' intimidita, si fece avanti.

Le vedrò negli occhi se ricorda, pensò Avicente. E gli venne di abbassare i suoi, pieno di vergogna com'era.

La ragazza s'inchinò e calò il capo, quindi risaltellò diritta. Eseguiva un compito, tutto lì. Non ricordava. Non sapeva nulla di quanto era accaduto. Era un vero miracolo.

Avicente sentì gli occhi riempirsi di lacrime e dovette deglutire due volte prima di poter rispondere, da uomo: «È stato un piacere, signora. Un vero piacere».

E non stava mentendo. Solo allora, per un istante fugacissimo, gli occhi di Lisario lampeggiarono, verdi, come quelli di una belva in agguato. Avicente le fissò il volto per spiarne il significato, ma un istante dopo già non c'era più traccia di quell'espressione. Doveva essersi sbagliato. O no? «Mi piacerebbe sentire la vostra voce, ora che state bene...» disse.

Ma fu don Ilario a battergli una mano sulla spalla: «Che dite, dottore? Non sapete che mia figlia è muta?».

Il dottor Iguelmano tornò a Napoli carico di meraviglia e dorato di gloria. Se anche Lisario avesse voluto confessare qualcosa, qualcosa che di certo non ricordava, non poteva farlo! Ecco il perché della gola fasciata e del merletto: un'operazione subìta da bambina, aveva spiegato don Ilario, un gozzo che era esploso. E da allora Lisario era rimasta senza parole.

Il delitto perfetto. Avicente balzava su un piede solo e suonava il tamburello. Adesso tutte le porte gli si sarebbero aperte, incluse quelle del Palazzo del Viceré, la fortuna e la felicità l'attendevano. Carriera, denaro, clienti. La Señora l'avrebbe finalmente aiutato e da vico Lampadio sarebbe passato ad abitare in uno di quei palazzi fastosi che nella capitale del Regno abbondavano, circondati da giardini che sembravano boschi, abitati da giaguari e pavoni, con fonti private, cascate e fontane accanto alle quali leggere versi di immortale bellezza o ridicole lettere d'amore. Tutto, dal bagno in vasche di marmo al piacere di un paio di scarpe nuove, dalle grazie di duchesse e contesse ai seni di una serva, dalle carrozze agli attrezzi chirurgici nuovi di zecca, dai viaggi al cibo, sembrava a portata di mano e con queste cose anche una prospettiva di gioia immortale. Così erano i Campi Elisi: il nome Iguelmano scolpito a lettere d'oro accanto a quelli di Enea, Carlo V, Achille e san Gennaro.

Se ne stava così da ore, in panciolle nel suo letto di studente a prefigurarsi guadagni e onori, quando gli fu recapitata la lettera.

La missiva, chiusa in ceralacca, recitava grosso modo:

Eccellentissimo Dottor Iguelmano,

in considerazione del Vostro altissimo servizio e dell'incommensurabile gioia che Voi avete recato alla mia famiglia, pregiateVi di accettare un'offerta che dovrebbe recarVi altrettanto piacere di quello che Voi avete saputo recare alla nostra umile dimora. Signore, Vi offro la mano di mia figlia.

Per sempre Vostro,

Don Ilario Morales

Avicente cadde dal letto, come se una mano di gigante l'avesse preso e spinto a rotoloni giù per un burrone: era così certo di averla fatta franca che, povera volpe, non si era accorto della trappola.

Lettere
alla Signora Santissima della Corona delle Sette Spine Immacolata Assunta e Semprevergine Maria

Signora mia Pregiatissima, Dolcissima e Valentissima,

mi sembra di essere caduta in una delle novelle del Signor di Zerbantes ed esattamente in quella nomata "La forza del sangue"! Sono forse io Leocadia? Tu che l'hai letta, Signora – leggete le Novelle sulle Celesti Nubi? – sai cosa intendo: Leocadia, rapita in viaggio ai suoi genitori, si sveglia disonorata fra le braccia del libertino Ridolfo che l'abbandona e l'ingravida. Anni dopo, quando il figlio ormai è un bambino, viene combinato il matrimonio proprio fra lei e Ridolfo, che è fuggito a Napoli per disonore. Ma né Ridolfo né Leocadia sanno di essere destinati l'un l'altra. Lei alla sua vista sviene e si risveglia fra le braccia del ribaldo, che ora non è più ribaldo ma marito! E non ero io addormentata quando il signor Iguelmano si è presentato al Castello? E non mi ha egli disonorato? E non sono ora sua promessa sposa? Qui finisce il paragone con il Signor di Zerbantes. Perché io credo che il mio futuro marito abbia qualche dubbio su cosa io ricordi dei mesi scorsi...

Avrei forse dovuto spiegare al Padre e alla Madre l'accaduto, poiché io sentiva eccome quel che accadeva mentre ero nel letto? Ma per spiegare avrei dovuto scrivere e qui nessuno sa che io so farlo! Avrei dovuto dire come Leocadia: "Bada, traditore e uomo senz'anima, chiunque tu sia"...

"Chirurgo!" avrei dovuto aggiungere, "infame imbroglione del tuo mestiere!, che le spoglie che mi hai tolto sono solo quelle che avresti potuto prendere a un tronco o a una colonna senza vita, e la tua vittoria e il tuo trionfo avranno eco nell'infamia e nel disprezzo."

Mah! E chi immaginava poi che mi sarei ritrovata per sposo l'uomo con cui mio Padre crede di disobbligarsi!

Ah, se ragionano così i Padri!

Senti, Suavissima, il padre di Leocadia: "E bada, figlia mia, che nuoce più un'oncia di pubblico disonore che molte libbre di infamia segreta. E giacché puoi vivere onorata davanti a Dio in pubblico, non ti affliggere se sei disonorata in segreto al suo cospetto...".

In ogni caso, mi ha preso un entusiasmo, un'agitazione!

E lo stesso entusiasmo ha preso Immarella, Annella e Maruzzella. È tutto un via vai di vestiti e di scarpe, di profumi e belletti: «Mettiteve l'acqua di cucuzza... tèccoti nu piezzo de rossetto... pruova le pianelle de sughero arricamate... guarda che belli sciqquaglie... pruova la grandiglia... guarda la nova sosciata!». Calze, spilli, colletti, ventagli e orecchini pendenti, camicie di tela di Bretagna, pizzilli, trugli, buccoli, guardinfanti, colli à la confusion, scarlattino, raso, seta... Suavissima, sembrami di essere una statua che tutti vogliono vestire!

Ma il matrimonio... Cos'è questo matrimonio? Il chirurgo non mi dispiace, anche se la Madre insiste a dire: «È solo un ganzo!», salvo poi correggersi: «Un ganzo che fa i miracoli!». E io non posso nemmeno immaginare la faccia che farebbe se sapesse di che miracoli si parla... Suavissima Signora, in confidenza, se mi posso permettere, ma a Te Giuseppe che chiedeva? Tu che sei stata moglie e madre dimmi: anche Tu come tutte le altre donne avrai provato piacere... O no? Perdonami, Suavissima, lo so, lo so: sono Domande Scellerate!

Di certo il tuo Sposo Santo me lo immagino paziente, lavoratore, silenzioso. Epperò, mi faccio l'idea, a dispetto del Signor di Zerbantes o di Mastro Shakespeare che inventano vite di donne ma essi donne non sono, che non dev'essere per forza divertente vivere tutta la vita con un uomo tanto paziente e lavoratore e silenzioso...

Scusa Suavissima, ma l'Angelo del Signore, biondo e prestante, con quelle grandi ali, non era tanto più bello del tuo Sposo, che sembra invece vecchio e stanco, sempre a seguirti di corsa? E la Notte Santa vai da una locanda all'altra, e in Egitto vai da una palma a una duna... Per forza ti cresce la barba e ti vengono i cerchi agli occhi.

E, Signora, ma per caso hai Tu dato fratelli a Nostro Signore? Sorelle? Ce l'ha fatta il tuo Santo Sposo a varcare la Soglia che Nostro Signore ha varcato con il suo Spirito Santo?

A guardarmi la mia di soglia mi sembra che ci voglia ben altro dello Spirito Santo, ma Tu perdoni questa Gallina che ha imparato a leggere, vero Signora? Potessi, canterei le tue lodi e sono sicura che con la lingua potrei far meglio che con il calamo, che la scrittura, lo vedo bene, è l'Arte del Diavolo, mentre il Canto, che mi è impedito, corre verso il cielo e tocca le stelle... Questi sgorbi, invece, si segnano poggiati a terra, a volte anche con il ventre poggiato a terra, di nascosto e a lume di moccolo, che così mi vengono strofinamenti e pensieri... Signora, che pazienza con questa tua Serva!

E quanta imperfezione in me terricola e in questo Dottore che mi ha guarita giocando con la soglia mia imperfetta: mi sono divertita eccome, Signora, lo so, lo so che non si fa... All'inizio sembrava frugasse nel mastello, senza sapere cosa fare, ma poi, pian piano – perché ho capito già che gli uomini sono bambini e non imparano mai veramente – il gioco gli è venuto meglio...

Che vergogna, vero? Dovrei provarla?

Suavissima, non posso parlare con il Padre Confessore e questo mi limita assai nelle domande: tutto quel che posso chiedere è nei libri e se non c'è lo chiedo a Te.

Tu avrai pazienza?

Dice il Signor di Zerbantes: "Ciò da cui ti devi guardare è da un uomo solo quando sei sola, e non da tanti riuniti". È così, Suavissima?

Ho sentito dire, l'altrieri, ad un Letterato venuto in visita al Padre che spesso, inventando storie, a lui capita di stancarsi dei suoi personaggi, perfino di detestarli e così a volte li abbandona per mesi e poi li riprende. Quando sono compiuti, diceva, poi essi camminano con le loro gambe e lui, che prima tanto li ha detestati perché imperfetti, ora che li vede perfetti li abbandona al loro destino.

Suavissima, ho avuto allora l'idea che anche il Signore Dio Nostro, di cui Tu sei Intermediaria Dolcissima, faccia come il Letterato dianzi nomato e che prima ci abbia creato fra mille seccature perché gli venivamo male e poi, quando abbiamo iniziato a dire, fare, guerreggiare nella vita vera, si sia stufato di noi, tanto camminavamo anche senza di Lui. È così? Sei lì e T'invochiamo perché Tu Lo renda capace di ascoltarci? A sentire il Letterato mi pare che non ci sia speranza alcuna che il Padre s'interessi ai Figli dopo la loro nascita... Sarà che il Padre si occupa subito di altre creazioni, come il Letterato che ora è passato ad un nuovo componimento... Ah, se potessi domandare al Signor di Zerbantes! Ma temo sia morto, come Mastro Skakespeare. Potessi almeno domandare a mia Madre, ma lei che mi arriva appena alla cintola ormai, cieca e zoppa, che mi potrà mai dire? Avrà mai provato piacere? E con mio Padre, poi! Sicuro che gli uomini e le donne sono ben ridicoli, vero Signora? Io credo che il Signore Dio Nostro, al contrario del Letterato, un'occhiatina alla Sua Creazione ogni tanto dovrebbe darla, come si controllano gli zoccoli ai cavalli, altrimenti si spezzano le zampe...

Intanto, le serve di casa chiacchierano, io le sento.

E Tutti si aspettano che io faccia subito un Figlio!

Ad ogni modo, Suavissima, è ora di cena e stasera c'è coniglio!

Manca così poco, così poco al matrimonio...

Ti lascio con Tutto il mio Cuore!

La Tua Serva Lisario

INTANTO

1

«Un onore che non vi sarebbe mai capitato, dottore, se non aveste svegliato la figlia di don Ilario» aveva commentato donna Eleonora di Mezzala mentre Avicente, rosso in viso come la stola del cardinale venuto apposta da Roma, che aveva celebrato il matrimonio alla presenza del Viceré e della nobiltà spagnola e napoletana, si toccava la schiena dolorante per il lungo esercizio di piegamento e inchino praticato per ringraziare tutti.

«Siamo qui a causa del miracolo che avete compiuto. D'ora in poi aspettatevi di essere convocato per i più piccoli raffreddori e per ogni dolore di ventre dai d'Avalos, dai Pignatelli, dai Carafa e dal Viceré in persona...» aveva concluso donna Eleonora e gli aveva rivolto un sorriso giallo come il tufo dipinto della Cattedrale gotica di San Lorenzo.

Durante l'intera cerimonia, Avicente, più spaventato che orgoglioso, aveva preso posto accanto al mistero che l'aveva reso celebre, la moglie vestita di pizzi e ricami, muta e bianca come la panna, le ginocchia scomode sul velluto come se sotto vi fossero ceci secchi. Si sentiva soffocare. Anche l'ostia aveva faticato a scendergli giù in gola, e poi c'era stato un gran bailamme di inviti e complimenti, di abbracci e di brindisi. Solo dopo molte ore si era ritrovato a tu per tu con la sconosciuta cui aveva messo le dita fra le gambe.

Tornati al castello, Lisario Morales si era tolta il velo, aveva mandato via la donna che voleva aiutarla a spogliarsi, congedato a gesti Dominga che piangeva – da contrita sembrava ancora più nana di quanto non fosse –, si era rivolta al marito e gli aveva dato un ceffone.

Avicente aveva urlato, la mano sulla guancia, per la sorpresa e la confusione. «Signora... Vi assicuro che non era mia intenzione offender...»

Lisario rideva senza produrre suono. Uno spettacolo raccapricciante. Qualcuno bussò.

«Chi è?» chiese stridulo Avicente. Era don Ilario.

«Scusate l'intrusione, Dottore, ma volevo solo chiedere: vostra moglie vi ha schiaffeggiato?»

Avicente guardò padre e figlia senza capire e annuì.

«Bene. Scusate, ma lei non può dirvelo e io avrei dovuto avvisarvi prima di quest'usanza. È per rammentarvi che avete preso un impegno...» e se ne uscì sorridente.

Avicente articolò una smorfia con un angolo della bocca. «Capisco...» mormorò, senza capire nemmeno se stesso.

Lisario si guardava intorno perplessa e curiosa. La stanza era colma di ninnoli ed esorcismi simili a quelli che avevano circondato il catafalco in cui aveva dormito per sei mesi. Questi, però, dovevano favorire il concepimento, meglio se di un maschio.

«Adesso siamo sposati» disse con un filo di voce Avicente, che si sentiva sullo stomaco l'ostia, il pranzo nuziale e il vino che gli avevano fatto bere e che gli gorgogliava in gola. «Forse saprete che dovremmo...»

Ma la sposa con un saltello era andata a sedersi sul letto battendo entrambe le mani sulle lenzuola.

«Che fate?»

Lisario gli indicò il paravento.

«Ah...» comprese il dottore e si ritirò per spogliarsi. Ma dopo poco sentì dei gran tonfi.

Si sporse a vedere e trovò Lisario che saltava sul materasso di lana. Le brache gli caddero rumorosamente in terra: c'era tanto di quel metallo nelle decorazioni, e sonaglini persino, che il tonfo somigliò alla conflagrazione di una voliera per uccelli.

«Io... mi spoglio, mia signora...» disse, sforzandosi di tenere la voce ferma, e di nuovo si ritirò dietro il paravento.

Ma ecco un secondo tonfo sordo: Avicente sporse la testa per vedere. I piedi di Lisario entravano e uscivano dalla visuale limitata del baldacchino che circondava il materasso a causa dei gran salti che faceva la sposa, una volta a piedi uniti, una volta su un piede solo, le calze di seta bianca che calavano dal ginocchio.

«Signora, sfonderete il letto, siate brava...» mormorò incredulo Avicente. Era meglio da addormentata, pensò.

Ma Lisario si stava così divertendo che la voce di suo marito non la raggiunse e nel frattempo anche i cuscini di piuma d'oca avevano iniziato a volare, le piume che riempivano l'aria della stanza.

Avicente, in camicia, andò verso di lei, girò attorno al baldacchino e cercò di fermarla a gesti e parole: «Signora mia, siete sorda per caso? Vostro padre non mi ha rivelato tutto...?».

Lisario fece dei gran no con la testa, invasata di felicità, aveva ancora addosso l'abito nuziale, ma molti lacci si erano allentati a causa dei salti. Le calze, ora che si era seduta sul letto, erano sfilate, una pencolava dall'alluce destro.

«Signora, noi dovremmo...» ritentò Avicente. Ma come poteva infliggere a una bambina, forse anche un po' ritardata – questo pensiero gli balenò rapido per la mente: e se fosse stata la follia la ragione di quel sonno prolungato? Aveva sposato una matta? –, come poteva infliggerle il dovere coniugale? Lisario si tolse un ciuffo di capelli dal viso, gli fece un bel sorriso e d'improvviso non sembrò più né troppo giovane né pazza. Si alzò sulle ginocchia, posò le labbra su quelle di Avicente, che si preparò a rispondere con un bacio casto e tremante, e fece scivolare la lingua dentro la bocca di lui, che per poco non si strozzò dalla sorpresa, come aveva già rischiato con l'ostia. Poi si staccò da lui e sorrise di nuovo.

«Signora... Signora...» balbettò Avicente in sordina, il fiato di Lisario che gli riscaldava il viso. Lei annuì e gli fece cenno di proseguire, ma Iguelmano non seppe che altro dire se non, di nuovo, un implorante: «Signora...».

Lisario gli prese la faccia fra le mani e se lo trascinò sul letto dove Iguelmano scoprì, non senza ottenebrato terrore, che la *bambina* non solo sapeva baciare ma anche copulare. Godette il godibile e anche molto di più, non osando rimproverare la moglie nel sospetto che lei potesse rinfacciargli almeno metà di quegli insegnamenti.

2

Cosa rende un uomo innamorato? Qual è la diagnosi finale che lo designa infettato, a differenza di altri che dell'amore fanno solo parola, anzi, più spesso, barzelletta? Un marito non è giocoforza innamorato, e questa è cosa nota da che mondo è mondo, e tuttavia poteva Iguelmano restare del tutto insensibile alle grazie strane della moglie? In fondo, Lisario non era che una bambina – mancando alle cronache l'ambiguo e recentissimo concetto di adolescenza – e Avicente avrebbe potuto essere suo zio, un fratello maggiore, quasi certamente un tutore. Dunque, tenerezza, istinto protettivo, quella labile sensazione di paternità che scappa agli uomini che si portano a letto donne più giovani di loro e che incapsula in feroci sentimenti le donne che s'invaghiscono di uomini più anziani nell'eterna ricerca del maestro, del *pater*, del dio mancante alla loro vita di protette e approvate, potevano non far presa sull'indole un po' meschina di Avicente, sul suo bisogno di allievo disconosciuto da medici migliori di lui, di figlio messo alla berlina dal padre? Per una volta toccava a lui insegnare, per una volta era responsabile, *dominus* secondo legge, poteva ergersi a pigmalione.

Di questa nuova, inaspettata e non ricercata condizione, nei primi tempi si beò. Era così facile condurre la moglie sorridente, correggerla e sindacarne le piccole scelte quotidiane.

Chiedere e ottenere, a letto e in cucina, erano diventati sinonimi. E in più la giovinezza fresca, in nulla deturpata salvo da quel taglio alla gola che restava coperto anche di notte, anche in camiciola o nuda nell'atto coniugale, era contratto di sufficiente valore per strappare anche al più insensibile profittatore un sentimento che, vagamente, per pura conoscenza libresca o per sentito dire, Iguelmano poteva chiamare: amore.

E così un battito di ciglia di Lisario, la curva di un braccio nella penombra della stanza, il modo in cui soffiava sulla minestra prima di mangiare, persino l'odore di quell'acqua di cucuzza, di cui ostinatamente le servette napoletane la cospargevano, erano diventati la grammatica del matrimonio felice. E Lisario stessa, se se ne fosse chiesto al marito, avrebbe senz'altro detto che era felice: ma la vera felicità di Iguelmano era poter parlare per conto della moglie e dunque non dover mai verificare sfumature avverse o dubbi, che, si sa, in assenza di parole parla il corpo e Iguelmano era medico troppo attento al sintomo per immaginare l'esistenza di una causa. Così, la ritrosia talvolta inattesa di Lisario, una sua timidezza, un suo gesto di bambina, appunto, veniva scambiato per altro e alimentava nel dottore pensieri disturbati: perché l'amore è amore se non ci sono trappole, mentre la trappola in questo matrimonio c'era, e non si può restare troppo a lungo in piedi su un tappeto che nasconde una botola.

Avicente Iguelmano si rassegnò a vivere di bugie.

Non avendo il coraggio di domandare alla moglie se ricordasse qualcosa dei suoi mesi di coma – e poi come avrebbe potuto rispondere? – il dottore trascorse i primi tempi delle nozze spiando le espressioni di Lisario, ogni sbattere di ciglia, ogni minimo sussulto, innamorato e attratto sì, dalla passione dei sensi, ma sospettoso e incapace però di cavarne un ragno dal buco. E poi c'era la questione della troppa esperienza di cui godeva a letto.

Avicente aveva avuto donne in cambio di denaro, ma mai si sarebbe sognato di chiedere alla consorte prestazioni simili alle loro. Doveva mordersi il labbro: la natura sembrava aver appreso a Lisario azioni che egli aveva sempre considerato frutto di studio peccaminoso. Che avrebbe dovuto fare? Dire a don Ilario: vostra figlia è stata violata da altri prima di me? E non correva il rischio che Lisario s'intromettesse spiegando, in qualche maniera, per filo e per segno come lui l'avesse avuta, sia pur non interamente, per mesi, durante il sonno?

Mogli e puttane non appartenevano alla stessa specie, non più di linci e cardellini, e dunque Lisario non poteva che essere un prodigio di femminilità, una stranezza della creazione. O c'era da sospettare qualcuno delle truppe di stanza al castello?

Il controllo militaresco che don Ilario e donna Dominga esercitavano sulla figlia, persino adesso che era donna maritata, escludeva simile eventualità.

«L'avete fatta studiare?» chiese un giorno a don Ilario.

«Chi, nostra figlia? Le donne non studiano, genero mio, figuriamoci! E lei è anche muta! Leggere e scrivere è roba per notai, neanche mia moglie sa scrivere!»

Avicente si sentiva il collo stretto, e non solo per gli inamidati all'inglese, così di moda, ma per l'ansia, malattia non classificata che Avicente Iguelmano sperimentava in tutta la sua affliggente oppressione. Sua moglie di notte era una Circe e di giorno rincorreva i galli, tirava le code ai gatti, s'imbrattava di ogni pece e faceva gestacci – sì, veri e propri insulti di braccia e di mano – ai militari di stanza, abituati per disciplina a non rispondere a tono. Era pur sempre la figlia del Generale.

Non aveva vergogna di defecare in sua presenza e, se la coglieva il desiderio, si arrampicava sulle bandiere esposte nella piazza d'armi. Se sua madre o suo padre se n'avvedevano, subito lei tornava quieta e osservante ed educata, uno specchio di virtù, buona e brava, umile, abile a impastare il pane e a stendere i panni, cosa che si richiedeva pur sempre a una moglie, benché sposata a un medico di rango. Alla fine dei lavori, conduceva le giornate carezzando il suo Gatito, per tutti Tito, abbreviato di nome e di coda come Lisario che, nonostante le nozze, non era tornata a essere Belisaria.

A volte ricamava, rara incombenza femminea, e per il resto conservava la sua segreta natura di belva muta, come Tito, che sembrava così placido eppure afferrava uccelli in volo, li sbranava e poi ronfava, pancia all'aria, placido come un neonato.

Una sera Avicente, ch'era particolarmente rabbioso per le libertà segrete della moglie, dopo aver letto certi passi osceni di Orazio, andò in camera da letto e la rivoltò cercando di prenderla dall'ano. Lisario sulle prime non capì, poi quando realizzò le intenzioni del marito si diede a tirare pugni e schiaffi e calci e a urlare senza suono, la bocca spalancata e furente. Un calcio e l'occhio di Avicente Iguelmano si fece grosso e nero.

In conclusione, la forzatura gli riuscì e la moglie gli cedette in lacrime trattenute e pugni stretti, come una cosa morta, che alla fine si ritrasse, odiosa, nel letto. Avicente s'addormentò e Lisario lo spiò tutta la notte.

Nelle settimane seguenti gli fu impossibile riaverla. Ora sedeva in disparte con le serve, ora era indisposta, ora tornava a dormire dai genitori, in una stanzetta attigua, con la scusa che aveva incubi. Una mattina la spiò rientrare in camera e vide che si toccava da sola. Sembrava così assente e sufficiente a se stessa. La stanza, i pettini, le lane, i materassi, le mura erano svaniti intorno a lei: era una cosa. Una cosa così estranea a tutto il mondo circostante. Ipnotizzato non smise di spiare, come la convenienza e la buona creanza avrebbero voluto, ma rimase a fissare il gesto e la sua conclusione: era una marea, un fenomeno di natura, una valanga cui i travolti non sanno sottrarsi per l'improvvisa ma letale bellezza. Gli salì il sangue alla testa. Urtò con la spalla l'anta della porta, Lisario lo vide e saltò in piedi, spaventata. Avicente fece allora per assaltarla, ma ruppe una giara che ingombrava il tragitto verso il letto. Nell'impeto senza grida Lisario scappò fuori intatta, facendogli smorfie e gesti a uncino con il braccio. Rosso e umiliato, Avicente riconsiderò quel piccolo sentimento che in cuor suo aveva chiamato amore.

Per il dottore iniziò un lungo e sofferto periodo di castità.

Ah, le donne non erano uomini, sentenziava dentro di sé, aggiungendo la categoria ai medici e ai soldati e riducendo l'umanità d'una grossa fetta. Odiava la moglie poiché poteva procurarsi piacere senza di lui e perché lo sbeffeggiava anche in questa pratica. E poi: a chi pensava questa moglie tanto istruita dei fatti della carne mentre si gingillava in sua assenza? A un soldato? A un principe? A un passante? Tutti li odiava, tutti.

Geloso, rabbioso, arrogante, l'emaciato dottore si ringalluzziva di perfidia e malanimo. Così, mentre visitava le case della nobiltà, chiamato a prezzo di compensi sempre maggiori per visionare gotte, ascessi e febbri maligne, ora dai Miramar, ora dai d'Avalos, ora dai Carafa, fu preso da un'ossessione mascherata da virtù professionale, ovvero decise d'applicarsi a una branca della medicina pochissimo esplorata e considerata di nessun conto: la donna. E il suo sesso destinato alla riproduzione, poiché ad altro uso non era nata la donna stessa.

Nelle case che visitava erano spesso conservati volumi di pregio, manoscritti vecchi di secoli che i proprietari erano felici di dare in prestito a un valente e giovane studioso, così che sulla tavola da pranzo, al posto di brocche e piatti, Lisario e le serve si trovarono presto a spostare grossi tomi dai titoli e dalle illustrazioni indecenti, dove uteri giganteschi squadernavano legioni di figli già grandi come uomini o dove parti intime erano disegnate con approssimazione ridicola, ragion per cui Avicente sentiva spesso le serve di casa sghignazzare in sordina. Una volta colse anche una frase che lo turbò molto, pronunziata da Immarella e rivolta a sua moglie: «Guarda ccà...» sogghignava la napoletana. «Ma 'sti miedece so' cecate? 'Essena sapè che tenimmo sott' 'e veste...»

Iguelmano si era trattenuto dall'urlare: e cosa ne sai tu, stupida bestia! Poi però, per alcune notti, si tormentò all'idea dei piccoli specchi che sua moglie conservava in un cesto, specchi da mano con cui spesso si gingillavano tanto Lisario quanto le serve, e ne fece sogni inquieti e mostruosi.

La ricerca teorica proseguiva senza posa, spese per quasi un anno cifre di un certo significato per acquistare da biblioteche lontane, fino a che non gli fu presentato un noto signore napoletano, Tonno d'Agnolo, ricercato per le sue conoscenze nelle case di malaffare e per aver organizzato a trastullo del nuovo Viceré, il duca d'Arcos – che, fresco di nomina, si era fatto subito conoscere chiedendo un milione di ducati ai napoletani causa lontani assedi bellici –, festini a base di presunte vergini, giostre impudiche e baccanali di antico stile.

Tonno d'Agnolo, ovvero Tommaso De Angelis, uno di quei napoletani che hanno la faccia in aspetto di cane, gli occhi sdilinquevoli, gote cascanti come orecchie e muso forte che sembrava da un momento all'altro dovesse abbaiare invece di pronunziare parole, abitava in Largo Mercatello, in un palazzo moderno. Non era di nobili natali e lo si vedeva dall'espressione truffaldina: era figlio di Giovan Battista De Angelis, un avvocaticchio mestierante e avido, e negli ultimi anni della sua vita obeso al punto da doversi servire solo di carrozze per i suoi spostamenti e che, appunto cadendo dalla sua carrozza, era morto schiacciato dal suo stesso peso.

Tonno aveva ereditato molte delle discutibili qualità del padre e altrettante e anche più disdicevoli ne aveva coltivate di sue: fatto sta che tanto aveva rimestato da potersi fregiare non solo di una casa ricchissima, anzi, oberata di ogni fasto, ma anche di un titolo politico usurpato a ogni giustizia. Grazie ai servizi resi al Viceré, aspirava a essere nominato Eletto del Popolo, in gara con un tal Basile duca di Caivano, vanesio e inconsistente, e con il mercante di concia Andrea Naclerio, uomo lugubre e manesco, disposto a tutto pur di ottenere la carica, e infine con Giulio Genoino, ottant'anni, Eletto del Popolo ai tempi del Viceré Osuna, dieci anni di galera in Marocco, che mandava ora in giro papielli su papielli difendendo i diritti del popolo.

Ma Tonno, che teneva il nuovo Viceré letteralmente per le palle grazie al femminaio che gli procurava, si vantava in giro di poter convincere il duca d'Arcos ad abolire la gabella sulla frutta, appena reintrodotta e schifatissima dal popolo – si pagava infatti tassa abbondante su fichi secchi, mele, pere e sorbe, scioscelle, meloni, noci, nocelle e castagne, ghiande, pigne, cotogne, olive e limoni; scansavano l'aumento mulignane, cocomeri, mortelle, capperi, lenticole, cipolle, cetruli e morzilli – e c'erano, insomma, ottime possibilità che conquistasse la carica.

I grandi banchieri olandesi che facevano allora commercio in Napoli, Roomer e Vandeneyden, lo tenevano nel dovuto conto e gli vendevano a volte qualche pezzo minore delle loro collezioni d'arte, segretamente disprezzandolo come si fa con i randagi cui si lancia un osso solo in attesa di tirar loro un calcio.

La nobiltà di seggio corrotta al peggior grado ne frequentava gli eventi. Tonno vantava persino amicizia con il più pericoloso fra costoro, don Peppo Carafa, principe eccellentissimo, proprietario di un immenso giardino e di venti carrozze fra cui una interamente rivestita d'oro. Carafa, in realtà, schifava Tonno, ma non era migliore di lui, poiché, giovane, bello e ricco, si trastullava assassinando chiunque gli tagliasse la strada, dettagli usuali per l'epoca ma che a lazzari e scalzi della città non sfuggivano, come si sarebbe visto di lì a poco.

Figurarsi con che animo Avicente Iguelmano frequentava la casa di Tonno, obbligato dalle convenienze ma subito accolto a suon di insinuazioni: «Dottore bello! Che piacere avervi qui!» l'aveva addirittura afferrato per le spalle l'Eletto del Popolo, scotoliandolo bene e meglio. «La vostra fama vi apprecede... Tenete mente che mi parlò di voi un amico mio dell'Aja... mi dicette che quand'eravate piccerillo non vi faceste onore in quelle terre come a Napoli... Maledicenze, è vero? Eh... Questa è una città di invidiosi e parolai... Non ve ne curate... Quella, la fama, si fonda sulle parule... Le paludi, gli acquitrini... e il vostro sparlatore è così lontano... Abita in una terra 'nfosa 'e mare... Tiene sicuro sicuro la capa sciacqua! Qui voi invece siete un mago che manco Virgilio: scetate le fanciulle addormentate! Accomodatevi, accomodatevi...»

E con mano ferma l'aveva messo a sedere, così che Avicente fosse certo di non poter fuggire al ricatto esibito nelle parole di Tonno, promessa di future, possibili ritorsioni nel caso lui non si fosse comportato dabbene, e tremante aveva sorriso di compiacimento.

E siccome gli imbroglioni, sebbene di dimensioni assai diverse, e i delinquenti trovano sempre modo di aggiustarsi con reciproco vantaggio, Iguelmano si concedeva una visita alla settimana nel palazzo del d'Agnolo a frugare nella ricca biblioteca che il padrone di casa aveva ereditato con ricatto dai fallimenti di molte case nobiliari e della quale, ovviamente, non aveva mai sfogliato nemmeno un volume.

Il libro, d'autore anonimo, che parlava dei piaceri solitari gli saltò letteralmente fra le mani un mattino a causa del crollo di una colonna di manoscritti. Tonno, che aveva concesso in prestito il libercolo con un cenno di mano, aveva però voluto conoscere l'argomento cui il dottore si stava appassionando.

«Ah, dottore mio! Ogni piacere c'ha il suo modo, è 'o vero, o no? Sibbene io preferro l'intorcinamento a due, a tria o anche a tante ammezzo alle linzola piuttosto che li libri licenziosi che uno si fa le pugnette solitarie...» Tonno, quando non minacciava, cosa che faceva in perfetto spagnolo, parlava un cattivo napoletano mescolato di fantasiose inflessioni, gesticolava rivelando le sue autentiche origini e non smetteva mai di latrare immense risate che spargevano grumi di saliva all'intorno. «E... dottò? Ve pozzo dicere la mia personale scoperta? 'O sesso d'è femmine nun stà mmiez'e cosce, s' 'o portano ccà» e si era battuto il petto. «So 'e zizze!»

Avicente pur ringraziando per il dono non osò né approfondire né sfogliare il volumetto davanti all'Eletto del Popolo.

Solo quando fu in carrozza aprì e lesse avidamente.

3

La vita è breve, l'arte vasta, l'occasione istantanea, l'esperimento malcerto, il giudizio difficile. Ah, Ippocrate, Ippocrate!, si ripeteva Avicente, passeggiando su e giù per le vie del castello, in mano il suo maestro greco stampato, che avrebbe dovuto illuminarlo e invece niente: come non c'era riuscito quand'era studente, non poteva riuscirvi ora che era travestito da medico famoso.

«Se terrore e depressione durano a lungo, ciò significa melanconia...» lesse a voce alta passando davanti a una guardia castigliana cotta dal sole, gli occhi bui come scarafaggi.

Stava diventando melanconico?

«Quanti hanno cancri interni, è meglio non curarli: se curati infatti periscono rapidamente, non curati invece sopravvivono più a lungo.»

Ah, se aveva ragione Ippocrate! Questo del sesso di Lisario era un cancro cui Avicente cercava di dar cura leggendo libri osceni e che, invece di guarire, peggiorava. Fino a che non aveva provato a prenderla contro natura, che lui sapesse, Lisario non indulgeva mai al piacere solitario: oh sì, ne era convinto, come ogni uomo. E poi non sarebbe stato consono al suo stato di maritata, pensava, come ogni marito è certo di bastare ai bisogni della sposa.

Ma poteva in verità Avicente giurare di conoscere ogni desiderio di sua moglie? In fondo, di giorno non era mai al castello. Che ne sapeva dei passatempi di Lisario in sua assenza?

Il pensiero lo irritò moltissimo: fece in modo per un paio di settimane di aumentarle le incombenze casalinghe al punto che a sera la poverina a stento si reggeva in piedi e, pur non lamentandosi mai apertamente, lo guardava in tralice, probabilmente chiedendosi il perché di un simile accanimento. Poi, quando lui le voltava le spalle, gli faceva gestacci e insolenze.

Nei sogni di Avicente sua moglie, discinta, si dava al piacere solitario sul letto maritale non appena egli usciva di casa e, negli incubi peggiori, coinvolgeva anche le serve sue compagne. A ogni risveglio, perché la moglie non sfuggisse, le saltava addosso sudato e disperato, e Lisario si prestava, ma annoiata, ai bisogni del marito con l'occhio a mezz'asta, fredda e rigida, tanto più che lui s'accaniva a spingerle dentro alla cieca, come un ariete.

A volte, però, l'erezione gli cascava. Era certo che Lisario, al buio, ridacchiasse di lui.

Dal libretto di Tonno aveva appreso alcune cose che gli parevano impossibili. Bugie senza fondamento, cui era giusto che nessun medico si fosse mai applicato prima per vergogna e buona creanza di cristiano. Il libretto era stato infatti scritto da un pagano che riferiva pratiche personali e licenziose, ma soprattutto sosteneva che la donna provasse piacere in misure che l'uomo non sarebbe mai stato capace di provare e che poteva arrivare a questo piacere senza alcun bisogno dell'uomo stesso, ripetendo l'esperienza infinite volte, mentre l'uomo poteva avanzare solo in sequenze di un piacere per amplesso e aveva limiti per complessione ed età che la donna ignorava. Infinite volte. Era stata la parola "infinite" che aveva spaventato Avicente. Di fronte a un piacere infinito non c'era altro risultato che la follia. Dunque, sua moglie poteva anche impazzire: bisognava tenerla in disciplinata tenzone maritale, verificare che non perdesse la misura. Provò dolore di schiena alla sola idea di questo numero illimitato di volte. L'esito della pazzia era stato annotato anche da un copista del libercolo, un commentatore senz'altro successivo all'estensore del trattato: le righe erano scritte in grafia piccolissima e in inchiostro rosso.

Più volte le rilesse e più volte le coprì con un dito per evitare di vederle. Il dettaglio gettava una nuova luce sul presunto sonno incurabile di Lisario che, a quanto pareva, proprio il piacere sembrava aver guarito. Aveva ella praticato il piacere solitario fino a svenirne e giungere quasi alla morte? Il pensiero gli si attorcigliò come una spira di serpente attorno al collo. Bisognava verificare.

La sua missione di dottore divenne scoprire a che punto di pazzia poteva arrivare la donna in quest'inseguimento del piacere solitario. Ormai, Avicente non ricordava più che da ragazzo aveva trovato divertente andare con donne che praticavano qualsiasi tipo di piacere: quella stagione della sua vita era conclusa, ora era di sua moglie e delle donne sposate che si trattava! Un vero pericolo per l'istituzione del matrimonio.

Ma bisognava avere una prova di quel che pensava.

Avicente iniziò a spiarla.

Quando Lisario usciva per andare al gabinetto, quando prendeva un bagno, quando si cambiava d'abito nella camera da letto, si appostava per osservare dal buco della serratura le funzioni corporali – che ora lei non esibiva più per lui con la festosa impudicizia dei primi giorni di matrimonio –, le abitudini di toletta, i momenti solitari che trascorreva a cucire e ad ascoltare i canti delle serve. E poiché non riusciva a trarne alcuna informazione, cominciò a pensare che Lisario, di quel che lui temeva, non solo non avesse pratica ma ignorasse addirittura l'esistenza.

Di nuovo il sentimento di meschino amore provato nei primi tempi del matrimonio si era mostrato strisciante. Prese a vergognarsi dei suoi pensieri, del sospetto con cui aveva insozzata la sposa, la povera bambina, l'innocente. Grandi tormenti lo pervasero e dovette confessarli a un imbarazzatissimo prete fresco di tonaca – un puteolano di passaggio al castello così abituato a pasti di fave e rape da avere a sua volta l'aspetto di un pallido e debole rafaniello, che si fece tante di quelle volte il segno della croce durante la confessione da rischiare l'anchilosi del braccio destro.

Scrupoli e preghiere – mai prima praticate – ebbero inatteso sopravvento sulla curiosità scientifica. Ecco allora migliorato il trattamento della moglie: cordialità, piccoli doni, un abito nuovo, pezze di mussola, tutte cose di cui ella si mostrò, a suo modo, assai contenta. Non solo smise di assalirla a letto, ma cessò persino di richiederla. Si offrì anche di accompagnarla in chiesa la domenica, dove lei andava per obblighi familiari viaggiando fino a Napoli e ascoltando la funzione nel monastero di Santa Patrizia, talvolta restando ospite delle suore anche per la notte.

Di questo nuovo ed estremo comportamento Lisario ebbe all'inizio sollievo e poi, Avicente lo notò, sospetto poiché il marito aveva iniziato a farle lunghe prolusioni sulla santità della donna, paragonandola alla Madonna. Avicente notò che Lisario lo fissava in tralice e faceva spallucce, a volte sorrideva, specie quando si nominava la Madonna, come chi la sapesse molto lunga.

Fatto sta che, passando il tempo in assoluta castità, Lisario cominciò ad avere dei bisogni e si fece sorprendere in piena notte dal marito a praticare il temutissimo piacere solitario. Avicente saltò giù dal letto, provocando nella moglie terror panico. Poi, però, non osò chiederle cosa faceva. Lisario non aveva ragione di vergognarsi poiché non credeva di esser stata scoperta e così Avicente, confuso, si lasciò ricondurre fra le lenzuola e, per di più, al dovere maritale. Dopo un'ora Lisario giaceva serena e addormentata. Avicente, invece, non chiuse occhio per il resto di quella notte e delle notti successive.

4

Insomma, bisognava vedere per poter capire.

Vedere con occhi sgombri e con pensiero rivolto alla scienza.

Avicente aveva preso questa decisione dopo aver letto un passo del solito libercolo avuto da Tonno – che nel frattempo si era reso noto alle cronache per aver portato un asino vestito da donna in presenza del Viceré – che riguardava la potenza della donna.

Una potenza immane, scriveva l'anonimo pagano, capace di smontare palazzi e sradicare alberi. Così si sente la donna quando prova piacere. E subito il copista tardo, che vergava in rosso e con piccola grafia, aveva aggiunto che questa potenza era terrifica e pericolosa e che bisognava tenerla sotto chiave, altrimenti avrebbe deflagrato sugli uomini causando guerre e disgrazie. A tal proposito portava l'esempio di alcune donne – le solite – che avevano con la loro bellezza causato disastri, da Elena a Cleopatra, giù giù verso oscure signore dei castelli del Nord Italia capaci di mefistofeliche trame ma che ad Avicente erano note quanto le sguattere del Viceré.

Spiò sua moglie mentre attendeva al lavacro delle lenzuola, in compagnia di due serve. Era bella Lisario e lui ne era molto attratto, ma certo il naso tondo, l'ovale pallido, l'altezza piccola, una tendenza, in futuro, alla pinguedine gli avrebbero dovuto impedire di immaginarla imperatrice degli Egizi o disgraziata causa di una guerra fra Achei e Troiani. Però l'amore – o l'ossessione? – è cieco e ad Avicente sua moglie sembrava, invece, una Messalina, così pensò che questo motore potente doveva essere visto in funzione. Un pomeriggio, presala in disparte, le domandò di fare la cosa che lo tormentava.

Lisario fece tanto d'occhi, ma non espresse alcun rifiuto. Avicente le porse una sedia e la fece sedere davanti a un grande specchio a piombo che aveva smontato da una parete e poggiato fra pavimento e muro. Le sollevò la gonna, sotto la quale sapeva bene che non portava mai brache, e ordinò: «Fammi vedere».

Lisario lo fissò, disorientata.

«Fammi vedere la macchina in movimento. Voglio vedere cosa succede quando tu provi piacere senza di me.»

Lisario, a bocca aperta, scosse il capo. Poi, però, fece spallucce e, dopo un momento di incertezza, alzò una mano e se la pose fra le gambe. Fu, però, come se vi avesse poggiato un oggetto senz'anima e ad Avicente si imperlò la fronte per il fallimento. Lisario era immobile, sembrava una bambola di porcellana, proprio come quando era stata addormentata.

«Voglio vedere...» ritentò Avicente «cosa accade se non sono io a...»

Lisario lasciò la mano dov'era e gli rivolse solo lo sguardo, questa volta furbo e complice. Lo specchio rifletté le due esili cosce e una macchia di pelo fra le dita. Un buon compito, come le avevano spiegato da bambina, si esegue restando ferma e ferma era rimasta, anche per non cambiare quelle che Avicente continuava a chiamare con dettaglio medico le "condizioni", mentre gocce di sudore gli ruzzolavano giù per il collo e lungo la schiena.

Lisario girò la testa, si guardò riflessa nello specchio e iniziò a muovere le dita. Labbra di carne entravano e uscivano dalle pieghe scavate dalle dita – Avicente fissava l'immagine riflessa – come se grotte alpestri nascessero e poi morissero, c'erano dirupi che si incarnavano e slavine che si scioglievano. Era osceno, pensava Avicente, e le mani gli tremavano, la penna stretta fra le dita, il foglio per prendere appunti traballante, mentre fra le gambe, chiuso da quattro strati di spessa garza olandese, un verme cieco cercava l'uscita.

Lisario procedeva geometrica. A cosa pensava? Avicente non sapeva chiedere, concentrato com'era sul colore delle mucose che, sollecitate, s'inturgidivano, si arrossavano, mentre secrezioni di latte giallo facevano capolino e lui cercava con freddezza di valutarne lo stato di salute. Poi Lisario buttò di colpo il capo all'indietro e prese ad ansimare senza suono alcuno, come già tante volte suo marito le aveva visto fare. Però questa volta tutto il suo corpo prese un nuovo aspetto: non c'era più una Lisario, ma due, quattro, dieci e anche cento. Un battaglione pronto a uccidere o forse a generare, il mare che avanzava a grosse onde sulla battigia e che affogava i passanti anche se c'era piede, un terremoto da cui sorgevano pire e pinnacoli, e pianure e città svanivano sottoterra.

Avicente dovette fare uno sforzo per non perdere i sensi davanti al miracolo e concentrare lo sguardo lì dove aveva deciso. Si impose di osservare e memorizzare cose che ora non riusciva ad appuntare ma che dopo avrebbe senz'altro trascritto.

Per tre volte cercò di fermare lo sguardo sul sesso di Lisario. Avrebbe voluto urlarle: "Togli la mano! Fammi vedere!", ma cosa c'era, poi, da vedere? Però non lo fece, per timore che la musica di sua moglie s'interrompesse. Con un grande ansito insonoro, il respiro dei pesci sott'acqua, Lisario s'inarcò e tutto, così com'era incominciato, smise. Era un po' sudata, ma tranquilla e radiosa. Guardò suo marito senza espressione.

Avicente alzò e abbassò la testa due volte, bloccato. Lisario invece abbassò la gonna con eleganza, la spazzò con una mano, si aggiustò i capelli. Un pidocchio le corse giù per il collo e lei, rapida come il gatto, lo schiacciò. E se ne andò in cucina a preparare.

E Avicente pensò in quell'istante che la donna può avere grandi sentimenti ma anche nessuno se sua moglie senza vergogna né emozione si dirigeva ora alle pentole. Non vide il sorriso beato con cui si apprestava a spennare il pollo, né lo sguardo acuto che gli lanciò dalle cucine, seduta a gambe aperte con l'animale morto fra le mani.

Avicente fece per raccogliere la penna che gli era caduta e, suo malgrado, venne di colpo nelle brache di tela di Anversa.

5

Poi una notte Lisario ebbe un incubo.

Avicente, dal fondo di un suo sogno dove la moglie era a gambe alzate e gli sorrideva mentre sotto le sue gonne si apriva un'enorme grotta senza uscita, la udì rantolare.

Cercò di svegliarsi e con gesti bruschi di svegliare anche lei, ma Lisario si muoveva a scatti, come se stesse scacciando insetti. Avicente ebbe l'impressione di riconoscere negli occhi riversi e nelle braccia sparate a scatti i segni dell'epilessia, ma un momento dopo Lisario era sveglia. Si alzò e schiuse una finestra: le colombe che si erano poggiate sul davanzale gorgogliando spiccarono il volo. Il frullare delle ali si sparse nella stanza di tufo mentre una luce azzurra, senza luna e senza sole, invadeva fredda il letto.

«Torna qui» le ordinò Avicente.

Ma Lisario non lo ascoltò. Rimase a guardare il mare che batteva sotto il castello. La stanza gelò. Avicente avrebbe voluto alzarsi, ma la camicia che lo avvolgeva era un involucro di gesso umido.

«Chiudi, chiudi!» urlò a quella stordita della moglie.

Lisario si voltò. Nella luce blu la sua pelle era diventata trasparente e gli occhi infossati nell'ombra lo guardarono senza ragione e senza tempo.

«Sei pazza, fa freddo...» lamentò debolmente il medico rannicchiandosi sotto la coperta di lana rasata.

Lisario storse la bocca, chiuse le ante sbattendole, senza voltarsi. Una voce si levò dal cortile. A grandi passi era già uscita quando la luce, spenta e poi riaccesa dallo sventolio delle ante, tornò a illuminare la faccia rossa di Avicente. Sua moglie non tornò e nemmeno gli riuscì di riprendere sonno.

Ora che l'osservazione era iniziata, però, benché Iguelmano temesse d'aver a che fare con una pazza, non poteva essere interrotta. Il dottore prese l'abitudine di chiedere a sua moglie di ripetere la pratica del piacere per lui una volta al giorno, mentre prendeva appunti e disegnava. Poi volle che la pratica fosse ripetuta ogni volta in orari diversi del giorno e con uno speculino raccolse le gocce della moglie per farne studio. Quindi si interrogò su come il cibo, il clima e l'umore influenzassero il risultato e, avendo riletto il suo Ippocrate – "... le femmine essendo acquose si sviluppano mediante cibi e bevande di un tenore umido e molle" –, per qualche giorno tenne Lisario a dieta liquida, ottenendo in cambio solo grandi scariche di pancia di cui la moglie si lamentò a grossi gesti. Quindi la mise a dieta di carni e poi di dolci e la prima volta gli parve fosse aggressiva – si lamentava di emorroidi –, la seconda indolente, remissiva e distratta. Quindi sopraggiunsero le regole e il dottore s'interrogò se ripetere l'esperimento nella nuova condizione.

Lisario, che aveva dolori di pancia, si rifiutò decisamente.

Ma al terzo giorno si sottomise, paziente. E anche durante quelle cascate di sangue mestruale Avicente osservò e scrisse. Lisario mutava d'umore sempre più spesso: adesso, da allegra e improvvisa che era in ogni sua reazione, era diventata malmostosa, acida e triste. Avicente appuntò che si trattava senz'altro dell'interazione dei fluidi.

Provò a verificare la differenza fra il suo intervento, ovvero se l'operazione era praticata da lui sulla moglie, e quelli che la moglie praticava da sé. Ma Lisario ormai a ogni nuova richiesta era diventata facile al pianto, si rannicchiava come una bambina offesa e non voleva sentir ragioni dal marito, al punto che intervennero anche don Ilario e donna Dominga, ma della vera causa del dolore della figlia non si parlò, Avicente raccontando mille bugie e

Lisario, a labbra strette, serbando rabbiosa e impotente gli squallidi segreti del marito.

Adesso che erano legati a doppio filo dalla bugia, mentre tutti dicevano che la tristezza della sposa era causata dal ritardo di una gravidanza, Lisario e Avicente si evitavano, salvo che per le osservazioni scientifiche. Avicente si limitava a guardarla darsi piacere, cosa che però Lisario, trascorsi ormai quasi cinque mesi dall'inizio di quel mesto gioco, non voleva più fare. Adesso sedevano ai lati opposti della grande stanza dove veniva servito anche il pranzo, Avicente sfogliando preziosi volumi veneziani che illustravano le donne e le loro metamorfosi, Lisario cucendo o sgranando fagioli.

Spesso Avicente sfiorava la pagina del libro come fosse la piega del labbro del sesso della moglie. Guardava la pagina come fosse l'intimo della sposa e fissava di nascosto Lisario che gli rammendava la camicia: quasi subito per la vergogna doveva distogliere gli occhi da lei. Allora annusava il libro, cercandovi l'afrore umido della moglie e la carta gli restituiva odor di piombo e panni sciolti in acqua. Un fiore ormai secco, preso dal cesto che Lisario riempiva ogni giorno con le piante che crescevano intorno al castello e inserito fra le pagine, gli confondeva ancor più l'immaginazione e, senza che la donna vedesse, si accostava il libro al basso ventre, spaventato e insieme desideroso di accoppiarsi con tutti gli anatomisti padovani e gli stampatori veneziani.

Gli arrivarono carte erotiche persino da Berna, avvolte in fogli di pergamena, legate col cuoio e imbottite di paglia per impedire che l'umido del viaggio danneggiasse i disegni. Le stendeva come amanti segrete sul tavolo di lavoro, cosparso, a seconda della stagione, di foglie di fico o di castagno. Studiava i fichi per il latte bianco simile al seme maschile ma alla natura femminile per il ventre rosso; spiava le melagrane che partorivano infiniti figli trasparenti, duri e dolci. Le carte incise da svizzeri e olandesi e francesi lo eccitavano, fossero mitologiche o sacre, allegoriche o naturalistiche, ma in nessuna trovò traccia del tanto ricercato segreto.

La chiave non girava, la serratura non scattava e la scatola del mistero era inviolata e inespugnabile.

Di notte sognò vistosi accoppiamenti fra Giuditta e Oloferne, sabbah eretici fra Salomone e la regina di Saba, gli amori infetti di Giuseppe con la moglie di Putifarre e infiniti giochi di sodomia mentre le città bibliche rovinavano sotto la folgore divina. Pastorelle si accoppiavano con satiri, sacerdotesse copulavano con schiavi, ermafroditi gli sussurravano segreti innominabili. Ma sempre, sempre, doveva tornare a Lisario e all'osservazione dal vivo.

Un giorno, mentre il marito disponeva lo specchio, prendeva il quaderno e si preparava a fingersi scienziato, Lisario scappò e non ci fu più verso di riacchiapparla.

Disperato, sentendosi sull'orlo di una scoperta eccezionale che la moglie gli impediva di realizzare, Avicente si tormentò per alcuni giorni. Perse il sonno, chiuse la moglie a chiave in cantina fra gli strepiti delle serve e le minacce di don Ilario, che non riusciva a comprendere come mai questi due sposi litigassero tanto e spesso nonostante sua figlia presentasse l'indubbio vantaggio per il marito d'esser muta. Infine, si diede al vino.

Lisario, intanto, se ne stava immobile in camera da letto come una statua, irraggiungibile e algida. Sera dopo sera i diari di Avicente Iguelmano, che non era mai stato incline ad alcuna passione religiosa, si riempirono, al posto delle osservazioni, di deliri mistici:

Il cercatore è colui che si arrende al cercato. Il cercatore è colui che trova senza sapere cosa troverà. Il cercatore è colui che ama la cosa cercata, ma se il cercatore innamorato diventa cieco egli non è che il mistico della cosa cercata che invece ha da essere trattata con spietatezza: essa chiede che il cercatore la consumi, la perlustri, la distrugga, le tolga ogni alito di vita se necessario. Solo allora, distrutta, divisa, sezionata, alienata a ogni suo bene la cosa amata mostrerà il meccanismo divino segreto al cercatore, che sarà invaso dalla risposta ai suoi perché. Sappia il cercatore che è suo vero compito essere l'assassino della cosa amata, perché la passione astratta del cercare renda la scienza esatta. Solo così il cercatore non cederà all'inganno del sentimento, mai distratto dalle parole, dall'affetto, dalle cose dolci che la cosa amata manifesta. [...]

C'è una ragione nella donna? Se Dio l'ha creata ci sarà, se Dio l'ha creata è possibile che ne venga chiarezza. Poiché Dio ci ama attraverso la donna noi la frazioneremo per cercarne il messaggio e guai se ella non ci amerà, anche mentre la osserviamo, la dissezioniamo perché vorrebbe dire che Dio non ci ama. E colpa ne sarebbe solo l'imperfezione della donna che ci ha promesso d'essere madre, moglie, serva e amante e cui è d'obbligo essere sostegno alla vita del marito. Se essa manca, manca al suo compito divino e occorrerà, trovatone il difetto, raggiustarla fosse anche a colpi di bastone, di striglia, con la prigionia se necessario, poiché essa ci è stata data e ci appartiene e ogni persecuzione sarà utile a perseguire lo scopo dell'ubbidienza, virtù cardinale. [...]

Appare chiaro che non sempre l'intervento dell'uomo provoca il piacere, anzi si ha spesso l'impressione che la donna non ne provi affatto e finga per compiacere il marito, che essa tratta come un bambino. Invece, se essa stimola la natura dall'esterno essa raggiunge il piacere senza alcun intervento d'uomo, ma questo piacere non è destinato al concepimento e dunque rappresenta peccato mortale. Se è così, tutte le donne ci raggirano e dunque Dio ci raggira attraverso di loro. O è Satana a farci questo? Se, come credono in molti, le donne non hanno un'anima sensibile, ma entrano ed escono dal piacere non diversamente che gli animali, essa sarà terreno fertile per il male, ma la scienza insegna di restare alle osservazioni. Dunque sto osservando un dispetto divino? Essa si rifiuta all'osservazione, il cercatore ha perso la cosa cercata e Dio lo punisce.

Lettere
alla Signora Santissima della Corona delle Sette Spine
Immacolata Assunta e Semprevergine Maria

Suavissima e Dolcissima,
*   poche notti fa ho Sognato! Ero in un Grande Mare, fra Alte Onde.*
Un Toro, bianco e cornuto, mi portava sulla Schiena. Non avevo paura,
benché la Terra fosse scomparsa! Fioche luci all'orizzonte: barche o Isole?
*   Il Toro, Suavissima, era incoronato di fiori, come Te alla processione!*
*   Ovunque era odore di sale, lo stesso che annuso sotto il Castello nei*
giorni di Tempesta.
*   Dove andavo, Suavissima? Non so dire! Grandi Pesci ci superavano*
curvandosi sulle Onde, Calamari dal Piede di Vento fuggivano come Uc-
celli, Meduse frusciavano ai fianchi del Toro.
*   Oh sì, eravamo in Mare Aperto e, adesso, anche le luci erano svanite.*
*   Suavissima, io soffro l'acqua, tant'è che una volta sola sono salita sulla*
barca con Immarella, Annarella e Maruzzella e ho vomitato anche il Lat-
te della Madre! Ma sul Toro io non soffrivo, anzi! Al risveglio sono corsa
alla finestra per vedere se il Toro fosse lì, sotto il Castello.
*   Mio Marito si è destato e ha iniziato a fare domande. Ah, che grande*
fortuna, Clementissima, non avere la voce per rispondere e non dover es-
sere sgarbata con chi ti affligge!
*   Ancora ho sognato il Toro le notti seguenti: altri Mari, Delfini e grandi,*
enormi Onde, fitte come branchi di pesci. Ma nessuno rapisce Me Infelice,
come il Toro di Europa, la pagana voluta dal Dio... Dolcissima, che destino!
*   Lisario Vagabonda in Sogno*

[...]

83

Eccellentissima Madre, Sorella e Confidente,

io credevo che solo i cani passassero il loro tempo annusandosi le pudenda, ma ho dovuto ricredermi: Mio Marito disegna parti intime! E, per giunta, non ha talento alcuno per il disegno!

Che delusione, Suavissima, questo matrimonio!

Sebbene non faccia tante storie sull'Amore, che ho appreso unicamente dai Libri, questo matrimonio è solo Umiliazione e Furto. Costui non sembra affatto interessato a me: copula come un corridore che afferri la bandiera, con Meccanica Cieca. Che sono io? Grano nella macina? Si sfondano così le Porte Assediate. E poi, Amica e Maestra, emette nell'atto ridicoli versi, talvolta in latino, come se in punto di morte si confessasse... Ha vergogna di farsi vedere nudo – e non è che sia spettacolo degno, Dolcissima: posso ben dire che i Soldati di Guarnigione si mostrano meglio, come il tuo Angelo annunciatore – e talvolta non è affatto pronto con la sua Virilità a fare quello che chiama Dovere. Da molto tempo mi annoio e, anzi, con i suoi modi strani di studioso mi offende. Lo so, non dovrei dirlo del Marito, ma mi è odioso: forse che Io sono Pecora e lui il Pastore? Forse che a suo piacere può bastonarmi e condurre, far mangiare e dormire, prendermi e tosare? Io! Mille Disgrazie a chi sogni di Me una tale Sorte!

Chiudesi tristemente l'anno senza Gioia e la Vita ora sembrami colata di Puzzo infinita.

La Disgraziata Lisario

A MALI ESTREMI

1

Insomma, dopo lungo strazio, con il mal di fegato per il troppo vino e per la rabbia accumulata, Avicente si rivestì di tutto punto e si recò da Tonno d'Agnolo. Ormai bisognava tentare il tutto per tutto. Tonno l'accolse avvolto in una grande vestaglia di broccato, masticando scampoli di coniglio.

«Favorite, dottò?» E al diniego vagamente stomacato di Avicente: «Che faccia ca tenite... Assettateve... Che succede? Preoccupazioni... professionali?».

«In un certo senso...»

Tonno si nettò la faccia con un *mouchoir* tutto pizzilli che poi lasciò cadere a terra. «Eh, dottore mio... Pure il lavoro mio di governante è 'na fatica 'e mmerda, diciamo la verità... Come niente vi chiamano assassino, ladro, fetente... E voi mi capite: in fondo, tutt' 'e miedici so' nu poco assassini, no? Che brutto mestiere, il nostro... Noi co' le mani nelle tasche e nelle sporte dei sudditi e voi co' le pinze int'alle bocche altrui, co' lo naso nelle merde e nelle piscie, co' le mani nella carne vecchia della gente... Che fetenzia, eh? E certo che poi ci capita di desiderare la morte de li autri. Io penzo che vuie 'a suspirate... Schiatta lo paziente e la pazienza è finita! 'Na liberazione! E po' se può sempre dire: aggio fatto tutto lo possibile... Galeno qua, Ippocrate là... Noi poveri governanti invece: schiatta lo suddito e finisce la gabella!»

Avicente si aggiustò sulla sedia, la bocca storta in un sorriso amaro: «Ma tanto morto un suddito se ne fa un altro, no?».

Tonno scotoliò la testa a destra e a sinistra e fece cenno ai servi di sparecchiare: «E... pure è vero, a volte più ne muoiono meglio è... Dipende. Come per le epidemie, no? Poi dopo come sono belle le città un poco svacantate... Ma voi mica siete venuto per fare accademia... In che vi posso servire?».

«La cosa è delicata, non so se posso essere esplicito, per cui vi pregherei di voler leggere fra le righe...»

«Parlate, parlate...» fece il ruffiano avvolgendo una mano nell'aria e con l'altra ripulendo i denti di dettagli indesiderati del coniglio.

«Ecco, sono qui da voi per chiedervi licenza di prestito di un paio delle vostre signore...»

Tonno d'Agnolo schiattò in una risata esplosiva: «E che ve ne fate delle mie zoccole quando tenete quel fiore di moglie? Bella, giovane e muta!».

«Non fraintendete... Si tratta di osservazione scientifica, medica...»

A questa spiegazione Tonno si agitò per istinto professionale: «Dottò, vi posso assicurare sul mio onore che le signore stanno benissimo di salute! Porterei al Viceré e alla corte delle femmine impestate?! Ci tengo al collo, io!».

Avicente Iguelmano alzò un dito per correggere l'errore in cui era caduto l'Eletto del Popolo, ma poi si domandò se non era forse il caso di lasciarlo crogiolare nel suo sbaglio e trovò che l'idea fosse riuscita, poiché per la prima volta non era Tonno a evocare il fantasma del ricatto, come quando gli aveva rivelato di conoscere il suo passato all'Aja, ma egli stesso.

«Non ne dubito... Ma, sapete, è importante che tutto sia a posto, che il Viceré non corra rischi... Insomma, io lavoro per garantire il vostro lavoro, amico caro, e non dovete prenderla come un'offesa, anzi. Inoltre...» e qui decise di cantargli la mezza messa, come se un po' di verità servisse a dare credito alla bugia: «Inoltre, questo studio sulle vostre signore potrebbe portare anche, non voglio dire troppo, a una qualche scoperta...».

Tonno, che si era alzato a metà per la preoccupazione, quasi cadde dalla sedia. Un servitore accorse a tenerlo e lui lo ricusò. Sghignazzò scompostamente. «Dottò, e che volete scoprire?! Quello tutto si sa! Chiunque tiene un poco di spertezza sa come funzionano le donne! O state parlando del fatto che tengono o non tengono l'anima? Perché, per quanto mi riguarda, basta che tengono la fessa. A me dell'anima e del cervello non me ne fotte proprio, l'anima e il cervello de li femmene ce li possiamo fare al padellino come il fegato del vitello, mi sono spiegato?»

Avicente Iguelmano si rassettò sulla sedia e si aggiustò la giubba. Era più difficile del previsto. «La scoperta in verità potrebbe riguardare il come. Come... come provano piacere.»

Si aspettava un altro scoppio di ilarità e invece Tonno grugnì, serio. «Vostra moglie è timida?»

«No...»

«Ci volete imparare cose nuove? Eh, avete ragione, se no uno si scoccia nel talamo nuziale... Bisogna variare! È giusto! E così le signore vi imparano a voi... Però vi facevo più svelto, dottore mio... più pratico...» Si alzò e si aggirò per la sala subito seguito dai cani che dormivano in un angolo, interessati a certi pezzi di coniglio rimastigli sulla camicia. «Vabbè, vi impresto quelle meglio, allora, se no mi fanno fare brutta figura! Sono proprio quelle del Viceré, così gli togliamo ogni sospetto, va bene?»

Avicente ci pensò bene prima di contraddire Tonno. Annuì e si fece dire dove e in quali giorni poteva incontrare le signore, quindi si congedò, mentre Tonno si faceva vanto della "rigalìa" che gli faceva mostrandogli gratis le sue protette.

Alle proteste del dottore che voleva fornire un compenso, Tonno insisté che a caval donato non si guarda in bocca: «E poi voi mica ci guardate in bocca alle signore mie, no? Ci guardate da un'altra parte...» e scoppiò di nuovo a ridere. «Addivertitevi, dottore bello, addivertitevi!» augurò mentre Avicente si congedava.

2

Si sarebbero chiuse solo cinque anni dopo le baracche che erano cresciute attorno al largo che portava, per l'appunto, il loro nome: ma, a onor del vero, lo scandalo non erano tanto le baracche di Largo delle Baracche quanto le case intorno, l'acquartieramento dei soldati spagnoli.

Sposati o conviventi, i soldati della truppa s'erano infilati a Napoli nei letti delle prostitute, quelle di mestiere e quelle improvvisate. Del resto, causa la povertà estrema e il dissanguamento sistematico della città da parte di Sua Maestà Cattolicissima, non c'era donna, salvo qualcuna di buona famiglia, che non esercitasse il mestiere: persino fra parenti era pratica necessaria alla sopravvivenza, tant'è che pure la moglie di un tal Tommaso Aniello detto Masaniello, che in quel principiare di 1647 non stava ancora creando impicci al Viceré, se la tenevano il marito, il cognato, il padre e certi zii. Se la tenevano era la giusta espressione, ancora in voga a Napoli nei secoli a venire, dal momento che indicava scambio e mantenimento, un puttanaio casalingo, nato dalla fame e dal bisogno che generava mercato di donna, farina e pesce e che spesso finiva a pesci fetenti, ovvero a mazzate, come avrebbe scritto Salvator Rosa in quegli anni nella famosa canzone poi detta del matrimonio del Guarracino.

Imera e Edoné, due bei nomi di battaglia, antichi, di quelli che piacevano ai signori, vivevano ancora nei Quartieri Spagnoli, ma in una casa ai piani alti che s'erano fatta ripulire per bene e dove tenevano anche serva e cuoca e giù, in strada, persino il tiro per andare a passeggio e due cavalli bianchissimi, che facevano schizzi di sudore nell'aria perché erano giovani, nervosi e arabi. Pure i guaglioni di Masaniello si sarebbero chiamati così l'anno seguente, gli Alarbi, che era una storpiatura napoletana degli arabi. Qualcuno del branco passava a volte accanto ai due cavalli delle madame, Maliardo e Fingitore, come li avevano battezzati le pérete, con aria di sfida e desiderio, perché non sapevano cavalcare. Quelle erano cose da signori, e stare in groppa alle bestie sarebbe stato per loro come mangiare nel piatto di san Pietro in presenza di san Gennaro.

Edoné portava nel quartiere ben altro soprannome, meno arcadico e accademico: la chiamavano Argiento Vivo, e questo non solo perché teneva la napoletana artèteca, cioè non era capace di stare mai ferma, sprizzava energia e volontà che disperdeva in mille rivoli, risate, lazzi e improperi, ma soprattutto perché aveva preso ben due volte il mal francese, che i napoletani dicevano mal di Napoli e gli spagnoli, che se ne ammalavano più di tutti, non volevano nominare, e per il quale l'unica cura che il tempo conoscesse era l'idrargirio, cioè l'*aqua argenti*, insomma il mercurio. Da qui, Argiento Vivo.

Di conseguenza, del Viceré, per sfotterlo quando alzava le gabelle, si diceva che teneva l'argento vivo. Nel senso che si portava a letto quell'impestata di Bona Talarico, ceuza di Toledo, ovvero zoccola di Toledo, ceuza perché abitante de Le Celze, una strada appesa, confinante con il monastero di San Martino, che scendeva proprio in mezzo alla Nazione dei Lombardi, dov'era la chiesa di Sant'Anna e dove avevano abitato pittori di grande fama, pure Michelangelo detto di Caravaggio. La ceuza, o spitalera, perché appunto già ospite degli ospedali per sifilitiche, che a Napoli si improvvisavano in molte case prima di diventare opere pubbliche, aveva per commara Imèra, all'anagrafe Bernardina Pace, una sbriffia, cioè una civetta, con gli occhi azzurri, frutto di qualche incrocio con i dominatori precedenti.

Edoné e Imera, ovvero Bona e Bernardina, s'erano accoppiate alla perfezione: una alta e una bassa, una formosa e una snella, una nera di pelo, l'altra rossiccia, offrivano l'illusione ai signori di essere signore, perché parlavano un mezzo francese e un fluente spagnolo, infarcito di bestemmie accuratissime, e sapevano comportarsi a tavola e nel vestire. Infine, a letto, toglievano loro ogni dubbio sul fatto che potevano restare gentiluomini mentre le trattavano meno che animali. Erano figlie di contadini e pescatori, la madre di Bona era stata sarta, ma adesso, rivestite come un lampadario ed educate a parlare, avvolte in fazzoletti e gioielli, passavano quasi per donne di lignaggio e schifavano quelli che continuavano a chiamarle Argiento Vivo e Pubbreca, questo secondo soprannome per Bernardina che, quando aveva tredici anni, si vendeva già all'angolo della rua Catalana ed era, insomma, già Pubblica.

Le zoccole di Tonno d'Agnolo, che si chiamavano zoccole non in onore dei grandi ratti che circolavano anche di giorno per le strade napoletane, affollate di seicentomila abitanti e di chissà quanti milioni di topi, ma a causa delle scarpe di legno che tuzzuliavano sul basalto e facevano accorrere i soldati spagnoli meglio di una fanfara, erano autentiche esperte di commercio e di denaro: lasciata a loro, la banca fiamminga dei Vandeneyden avrebbe finanziato i re di Francia, Spagna e Inghilterra, tanto erano brave a risparmiare. Tant'è che Imera e Edoné imbrogliavano Tonno da anni e lui, che pure si mostrava saputo e navigato, si lasciava fare senza il minimo sospetto.

Avicente si tormentò a lungo prima di salire in casa. Alla fine ci arrivò con l'espressione del condannato a morte, gli occhi lucidi e grandi calamari neri sotto gli occhi. Tuttavia, le due sbriffie erano così abituate alle facce malinconiche e pie degli spagnoli – che arrivavano con l'aria di essere venuti a scopare col cilicio addosso – che non si stupirono né si diedero pena vedendo entrare il medico pallido, contrito e infebbrato. Pensarono solo che sarebbe uscito più leggero, di denari e di umore, e si prepararono a farsi visitare e speculare prima di farselo e rifarselo come la Santissima Trinità comandava.

Figurarsi quando Avicente se ne uscì con le sue belle richieste: del resto, s'era messo in testa che doveva, doveva fare un confronto con Lisario – ma questo non lo disse alle signore – poiché un esperimento scientifico senza verifiche è falso e Avicente Iguelmano non poteva tollerare che gli si desse del ciarlatano ancora, come quand'era all'Aja. Adesso avrebbe sbugiardato il suo antico maestro e tutti quelli che lo consideravano alla stregua di un barbiere, un barbiere molto fortunato perché, vai a sapere come, e che Iddio mai svelasse quel benedetto come, aveva risvegliato dalla morte la figlia di un alto ufficiale di Sua Maestà. L'avrebbero chiamato nelle aule delle università più grandi e famose e tutti avrebbero dovuto stupire di fronte al disvelamento del segreto dei segreti: la natura della donna.

Alla specifica della prestazione, Pubbreca, cioè Imera, cioè Bernardina, si fece una risata così larga e grassa che dovette sentirsi di certo fino a Mergellina. Invece Edoné, ovvero Argiento Vivo, non si guastò: si sedette ed eseguì il compito, mentre Avicente disegnava e Pubbreca scuoteva la testa ripetendo fra sé e sé: "Ma tu vedi gli uomini che non tengono niente a che pensare...".

Si fecero visitare e guardare, osservare e maneggiare. Le grandi labbra delle due donne però non schiusero alcun segreto. Cosa ci fosse di diverso era difficile a dirsi, ma Lisario provocava in Avicente una curiosità che le due donne non gli suscitavano. Osservò e riosservò, fino a che non si rese conto da un'ammiccatina che si davano che quello era il problema: stavano fingendo, non facevano affatto quel che lui chiedeva. Non provavano alcun piacere, era solo una recita. E lui poteva guardare gesti e movenze delle sbriffie da qui all'eternità, non avrebbe mai saputo distinguere la finzione dal vero.

Dunque, a questo arrivava la menzogna: la donna non solo fingeva quando aveva l'uomo in corpo, ma anche per l'uomo che guardava. Non c'era passione, non c'era presenza, in breve non c'era nessun desiderio da soddisfare. Le dita non si stendevano, le gambe non tremavano, la voce cantava come l'attrice imita a teatro l'usignolo. Dunque c'era da chiedersi: Lisario aveva sempre risposto con onestà alle sue richieste? Gliene venne dubbio, ma ormai, si disse, l'aveva bruciata, consumata, spenta.

Avicente guardò cadere nell'orinatoio di ceramica l'urina a getto di Pubbreca che se ne stava a gambe aperte e con le gonne alzate, come un uomo. Aveva fallito, aveva sbagliato tutto. E in quel preciso istante, mentre Argiento Vivo gli porgeva un vassoio con le paste di mandorla per rinfresco e con una mano gli frugava nei pantaloni credendo di fare cosa adeguata e necessaria, si rese conto di un'altra, tremenda verità: Lisario era sempre stata sveglia mentre lui la visitava al castello l'inverno avanti e aveva finto di *non* provare piacere, più che poteva, così che lui continuasse a visitarla.

Una trama di bugie che rendeva le donne vischiose come la sugna gli ricoprì l'intendere e il volere, le odiò tutte e tutte le desiderò morte, per l'umiliazione che il loro esistere continuava a infliggergli.

Alla fine, era talmente stanco dei giochi condotti nella casa delle zoccole, che si addormentò e le due, abituatissime a clienti prostrati, lo lasciarono dormire sul loro letto. Come chiuse gli occhi, Avicente si ritrovò in quel cortile buio e profondo con cinque finestre che aveva sognato prima di sposare Lisario. Era nudo come un verme, questa volta, e i cinque religiosi vestiti di nero erano già lì che parlottavano.

«Eh, e chisto fa' sulo guaie...»

«Ma comme? S'erano aggiustate 'e cose, s'era pure spusato cu na bella guagliona e che va facenno?»

«Fratelli, fratelli!»

«Uh, san Gaetà, chillo sta pure 'a casa d' 'e zoccole! Guarda, guarda addò ce fa' trasì!»

«Sono sorelle da far pentire anche loro, Giovanni, un po' di pazienza...»

«Vattènne, Gaetà, nuie simme n'ordine sulo de masculi. Uh, addò stanno? Nell'ata stanza? Famme verè, nu poco...»

«Giovanni!»

«Scusa, scusa...»

«Guardate, ci ascolta.»

Avicente li guardava, la testa alta, coprendosi le vergogne.

«Allora, la vogliamo smettere?» disse san Gaetano.

«Ma io veramente...» mormorò il dottore.

«No, no, no e no! Qui dobbiamo proprio darci un taglio! La scienza è tutta una scusa, fratello caro!»

Avicente s'arruffò, alzando i pugni, i religiosi si coprirono gli occhi per non vedergli il manico ciondolare.

«Basta! Avevo detto che non vi avrei mai più sognato! Non solo non siete d'aiuto ma siete anche dei veri ignoranti!»

«Ah, se ti vedesse la tua mamma...» lo ammonì san Gaetano.

A quel punto Avicente si svegliò urlando e Argiento Vivo e Pubbreca tornarono ammiccanti, tutte un sorriso.

«Uh, che d'è? Nu brutto sogno? Faccimme n'atu poco allora, iamme...»

3

Quella sera, al ritorno dal Largo delle Baracche, Tonno lo fece intercettare da un servo. Voleva assicurarsi che le sue sbriffie fossero pulite.

«'Mbè, dottore bello? Il giardino dei piaceri? La chiavata maxima? Cumm'è juta? Raccontate! Erano o non erano sanissime quelle due zoccole?»

«Ah, sanissime, sì sì... Ma, in verità, la mia scienza non è riuscita...»

«Ah, se chiamma scienza, mo'?»

La luna era sorta dilagando rami d'argento sulla città vellutata di notte. Tonno si tormentava il mento. Avicente, contrito, era rimasto in piedi sulla soglia della grande sala affrescata di Palazzo Bagnara.

Dopo una passeggiata circolare intorno alla sua sedia Tonno partorì un pensiero: «Dottò, ve pozzo dicere na cosa? Forse voi cercato na cosa diversa... Avite mai 'ntiso di parlare... venite cchiù vicino...».

Avicente traversò il pavimento di marmo fino alla grassa figura di Tonno che gli sussurrò all'orecchio: «Femminielli... sapite?».

Il dottore si staccò sorpreso. «I cantori? I castrati?»

«Sì, sì, stanno pure loro, ma io ne conosco a una... Una ca nisciuno sape si è femmena o è masculo... E nisciuno 'a po' pruvà, pecché è proprietà specifica...»

«Un'altra prostituta?»

«Mantenuta! E tene mestiere: dà 'e nummare. 'A bona officiata.»

«Ma a me servono donne vere...»

«Eh, quanta vuommeche... Chi po' sapè si Bella 'Mbriana nunn'è femmena? Ce piace annaze, areto... ce piace cu l'uommene... Nunn'è femmena? Iamme, Avicé, ve luvate nu dubbio...» E rideva, rideva.

Nemmeno un'ora e Avicente veniva trascinato controvoglia nella zona detta dell'Anticaglia, sotto gli archi dell'antico circo fra le cui campate erano cresciuti scuri palazzi gotici.

«Siamo arrivati» sussurrò Tonno davanti alla porta di una chiesa.

L'arco acuto, nero di fumo e sporco di ogni sozzura, era illuminato da una torcia. La porta si aprì senza bussare: una scala dava in una stanza colma di arredi poverissimi ma il cui pavimento illuminato dalla torcia mostrava mosaici antichi, agglomerati di rose, alberi, agnelli, bastioni e navi, fra cui si libravano pavoni e falchi. Avicente contemplò di sfuggita fratelli che assassinavano fratelli, mogli che tradivano mariti, farisei e centurioni sul Calvario.

«Accuorte, se sciulia...» lo avvisò Tonno e infatti subito Avicente mise un piede in fallo e si aggrappò all'Eletto del Popolo.

«E che cazz', dottò, manteniteve!»

Al lume della torcia gli animali del mosaico sembravano prendere volume e avanzare felpati: Avicente era pentitissimo di aver seguito Tonno in quel buco infetto della città. Pantere e serpi scattavano dal pavimento a ogni passo, dell'acqua gocciava da fontane o scoli invisibili.

«Bella 'Mbriana...?» chiamò Tonno.

«Chi sì?» rispose dal buio una voce profonda, vellutata, né di uomo né di donna.

«So' Tonno, porto amici spagnoli...»

«Vattènne!»

«Iamme, doie parole e basta...»

«Vattènne, 'o dico pe' te!»

Nel buio uno stridore di lama scattò accanto alle gole di Tonno e Avicente. Entrambi diedero in un urlo. Un respiro affannoso si era fatto vicino. La torcia caduta di mano a Tonno mostrò per un istante sul pavimento il volto geloso di Putifarre che inseguiva Giuseppe.

Una fioca lampada illuminava un uomo armato: meno di trent'anni, nudo – Avicente fissò un grosso cazzo ancora duro –, la faccia da impunito, lunghi i baffi e scarmigliati i capelli.

Avicente sentì Tonno deglutire. «Don Peppo... E io che ne sapevo... come potevo immaginare... Perdonate, perdonate...»

Tonno prese Avicente per un braccio e rinculò veloce.

Per un istante, sul pavimento composto di belve e giardini, Avicente scorse avanzare una figura candida, dai lunghissimi capelli neri, ne intravide gli occhi dalle lunghe ciglia e labbra tinte di rosso. Bella 'Mbriana alzò la lampada. Un profumo intenso di gelsomino si diffuse nel buio. I capelli le coprivano il petto, impossibile dire se nascondessero seni. Con la coda dell'occhio Avicente cercò di vederne il sesso, ma la macchia buia che aveva fra le gambe svanì oltre la porta gotica prima che distinguesse.

«Scusate, scusate...» stava implorando Tonno e in un attimo erano già in strada, si udì la porta della chiesa chiusa da un fermo metallico. Corsero fra i vicoli seguiti dalla luna e si fermarono solo in uno slargo, accanto a un pozzo, affannando.

«Ma chi era?» chiese Avicente, ancora spaventato.

Tonno minacciò, la voce ancora scossa dal terrore. «Quello che avete visto oggi non lo potete dire ad anima viva o vi tagliano la gola.»

Avicente si passò due dita umide nel colletto. «Che avrei visto?»

«Quello era don Peppo Carafa.»

«Ah! Ma è un...»

Tonno afferrò Avicente per un braccio e lo spinse contro un muro con forza inattesa. «La parola che volevate dire non la dovete dire. Non la dovete nemmeno pensare! Chillo è l'ommo chiù ommo ca ce sta a Napoli, sono stato chiaro?»

Avicente annuì ripetutamente. Quindi Tonno si aggiustò il mantello e corse avanti.

Al medico, rimasto solo, sembrò di sentire ancora il profumo di gelsomino di Bella 'Mbriana ma le strade dell'Anticaglia olezzavano, in verità, solo di feci umane e animali.

Un turbamento indicibile lo assediava.

Arrivò al castello che era ormai giorno fatto, più morto che vivo. «Ma che succede?»

Una grande e inaspettata festa, un tramestio, risa, allegria, fiori e vino: don Ilario e donna Dominga gli andarono incontro in estasi, le serve si agitavano e correvano senza scopo, ma nessuno gli spiegava. Infine, Dominga, le lacrime agli occhi, sulla punta dei piedini da nana, aveva balbettato: «Be-be-be-lisaria è incinta!».

Ed eccola sua moglie, con il nome completo per la prima volta nella sua vita a causa della gravidanza che la promuoveva donna e cattolica agli occhi della società, che avanzava dal fondo della sala dove l'aveva incontrata per la prima volta da sveglia. Era un po' pallida, come se avesse timore.

Avicente mosse un passo all'indietro mentre don Ilario lo spingeva: «Abbracciatevi, abbracciatevi!».

Avicente infine ubbidì.

Ma quello, lo sapeva bene, non era suo figlio.

IL MAESTRO DELLE CANDELE

1

Ora, però, bisogna fare un passo indietro, esattamente a tre mesi prima di questa ferale notizia, al tempo in cui Lisario si negava e suo marito si dedicava al vino.

«Laissez! Laissez!» aveva urlato l'uomo in braghe di tela lasciando cadere una cartella infiocchettata di spaghi da cui erano scaturiti disegni e bozzetti. Ed era corso all'angolo di vico Santo Spirito di Palazzo per fermare la mano armata di pennello di un altro uomo, più basso di lui, in camicia da notte e pianelle, pronta a colpire un vecchio seminudo, le carni flosce, raggrinzito a terra, il braccio alzato a difendersi ridotto a meno che un osso, levato contro il sole bollente del maggio napoletano.

«Ladròn de gallinas!» minacciava l'uomo in camicia.

Il vecchio non rispondeva e nemmeno cercava di sfuggire ai colpi che l'altro gli menava sempre più forti sulla testa e sulla schiena.

«Qu'est-ce qu'il a fait? Che ha fatto?!» urlava a sua volta l'uomo in braghe di tela, trattenendo l'aggressore.

«Ladro, è un ladro... E io che gli ho pagato la posa... Tre galline dalla mia dispensa...»

«La posa?» L'uomo in braghe di tela teneva stretto il derubato.

Il vecchio tentò finalmente la fuga e, poco alla volta, nascosto da altri cenciosi che si erano radunati, sparì diretto alla chiesa di Santa Maria Egiziaca.

«Chi siete?» domandò alterato lo spagnolo, armato ora anche di una delle sue pianelle.

La piccola folla di abitanti seguiva in parte la fuga del vecchio, in parte la lite. L'uomo in braghe di tela andò a raccogliere la cartella e i numerosi disegni fuoriusciti. L'altro li scrutò, critico.

«Ah! Otro pintor!» sospirò e poi, in perfetto napoletano: «Stèvemo scarze!»

Il francese fece cenno di non capire. Quindi fissò meglio lo spagnolo, gli occhi azzurrissimi e larghi ancor più dilatati per la sorpresa: «Le maître Ribera?».

«Yo soy!» rispose l'altro e gli voltò le spalle ignorandolo, diretto a una tenda che si apriva nell'arco basso del palazzo sotto cui si era svolta la scena.

Il francese gli corse dietro, mentre i cenciosi e le femmine si ritiravano mormorando.

«Attendez-moi!»

Ribera varcò la tenda e sottrasse l'asticella che la sosteneva, così che la tenda si chiuse davanti ai piedi del francese.

«El taller de pintura está llena! L'atelier est plein! Vous comprenez?!» disse a voce alta dall'ombra della casa.

«Sono maestro di scena, non pittore! Sono qui per i fondali del melodramma!» e, poiché Ribera ancora non dava cenni di vita, aggiunse in spagnolo: «Maestro de las velas... Maestro delle candele. Illumino il palco, costruisco i fondali, disegno i costumi.»

Un lungo silenzio scese sul vicolo. Quindi la tenda si aprì e Ribera con una giacca sulla camicia da notte fece capolino dalla tenda.

«Vi manda Juan Do?»

«Sì» sorrise il francese. «Sono Jacques Israël Colmar» e porse una lettera al maestro che la prese, sbuffò e si strinse nelle spalle.

«Ingresos! Entrate.»

Nella penombra dettagli di tele sormontarono il francese: un satiro laido e grasso, una conchiglia di madreperla, la faccia urlante di uno scotennato, i volti lubrichi dei cenciosi, un santo d'ossa come il vecchio fuggito all'ira del pittore, Maddalene in carne, teschi, trombe e libri. Jacques Israël Colmar osservò le opere in riverente silenzio.

A braccia incrociate lo spagnolo sorrideva sotto i baffi. «Te gusta?»

Colmar chinò il capo due volte a corto di parole, in qualunque lingua. Ribera si strinse nelle spalle e andò a prendere un bicchiere.

«También le gustaba Velázquez.»

«Lui è stato qui...?»

«Chi?»

«Velázquez!»

«Oh sì, con tutto il suo seguito di toldos, carros, sirvientes...»

«È ricco...»

«Moltissimo!»

Una bella donna vestita di blu si affacciò da una porta interna: Colmar vide stanze e arredi fino a un'altra luce, una finestra o un balcone che dava su una strada. La casa e lo studio del maestro erano immensi.

«Veo che tienes invitados...»

«Vamos, vamos...» la liquidò Ribera.

La donna si ritirò.

«Mia moglie...»

«Complimenti» sorrise Colmar.

«... e molti, moltissimi figli! Altrimenti anch'io sarei ricco come Velázquez! Allora, vediamo chi mi scrive...» e aprì la lettera che Colmar gli aveva dato. «Juan mi aveva avvisato, ma non spiegato...» Quindi, scorrendo la lettera, disgustato: «In francese! Anche questa!».

Colmar sorrise scusandosi con un cenno del capo.

«Van Laer! Que asqueroso fornicador!» esclamò Ribera, poi, vedendo la faccia perplessa di Colmar, aggiunse in francese: «Uno scopatore irriducibile! E brutto come la peste! Come faranno le donne...».

Colmar spiegò: «Vengo per migliorare i miei fondali, maestro. Se pensate di potermi far osservare mentre tenete lezione vi pagherò come ogni altro allievo. Intanto, sono arrivato a Napoli per lavorare, monto le scene alla Sala dei Fiorentini per la compagnia spagnola...».

«Mercedes!»

«Sì, per lei e suo marito.»

«Povero cornuto...» sogghignò Ribera. «Va bene, va bene. Da domani venite pure. Jacques Israël... Siete giudeo?»

«Mio padre lo era.»

«E voi no?»

Colmar si strinse nelle spalle. «Ho avuto una vita difficile. E nelle Fiandre agli spagnoli non piacciono né giudei né eretici...»

Ribera annuì. «A me non importa quale Dio pregate ma come dipingete.»

Colmar sorrise: «Qui c'è un solo dio che dipinge...» e allargò le braccia a indicare le tele che aveva intorno.

«Ah, no me gusta que me lamen el culo!»

«Ho capito. Era sincera ammirazione» assentì Colmar e si alzò per andarsene.

«Un momento» lo fermò Ribera. «Dove dormite?»

«Alle nazioni, vicino alla chiesa di Sant'Anna.»

«Siete con gli olandesi?»

«No, una casa con napoletani e toscani...»

«Bene. Los holandeses...»

«... vi stanno sui coglioni.»

«Precisamente.»

«Ho sempre condiviso l'opinione. Buona giornata, maestro» concluse Colmar, prese la cartella e uscì diretto al Largo di Palazzo.

2

Colmar era arrivato a Napoli in un mattino di pioggia la settimana precedente all'incontro con Ribera. Aveva viaggiato a piedi da Roma per settimane in compagnia di undici imbrattatele, ma solo cinque ne avevano avvistati i soldati del Viceré che traversavano i campi battuti dalla pioggia, le mani a tenere i cappelli di paglia rubati ai contadini. Gli alberi in lontananza erano pavesati di lampi: più di una volta uno dei cinque aveva preso la via del bosco e gli altri, a turno, lo avevano trattenuto per evitare che venisse fulminato.

Del gruppo che si era mosso da Roma – lo Spagna, il Venta, il Frasca, il Remo, l'Ultra, il Lenza, il Lisca, il Braghe, l'Ostia, il Morto da Udine, il Francia e Colmar stesso –, tutti partiti con l'obiettivo di entrare a bottega da Ribera o da un altro dei maestri napoletani, chi s'era perso a Bolsena, chi s'era dato alla macchia dalle parti di Formia, chi, come il Morto da Udine, nipote di quel Giovanni vissuto ai tempi di Raffaello, detto già il Morto per l'abitudine di sparire sottoterra per giorni a copiare grottesche, s'era infrattato con una contadina. Erano rimasti con Colmar lo Spagna, un galeotto napoletano, faccia proterva e lupesca, capelli rossi, guance pinzate all'interno da atavica fame; l'Ostia, un baciapile a sentire lo Spagna, prete mancato che aveva insistito per benedire il viaggio più e più volte, anche se a Casamari l'avevano quasi perso per via della nipote dell'abate; il Lisca, magro, affamato, pallido come una puerpera, specializzato nei fondali tanto che in dieci anni di lavoro non era mai passato a dipingere figure, e il Braghe, pittore specializzato nel ricoprire pudenda.

Durante il viaggio lo Spagna s'era pigliato con il Lisca, lo Spagna sostenendo che l'ordine si tiene con la forza e la violenza, il Lisca sventolando la bandiera della pace. «Tu sì chiù prevete 'e ll'Ostia!» aveva cercato di offenderlo lo Spagna. Nella locanda di Mondragone erano volati piatti e bicchieri, lo Spagna aveva bucato un muro con una pistolettata e sfasciato ben tre tavoli. Quindi s'era trovata una pace che era durata fin alle porte della città. Del resto proprio questi sopravvissuti avevano già abitato insieme a Roma: Colmar aveva diviso con loro una casa in via Margutta e ora, a Napoli, rieccoli a occupare due stanzoni in Sant'Anna, sede della Nazione dei Lombardi, più o meno dove pochi decenni prima aveva dormito anche Caravaggio, che tutti a Napoli adoravano e copiavano.

Da Largo di Palazzo a Sant'Anna correva vasta e nuova la via Toledo, aperta da don Pedro centoquarant'anni prima e attorno alla quale, come satelliti di un pianeta, la nobiltà di seggio aveva costruito palazzi su palazzi, riempiendo la strada come la città di un reticolo disordinato di facciate vistose, per impressionare il Viceré e la corte. E così ecco la folla che Colmar tagliava: cavalli e scalzi, popolo grasso, bottegai e mercanti, nobili in carrozza e artigiani, fantesche e lazzari, tutti uno sull'altro, più corpi che anime e, comunque, di quei tempi, più anime di quante se ne contassero a Londra e Parigi.

Il maggio era odoroso ma caldo: rientrato dalla visita a Ribera, Colmar fu contento di arrivare a casa e liberarsi di giacca, disegni e braghe. In maniche di camicia contemplò le poche cose che aveva salvato dal viaggio. Da un involto spuntava l'unico ricordo di suo padre, una topografia di Colmar, in Alsazia, la città dove si era rifugiata la sua famiglia tanto di quel tempo prima che ormai solo il Dio degli ebrei sapeva quale fosse stato il loro vero nome.

«Asini! Non siete capaci di disegnare la pianta di casa vostra e i nostri antenati hanno disegnato il tempio di re Salomone!» ripeteva Levi Israël Colmar, maestro topografo, che aveva cresciuto a suon di bastone Jacques e tutti gli altri suoi fratelli, sette in totale, sperando in una famiglia pia e rispettosa che lo riscattasse dal matrimonio contratto per stupida passione con una donna francese cattolica, costretta a farsi giudea e che, per di più, veniva dai bassifondi alsaziani, dove per povertà, come in tutta la moderna Europa, ci si prostituiva a vario titolo. Due difetti, l'origine e la pratica, che Ninon Colmar faticava a perdere, visto che, appena due giorni dopo aver partorito Jacques, l'ultimo dei suoi sette figli, già riceveva di nascosto i suoi clienti.

Levi sapeva e taceva. La sua unica soddisfazione era nello studio dei tre maschi – le femmine le aveva fatte sposare tutte di gran carriera con rispettabili membri della comunità ebraica. Compativa la moglie, vecchia e sformata dai parti, ma non le impediva di vendersi: il suo era pur sempre un contributo alle spese familiari.

Jacques infatti, come i suoi primi due fratelli, aveva avuto per precettori alcuni clienti, un maestro e un musico, che visitavano settimanalmente Ninon. Poi, verso i dodici anni, aveva iniziato a disegnare topografie con il padre. Ma Jacques, alquanto belloccio, piaceva troppo alle donne e si distraeva di continuo dall'arte topografica. Vero è che sulle colline che si stendevano intorno alla sua casa, lente come lacci di braga, il genere femminile non brillava in eleganza. Le donne che Jacques aveva conosciuto, inclusa sua madre, declinavano la loro vita in un alfabeto detto al contrario: erano lunghe I maiuscole da giovani, il puntino incuffiato della testa ben in cima a un corpo privo di curve; diventavano presto delle H, le gambe larghe e parallele deformate dall'artrite, toraci bassi, seni enormi e pesanti, braccia goffe; e finivano come delle piccole d, accovacciate sulla propria pancia, la pelle delle gambe scesa sui piedi come calze lente, sedute su loro stesse come sulla sedia della premorienza.

Per tutte Jacques aveva una parola buona, un gesto, una carezza, le corteggiava, belle o brutte che fossero, per puro amore di vita. Pieno di energia ma mortificato nei suoi slanci giovanili, faticava a sopportare i belanti alsaziani quanto i satolli abitanti delle Fiandre confinanti, ché tutti li uccideva la fame o l'eresia, infatti a mucchi ne avevano seppelliti in cent'anni gli spagnoli.

Per altro, Jacques preferiva al mestiere di suo padre il teatro. Aveva tredici anni quando un gruppo di commedianti aveva rappresentato una nuova commedia – un moro geloso, una veneziana sospettata di tradimento, un perfido e untuoso consigliere – su un barcone a galla fra i canali.

Le fantasie della scena, i fuochi d'artificio, i costumi, le macchine che simulavano castelli e torri lo avevano conquistato; il tristo consigliere e il dramma del moro lo fecero piangere a dirotto. Soprattutto, la giovane moglie uccisa per sbaglio lo aveva commosso. Quella sera stessa parlò con l'impresario, raccolse i suoi panni e, senza nemmeno salutare Levi, sua madre e i suoi fratelli, seguì la compagnia alla ventura.

Ma a diciassette anni la compagnia gli stava già stretta. Si era presentato al maestro di festa di Bordeaux, un signore che leggeva in latino e disegnava su larghi e morbidi fogli di carta, e gli aveva chiesto d'essere suo allievo. Le Nain, così si chiamava, gli insegnò l'arte dell'olio e la meccanica, lo istruì nel mestiere del falegname, del fabbro e dell'artificiere. Sei anni di Le Nain e Jacques Israël Colmar era capace di far apparire la luna dai pozzi e far salire il sole dalle nuvole con appena qualche strato di legno dipinto e due lanterne. Aveva una fantasia sfrenata, spalle larghe e occhi buoni che gli procuravano donne in quantità e assai più belle delle alsaziane frequentate da bambino.

La notizia della morte di suo padre lo colse di sorpresa e lo costrinse a tornare a casa: poiché nessuno si occupava più di Ninon – "La battona non è affar nostro" gli dissero i miti parenti giudei – se la portò a Parigi.

Ma, intanto, era scoppiata la guerra e di forza Jacques s'era dovuto arruolare. Dopo due anni sui fronti paludosi delle Fiandre s'era dato alla macchia, aveva recuperato sua madre ed era scampato in Italia.

A Roma, all'ombra del Papa, aveva potuto finalmente ridarsi alle

110

scene. Allestiva stanze dove, a turno, recitavano guitti spagnoli, italiani e olandesi. Alloggiò Ninon in un convento di suore e si trovò un letto con altri pittori nella zona di via del Corso.

Era stato allora che il poeta e pittore napoletano Salvator Rosa gli aveva detto che a Napoli c'era da imparare e che, se fosse andato alla bottega dello spagnolo Ribera, ne avrebbe tratto molto profitto. Ma Jacques, a quel tempo, non pensava affatto a trasferirsi né si fidava della parola di Rosa che mentre salmodiava imprecava, mentre diceva bene di uno implorava un coltello per ucciderne un altro, beveva come una spugna e teneva una tal Lucrezia, modella e moglie, che gli aveva anche partorito dei figli, in stato di perenne infelicità.

Bugiardi e scalcagnati, negli anni, Colmar ne aveva conosciuti – sbandati sotto il controllo delle guardie papaline per atteggiamenti estrosi o fastidiosi, violenti, ubriaconi, pittori mediocri – ma non si lamentava perché, confuso fra loro, nessuno badava al suo nome ebreo.

Invece i guai, quelli seri, erano iniziati per colpa dell'Olandese, maledetto il giorno in cui aveva bussato alla sua porta.

3

Michael de Sweerts era stato un bambino ansioso.

E con la crescita l'ansia si era trasformata in ansia di perfezione. Essere perfetti significava creare oggetti perfetti e creare oggetti perfetti significava essere prossimi a Dio. E niente era più importante che essere prossimi a Dio, autentico compimento del suo essere uomo e aspirante pittore. Perché Michael aveva saputo sin dai primissimi anni di vita che avrebbe speso la sua esistenza nella pittura, ma il corpo lo aveva tradito presto e spesso.

Aveva scelto la sua strada il 6 gennaio del 1623. Aveva otto anni.

Quella mattina la casa di Michael era in festa, suo padre, David de Sweerts, ubriaco sin dal primo mattino, e sua madre che lo fissava con odio voltando le spalle quando il vecchio inseguiva le serve. Margheta, la cuoca, aveva appena iniziato a cucinare la torta. Michael, giocando, era rimasto chiuso per sbaglio nel ripostiglio e faticava a uscire. Si sentì chiamare. Margheta lo cercava per mostrargli il fagiolo.

«Michael... cuoricino... Non vuoi vedere il fagiolo prima che finisca nella torta? Vieni dalla tua Margheta, vieni in cucina, adorato...»

Michael si toccò i capelli: Margheta glieli pettinava di nascosto, come fosse una bambina. A Michael piaceva. Cavalcate di brividi gli percorrevano la schiena fino a che non avvertiva il muscolo dell'ano stringersi. Allora, provando piacere, si scioglieva rabbioso i capelli, le dita come pettine.

Il fermo della porta era incastrato. Michael urlò ma la porta spessa coprì il richiamo. Poi avvertì un tonfo, credette che qualcuno venisse a liberarlo. Invece no, era il peso di suo padre contro la porta: «Lumja... Lumja... fatti annusare... profumi come un'allodola... ma che dico? Come un tacchino al forno!»

E con la voce aggrondata ed eccitata di suo padre, ecco la vocina di Lumja, tredici anni, che si schermiva e piangeva, dava calci alla porta con gli zoccoli e piangeva soffocata. Michael ascoltò fino a che suo padre non ebbe finito e i colpi degli zoccoli di Lumja cessarono. Quindi, di colpo, la porta cedette, Michael si rintanò fra le scope, né suo padre né Lumja lo videro ma Michael vide suo padre, una bestia che ha corso troppo, le braghe calate, l'oscuro oggetto penzolante lungo quanto quello di un cavallo. Poi, nell'ombra della porta, la sagoma gigantesca di Margheta.

«Amorino! Ma dov'eri? Ormai ho infornato la torta!» la cuoca lo abbracciava forte. «Anima cara, sarai tu il re del fagiolo stasera?»

Si era ritirato in una stanza a bovindo e fissava le strade coperte di neve, il cielo basso come una coperta. Il fiato appannava i vetri che riflettevano la punta rossa di raffreddore del suo naso. Era una casa ricca la sua, non di quelle con la carta oleata alle finestre, dove si moriva di gelo. Aveva ben chiaro d'essere nato ricco e che doveva provare pena per i poveri. Sarebbe stato bene invitarli tutti, quella sera, i poveri di Bruxelles, a mangiare alla tavola del re del fagiolo, a consumare i troppi volatili, le uova, i formaggi fusi nel tegame sulle rape, gli gnocchi di farina fritti, i dolci di ricotta, il vino. Tutto a gonfiare ventri già enormi, a rinvigorire gotte e sarcomi. Il ventre di suo padre. Il suo attrezzo da cavallo.

Sua madre intanto, Martina Ballu, pregava, severa e grigia, senza farsi tentare nemmeno da un dito di vino o da un biscotto coperto dai cristalli di zucchero. Michael doveva diventare come lei. Sarebbe diventato come lei e in più l'avrebbe riscattata della bellezza che le mancava, nel corpo come nell'anima.

Rimase a disegnare sui suoi fogli fino a sera. Copiò un antico boccale il cui manico raffigurava un drago che divorava un melo-

113

grano. Poi pregò Dio di perdonarlo per quanto faceva, che lo salvasse da ogni vanità, compresa la pittura, e dall'orgoglio di essere il migliore. E intanto ripeteva a se stesso, come mai aveva fatto prima: sarò pittore, sarò pittore.

Si sentì chiamare e scese in cucina. Sui tavoli trionfavano carcasse spolpate e resti d'ossa: si fece il segno della croce. Margheta lo vide.

«Non hanno mica l'anima, polli e vacche» disse «a parte quel po' d'anima cicciuta che era il ripieno dell'arrosto...» e rise come un cannone, ignorando che Michael s'era segnato non in onore delle bestie morte ma per rispetto della sua personale paura di diventare cadavere. La sua gran voglia di primeggiare infatti veniva di continuo in lui umiliata dalla certezza della morte che l'attendeva, come tutti.

Intanto erano arrivati i cugini di 's-Herthogenbosch, i congiunti che venivano da Gand, lo zio Jan con la gamba di legno, quella buona persa in battaglia con gli inglesi, diceva lui – ma tutti sapevano che era stato morso da un porco e gliel'avevano dovuta tagliare per infezione –, e poi le dame, grasse oche da beneficenza, che turbavano la quiete plumbea di Martina Ballu, in compagnia delle figlie, ragazze da marito, e un paio di cugini che erano già uomini, Pieter in particolare, che aveva un buon profumo di cuoio e gli occhi verdi.

Michael provava una singolare forma di felicità ogni volta che riceveva da Pieter un buffetto o un pugno. Gli guardava le mani. Anche adesso, mentre Pieter entrava in cucina e gli toglieva il cappello che Margheta gli aveva appena aggiustato, poteva sentire il languore della sua presenza che metteva sotto una nuova luce l'immagine di suo padre a braghe calate, l'erezione da cavallo.

La cena fu lauta. Bevvero molto e mangiarono di più. Sulla tavola passava fra i bicchieri, ogni tanto, la corona di stagno decorata a fiori che avrebbe indossato il re del fagiolo. Il gatto guazzava in un piatto abbandonato a terra denso di rifiuti, il cane rotolava sui tappeti, le donne erano rubizze, gli uomini straparlavano.

«... del resto, mio caro, non sono mica un invertito!» stava esclamando suo padre e tutti ridevano, tranne la madre di Michael, che invece rise di conseguenza, a pappagallo, e suo cugino Pieter gli diede di gomito dicendo: «Perché? Tu, verginella, sai cos'è un invertito?».

Margheta passando con un vassoio prese per un orecchio il suo protetto: «Andiamo, signore, non importunate il mio cuoricino. Me lo sento qui in petto che stasera sarà lui il re del fagiolo, la vostra è tutt'invidia!».

«Ah, nel petto, Margheta? O da qualche altra parte te lo senti?» e le diede un gran ceffone sulla pancia prominente.

Margheta sobbalzò scoppiando a ridere, tutta la tavola ondeggiò e intanto la torta arrivava, passava di mano in mano sulla testa dei più piccoli, fino al padre che tagliò la prima fetta, subito scivolata nelle mani di Michael. La scrutò di profilo prima d'addentarla: il fagiolo era lì, appena nascosto dove la crema gocciava, lo afferrò con due dita e urlò, carico di orgogliosa baldanza:

«Sono il re! Sono *io* il re!»

La tavolata zittì di colpo. Era così strano quel silenzio, adesso, dopo ore di frastuono, strano come se una pera viva e con la cuffia avesse traversato la sala recitando i salmi. Suo padre afferrò la corona di stagno che per gioco era finita in testa di Lumja, la serva tredicenne che si era appena sbattuto, e la pose sui capelli chiari di suo figlio. A Michael sembrò d'essere visto per la prima volta.

«Eccoti fatto re» disse serio David de Sweerts e poi, di nuovo, ridendo: «Andiamo, andiamo! Godiamo, saremo morti prima della fine di quest'anno!»

Michael con la corona di stagno in testa, verso tarda notte, mentre la compagnia si scioglieva sbandando e rimetteva i piedi gonfi di vino nella neve, seguì suo cugino Pieter che l'afferrava per la collottola e diceva: «Andiamo verginella, non devi fare due gocce anche tu?» e si ritrovò a orinare in cortile, al buio, spiando il sesso rosso e duro per il freddo di Pieter.

«Chissà quante pulzelle impalerai, ora, re di questo fagiolo!» schiamazzò indicandosi l'attrezzo. Quindi guardò la propaggine mingherlina che sporgeva dalla braghe corte di Michael: «Ah, ma via... Non con quello! Siete ancora signorina, mio caro cugino!» sghignazzò e lasciò solo Michael a guardare la luna che tra fitte coltri faceva capolino.

Prima della fine dell'anno, come aveva detto a tavola, David de Sweerts morì.

E Michael non pianse una lacrima.

Lo stesso anno gli fu spiegato che spargere il seme al di fuori di un ventre femminile era peccato. L'umore gli cambiò e la notte il seme prese a spargersi da solo: il pagliericcio estivo o il ricco materasso di lana invernale erano sempre impiastricciati dei suoi appiccicosi sogni rimossi. E pur di non farsi scoprire dalla sua occhiuta madre, che andava in chiesa due volte al giorno, Michael aveva deciso di concedersi il piacere diuturno con parsimonia e avarizia.

Peccato che l'oggetto del suo desiderio fosse quell'anno un fattore che consegnava ai clienti cittadini il latte e le uova dei terreni circostanti. Il fattore aveva sedici anni, era peloso e biondiccio e grosse macchie di sudore gli aureolavano le ascelle. Michael trascorreva intere ore a immaginargli il membro ritratto nelle braghe e i ciuffi di pelo che gli crescevano sotto la camicia come rade foreste. Aveva assistito una volta all'accoppiamento dei cavalli che tiravano la carrozza di suo padre e così immaginava il membro del fattore a dimensione equina, proprio come quello che aveva visto a suo padre e che ora associava alla morte di David de Sweerts e, insieme, alla sua incoronazione di re del fagiolo.

Soffriva di improvvisi svenimenti per i quali la madre convocava assai spesso il medico, il quale, da persona accorta, le aveva consigliato di dare al figlio più latte e più carne perché il ragazzo, disse, era impegnato in grandi e nuove fatiche.

«La pittura?» chiese intontita la Ballu.

Il medico assentì: cosa avrebbe mai dovuto dire?

Ma Michael non si dava pace e ogni domenica voleva parlare al suo confessore per sollevarsi la coscienza, se non che il prete, grasso e senza collo, allarmato da alcune lettere di delazione che lo accusavano di frequentazioni ambigue con i suoi studenti più giovani, aveva tenuto per tutto l'anno lunghi e aggressivi sermoni contro i sodomiti, enumerando le pene infernali destinate ai peccatori e quelle corporali somministrate dal tribunale di Bruxelles, ma anche da quelli di Anversa, dell'Aja e di Amsterdam: bruciatura delle guance, pubbliche scudisciate, gogna e galera, talvolta, a seconda del grado di sodomia, la decapitazione, ma, cosa che più spaventò il giovane Michael, asportazione con coltello del manico maschile.

Ora, se per dipingere occorreva essere perfetti nel corpo e nell'anima, Michael teneva moltissimo a che il suo corpo restasse intatto e si astenne perciò dal confessare l'oggetto dei suoi desideri, ripromettendosi di vedersela a tu per tu con Dio, senza passare per gli uomini. Ma la sodomia, nel suo cuore, contaminava la sua speranza di gloria e perfezione: si sforzò di desiderare le donne, le pagò senza risultati, ma soprattutto divenne il più fedele frequentatore di chiese che la sua famiglia conoscesse, tanto da essere suggerito per il chiostro al compimento dei diciotto anni. Sfortunatamente più di un monaco e molti chierici lo tentarono con le grazie mistiche del saio e a poco valsero altri, infruttuosi tentativi di sua madre di accasarlo.

A diciotto anni Michael aveva appreso dal suo precettore che l'Impero romano era sorto in un evo climatico particolarmente mite ed era, invece, caduto in stagioni di lunghi e freddissimi inverni: quale esercito avrebbe potuto valicare le Alpi, altrimenti, e invadere l'Europa? Come avrebbe mai Annibale portato i suoi elefanti a Capua senza un discreto tepore? Una glaciazione aveva spinto a sud i popoli barbari del Nord e anche l'Impero di Carlomagno godette, nel suo fiorire, della buona stagione, o non sarebbe stato così facile per l'imperatore farsi incoronare a Natale a Roma e subito dopo tornare ad Aquisgrana: valichi chiusi e neve alta gli avrebbero impedito il viaggio. Persino il secolo di Raffaello che si era appena concluso aveva goduto, gli spiegò il maestro, di favorevoli condizioni climatiche, altrimenti gli artisti non avrebbero tanto viaggiato da una città all'altra.

Il secolo di Michael, invece, benché tanto lui quanto il suo maestro lo ignorassero, era senz'altro il primo di una lunga glaciazione destinata a protrarre guerre sanguinose, a imporre cambi di rotta, deviazioni di strade, a chiudere valichi e a gelare porti e fiumi. Come si sarebbe visto nei quadri dei pittori che illustravano il Belgio e le Fiandre, navi si incagliavano nel ghiaccio mentre erano alla fonda nei porti e intorno a queste navi, sul mare, pattinavano famigliole nei giorni di festa.

Per l'estate, tutt'altro che mite, Martina Ballu decise un viaggio ad Amsterdam. Era una domenica con il cielo basso, i pesci nuotavano lenti sotto la spessa coltre gelata del mare. Vicino al porto accanto a un galeone incagliato, la vela indurita dal ghiaccio che il vento frantumava – scaglie di stoffa cadevano come coltelli fra le grida dei bambini che pattinavano –, Michael rischiò sul serio il matrimonio.

Il mercante di seta che sua madre avvicinò, allungando la gamba e compiendo un elegante disegno circolare con i pattini, era accompagnato da una figlia graziosa ma goffa che tutti chiamavano Fille. I canti della festa coprivano le parole di sua madre, Michael udì solo: «... sarà un bravo marito». Questa frase terminava con un dito che lo indicava. Sgranò simultaneamente occhi e braccia e ruzzolò sul ghiaccio, la schiena curva, come certi insetti che nel pericolo si raggruppano, zampette e antenne. La promessa sposa, che era tutta fossette, subito si adoperò a rialzarlo, nelle sue mani Michael sembrò un ridicolo infante, una manica lunga e una corta, il mantello rialzato, il cappello storto.

Infagottato e inebetito, chiese a Martina Ballu: «Cosa dite...?» con il tono di chi domanda al dottore: "Sto morendo? Ditemi la verità".

Nessuno aveva risposto: i genitori della coppia promessa sorridevano appaiati, beati dal pronto intervento di Fille, che intanto era rimasta avviticchiata al braccio del suo promesso, donna rampicante.

Michael aveva tentato di scrollarsela di dosso con qualche grazia, poi subito aveva detto: «Non sia mai. Io prenderò i voti. Non intendo sposarmi».

118

Ogni rossore era svanito dal volto di sua madre e tutte le fossette di Fille precipitarono al suolo, se ne poté quasi udire il tintinnio. Il ghiaccio che teneva incagliata la *Bella Maria* – questo era il nome del galeone alle loro spalle – si giovò di quell'ulteriore raffreddamento di clima: pattinatori che cantavano in fila gioconda scivolarono allegri e rumorosi intorno al gruppo di mancati parenti e un violinista, schioccando la lingua, incitò tutti a pattinare più svelti. Càrole e voci felici, schiamazzi e grida dalle slitte lanciate in corsa rintronarono da una sponda all'altra del fiume e sul mare. Era l'inizio della personale glaciazione di Michael, di poco in ritardo rispetto a quella che, dai primi giorni dell'anno di grazia e salute 1638, aveva annunciato il lungo inverno europeo che ancor oggi non termina.

Ma se l'amore non progrediva, l'arte faceva lunghi balzi: il maestro di bottega presso cui studiava il quasi certo monaco sentenziò: «È bravissimo, che parta per l'Italia».

E Michael, abbracciata la madre in gramaglie, partì.

Sperava, in verità, che il peccato portato in viaggio si diluisse miglia dopo miglia, città dopo città, fino a sciogliersi al caldo sole d'Italia. Si era perciò fermato a Bologna, dove grande fortuna aveva avuto la scuola di Dionisio Fiammingo, ovvero il Calvaert: Bologna, fredda e provinciale, coperta di neve tutto l'inverno, buona per mangiare e per bere, l'aveva cacciato in fretta, somigliava un po' troppo a Bruxelles. Per altro, al posto del Calvaert aveva trovato a insegnare pittura i fratelli Carracci che, in ricordo della concorrenza del Calvaert, ai giovani pittori fiamminghi facevano il pelo e il contropelo. Così, dopo nemmeno un inverno, s'era trasferito a Roma dove, per entrare nella cerchia di Peter van Laer, il più famoso dei pittori olandesi, aveva dovuto sottoporsi al Battesimo, ovvero quel festino all'Accademia.

Benché van Laer dipingesse mendicanti affamati, contadini e poveri pastori e fosse maestro della pittura piagnona, la sua vita era un continuo balletto di festini ed era anche assai gradito alle donne, cosa sorprendente assai poiché egli era brutto, basso e dotato di un naso gigantesco.

I pittori olandesi si erano organizzati attorno al loro maestro per introdurre i principianti nel bell'ambiente romano con prove di ogni genere: il rito detto dell'Accademia si svolgeva in un'osteria vicina alla chiesa di Sant'Agnese, dove il vino scorreva a intere botti, ubriachi sin dall'inizio gli iniziati e ubriachi alla fine gli iniziandi, donne e ragazzi sul tavolo con cinghiali e vitelli, birra e grappa. La Compagnia degli Uccelli, come si chiamava l'allegra brigata degli olandesi romani, non si contentava fino a che l'iniziato non si era umiliato nei peggiori comportamenti. Figurarsi il perfettissimo Michael in questa accolita di malintenzionati.

Entrato nell'osteria, era stato legato a uno stinco di maiale e portato in visita a tutti i capi della comunità, van Laer in testa, che sedeva, essendo bassetto, su uno scranno potenziato da cuscini, sostenuto da due pittori giovani sull'arco della schiena. Al centro della tavolata, su un mucchio di botti, sorgeva un'imitazione di San Pietro, sullo stile, gli fu detto, di quella costruita per la sua compagnia da Andrea del Sarto cento anni prima, il colonnato fatto di salsicce, l'impiantito di parmigiano e il tetto di maiale, l'altare di lasagna; i preti in preghiera erano quaglie al forno con il becco riempito di ciliegie candite.

Gli olandesi se la mangiarono in quattro e quattr'otto, insultando i pittori italiani, baciapile e piscialletto, e facendo scorrere per canalette di rame disposte lungo il tavolo birra e vino, che cadevano nelle gole degli astanti distesi in terra. Cantavano e fecero cantare Michael, bevvero e fecero bere il pittor giovane, mangiarono fino a notte, finché alcuni svennero sulla tavola, altri vomitavano fuori e altri ancora erano passati alle donne, con cui si fornicava sul tavolo e sull'impiantito, che la locanda aveva d'erba.

Una donna fu data anche a Michael, circondato da un gruppo di compari intenti a verificare l'efficacia copulativa del nuovo adepto. Michael sussurrò nell'orecchio alla donna che l'avrebbe pagata se avesse fatto finta con lui, complici braghe e gonne, e quella ebbe il coraggio, mentre tutti inveivano, anche di contrattare sul prezzo. E siccome gli olandesi erano troppo ubriachi per verificare l'accaduto, se ne andarono contenti tutti o quasi, perché la donna sghignazzava ripetendo a mezza bocca: «Impotente, impotente». Così un allampanato incisore di Gand, profittando del buio della notte romana, afferrò Michael, gli calò le braghe e compì con lui l'atto che il pittore aveva tanto rimandato per sentirsi perfetto quando dipingeva.

Fu cosa breve e dolorosa, l'incisore sparì senza che l'amante ne vedesse il volto e Michael, stordito, umiliato e ormai per sempre imperfetto, se ne tornò a casa piangendo.

Al polso aveva ancora legato lo stinco di maiale.

4

Michael de Sweerts si era presentato in via Margutta una piovo-
sa notte di dicembre mentre Jacques e un paio dei suoi compari,
lo Spagna e l'Ostia, si rivoltavano nei pagliericci fra stracci e coperte, rimpiangendo di non avere almeno un animale da stalla che
fiatasse loro sul collo. Le stanze romane, immense e affrescate, erano pur state belle – e l'affitto che vi si pagava vendeva soprattutto
il lignaggio del palazzo – ma erano prive di mobilia, abbandonate
da due decenni, i camini intasati.

Jacques era corso ad aprire – colpi di bastone e non di pugno –
e si era trovato davanti un damerino con il cappello a falda lenta,
piume violacee e grandi fiocchi in petto. Di sotto al mantello era
uscita una mano bianchissima e femminea con tanto di anello. Il
bastone che aveva battuto alla porta aveva una testa d'oca d'argento per pomo.

«Ho saputo che qui c'è una stanza disponibile» aveva sviolina-
to il damerino.

Jacques l'aveva guardato bene: era giovane e aveva curiosi occhi
verdi da gatto, baffi arricciati e lunghi capelli a onda.

«Una stanza c'è, ma Vossignoria avrà sbagliato palazzo» aveva
risposto Jacques, tenendosi le braghe con la mano. «Qui abitiamo
solo noi pittori.»

«Sono pittore anch'io» aveva asserito sfumando in albagia l'ospite piumato, e poi: «Sono Michael de Sweerts, ma potete chiamar-
mi Cavalier Suàrs.»

Jacques Israël, cresciuto con le Fiandre alle spalle, aveva risposto nella lingua dell'ospite e questo cambiò subito l'atteggiamento del Cavaliere: da altezzoso si mutò in gioioso, una gioia infantile.

«Posso vedere i letti?» chiese il Cavaliere togliendosi il mantello fradicio. «Sono qui per contrizione. Abiterò in una casa modesta per meglio ispirare la fede della mia pittura. Ho scelto di abitare fra i poveri. Chi li dipinge non può dormire in letti di piuma d'oca.»

«Ah sì?» aveva commentato con espressione idiota Jacques. «In tal caso... per di qua.»

E lo aveva accompagnato ai pagliericcì infestati di cimici e pidocchi. Da sotto le coperte, teste infagottate di lana e occhi rossi e cerchiati avevano fatto capolino. Il Cavaliere li aveva pungolati col bastone: «Imbianchini!».

«Mmh... È arrivato Raffaello...» mugugnò lo Spagna e Jacques si preparò a fronteggiare la rissa.

Ma Sweerts si limitò a voltare la testa e con aria soave chiese: «Il mio dov'è?» e mise nella mano di Jacques tre monete d'oro, causando un acuto risveglio di tutti gli imbrattatele sommersi di stracci. «E che non vi venga in mente di derubarmi, stanotte. Non sembra, ma so tirare di spada» aggiunse senza voltarsi, e si diresse al suo pagliericcio sfilando dal fianco una sciabola corta.

Erano tutti in piedi, ormai. L'Ostia prese per il collo lo Spagna e lo riportò a dormire, Jacques rimase dietro la porta della stanza in cui s'era ritirato l'olandese ad ascoltare i rumori: la spada poggiata al muro, il fruscio del pagliericcio che si svolgeva, le borse che cadevano a terra, un sospiro, sommesse imprecazioni per gli insetti che si davano veloci alla fuga. Aveva avuto subito l'impressione che quell'arrivo portasse novità.

E, in effetti, novità vi furono e molto inattese.

5

Nei giorni seguenti il Cavalier Suàrs strinse con Jacques una premurosa amicizia, una confidenza che ben si guardava dal condividere con l'Ostia e lo Spagna.

Aveva stabilito di presentare Colmar a tutti i pittori più in voga di Roma. E allora, stretti in una coda per il cibo – pane e brodaglia per gli artisti – presso la chiesa delle Anime, ecco Peter van Laer, detto il Bamboccio, di tutto il circolo di Amsterdam senz'altro il pittore più famoso e che raccoglieva maggiori consensi, laido ma stracarico di vogliose amanti, che con la scusa di dipingere i poveri s'era fatto ricco. E poi ecco, in una dimora a Campo de' Fiori, il vecchio Lanfranco, modesto e ammalato, ch'era stato amico del Domenichino e piangeva malinconico il passato.

«Attenzione ai pittori» ammonì Jacques, «specie ai napoletani! Gente del diavolo!»

Al defunto amico bolognese, proprio a Napoli, mentre dipingeva la cupola del Duomo, gli avevano ucciso un servo e somministrato veleno, apposta perché lasciasse la committenza e la città.

Poi erano finiti in un convento, dal bolognese Albani, segaligno, serio e classicista, uomo di poche parole e ancor più parca mensa, infatti offrì loro prugne secche.

Ma l'incontro più illuminante per Jacques sul Cavaliere e le sue fortune era stato con il sadico Gerrit van Hortost, per gli italiani Gherardo delle Notti.

Lo trovarono in casa, a Trastevere, ubriaco davanti a una tela che ritraeva la derisione del Cristo. I soldati non erano meno avvinazzati di lui e tutto il dipinto rosso e nero, come l'umore del suo autore.

«Com'è, amico mio» disse a Jacques Israël, «che ancora non siete stato a uno dei nostri festini? Ah, ma è perché siete francese e avete questo nome... Giudeo? Allora non v'avvicinate, che i festini sono pericolosi... L'avete già conosciuto van Laer? Sì? Ecco, quello è un uomo da evitare... come certi suoi amici... Eh, ma li conosce bene lui... eh, Signorinella?» e puntò il dito oscillante su Michael, che lo fissava rosso in viso di rabbia e vergogna.

«Ma sì, ma sì... Non fate la pudica, che siete stata già con tutti, voi, Signorina Cavaliere... Oh, ma che fate? Non andatevene! Fatevi un po' tastare il sedere... Molliccio, colpa dell'acqua dell'Atlantico e di quei formaggi di pecora...»

Erano ormai in strada e ancora Gherardo faceva loro dietro voci.

«Non date retta a quel van Hortost, la sua pittura è acida come la bile che ha per tutti» aveva sentenziato il Cavaliere, atteggiandosi, come faceva spesso, a profeta.

L'umore del Cavaliere a quel punto però era mutato e non migliorò mentre visitavano gli studi della figlia di Orazio Gentileschi, dello Spadarino, del Paolini, del Régnier e del Vouet, tutti pittori di fama grandi d'età, che il Cavaliere, che doveva avere a stento ventidue anni, mostrava di frequentare con confidenza.

Jacques si era fatto l'idea che fosse un figlio di borghesi prestato alla vanità della pittura. Il Cavaliere era religiosissimo, persino bigotto, tanto che Jacques evitava ogni riferimento al proprio, pur evidente, credo ebraico e, soprattutto, ogni racconto relativo a Ninon Colmar, che pure andava a trovare ogni domenica in convento.

Il Cavaliere, sempre più legato a lui d'una amicizia verbosa ed esclusiva, lo istruiva, lo invitava a ricche cene nonostante il desiderio di espiazione che lo faceva dormire nel tugurio di via Margutta. In effetti, mentre Jacques Israël si arrabattava fra protesti, cambiali, pagherò mai rispettati, compagnie e capocomici, incassi ridicoli e guitti insolventi in fuga, il Cavaliere aveva clienti... e che clienti. Piccole, medie, grandi, le tele che realizzava in fretta e bene partivano alla volta di dimore cardinalizie, di principi e marchesi da cui tornavano, regolari, sacchi di monete d'oro e d'argento, stole, pellicce, anelli, un cavallo, piume per i suoi cappelli.

E poi era permaloso. Una sera che avevano bevuto e litigato per una banale questione e Jacques se n'era uscito sbattendo la porta, al ritorno aveva trovato Michael in lacrime, che gli si gettava al collo, lo implorava di perdonarlo, gli copriva il volto di baci, gli carezzava i capelli. Jacques, benché ubriaco, dopo poco lo spinse via ridendo e assicurandogli il perdono, al che il giovanotto si era messo quieto sul letto, trepidante come certi cani cui il padrone ha ordinato di star fermi in attesa del cibo, e, quando Jacques si era steso a dormire, ancora aveva ringraziato la Madonna per il ritorno del suo compagno di stanza. Jacques aveva messo uno scranno per tenere ferma la porta che li separava ed era precipitato nel solito sonno tormentato di lampade di scena e di attori che, dimenticando la parte, mandavano a farsi benedire le sue macchine sceniche.

E non era rimasto un evento isolato: a ogni sia pur piccolo disaccordo, il fiammingo si faceva prendere da attacchi di pianto o di grida. A volte Jacques lo trovava intento a leggere nel cuore della notte con la berretta sul capo; richiestone, spiegava che non poteva dormire finché lui non fosse rientrato.

Jacques Israël Colmar si disse stufo ripetute volte.

Intanto, però, aveva conosciuto lo stile di pittura del giovanotto e l'aveva trovato straordinario. Tanto era instabile e umorale il Cavaliere, tanto erano sereni, angelici e soffusi di una luce miracolosa i suoi oli. Gareggiava con lo stile del van Laer nell'insulsa passione, agli occhi di Jacques, per le scene pastorali, per i lavori umili e per i poveri in genere, come se essere dei morti di fame fosse una virtù. Ma sapeva ben impiantare una scena di stile antico, ritrarre rovine e paesaggi ed era dotato senz'altro per i ritratti dal vero. Una giovane pastorella e suo fratello minore, un ragazzo col turbante, coppie di mendicanti, atelier di pittura, contadini di ritorno dal lavoro: era evidente che in altri tempi Sweerts avrebbe dipinto ritratti ai re, ma questi erano anni in cui ai ricchi piaceva esser dipinti grassi, a scanso di epidemie e guerre, e in casa volevano, accanto ai propri ritratti, macilenti soggetti affamati e ascetici, così da ammorbidirsi l'anima senza detascare un picciolo, poiché lenire le sofferenze altrui senza mai incontrarle – o facendo loro una rapida visita prestando soccorso occasionale – rende gli arroganti leggeri, una condizione fisica loro ignota.

Sweerts, con il suo tratto angelico e adolescente, coi suoi colori soffusi di bruma e nebbia nordica, che appannavano opportunamente l'eccesso di sole mediterraneo, era un perfetto salvacondotto per le anime prensili del patriziato romano, cui tutto poteva esser rimproverato salvo la generosità verso i pittori, poiché in quest'epoca, più d'ogni altra, l'immagine, più della sostanza, faceva conto e, sotto l'immagine, plurali, le sostanze.

Sweerts pregava e si fustigava, teneva sermoni per Jacques Israël e i suoi compari, diceva anche messa al posto del prete, era un affabulatore nato e si vedeva che, mentre parlava, era sempre di sé che parlava e, difatti, la casa in via Margutta traboccava ormai di baldanzosi autoritratti, dei quali diceva sarcastico lo Spagna: «So pittati p'arrifrescà a li muorti soj».

La frequentazione di Michael aveva spinto Jacques alla pittura – piccole nature morte con candela – e alla realizzazione di Teatri per l'Occhio, così li chiamava, ispirati a una poesia o a un'allegoria. Accumulava per i suoi teatri conchiglie bivalve, frammenti di marmo, frutta in cera, coralli, vetri e specchi; ritagliava figure che illuminava da dietro con lanterne, statue di sale e di paglia vestite da pastori o da fauni o da satiri, insieme a uccelli impagliati e a fiori secchi e profumati.

Allestiva, in piccolo, le storie di Angelica e Orlando, di Dafni e Cloe, di Anzia e Abrocome, di Cherea e Calliroe, di Filemone e Bauci, di Achille e Patroclo, di Rodante e Dosicle, di Drosilla e Caricle e tutte le cantava e recitava, anche, così che il Cavaliere batteva le mani e strillava: «Ma voi siete un genio! Un genio!».

Per ricambiare, il Cavaliere aveva iniziato a coprirlo di regali.

L'abitudine invalse con rapidità, tanto che Jacques non avrebbe saputo dire quando, esattamente, la cosa avesse avuto inizio.

Un fazzoletto, una camicia, un orecchino, un cappello, un paio di braghe nuove, dei pennelli di tasso di troppa qualità, una borsa. Non si contavano più i doni che Michael lasciava al suo compagno sul tavolo al mattino, poiché egli s'alzava presto e se ne andava in chiesa a pregare, mentre Jacques, quasi sempre in piedi fino a notte fonda nelle stanze di teatro, tornava spesso all'alba e dormiva fino al mezzogiorno.

Era stato allora lo Spagna a togliergli il velo dagli occhi. «All'olandese tu piaci troppo» aveva detto.

E quando, la sera dopo, Michael gli prese la mano in un empito di entusiasmo, durante un racconto di complimenti ricevuti non ricordava più da chi per una sua tela d'animali, Jacques la sottrasse, esplicitamente. Michael sembrò sul punto di passare dall'offesa al pianto e Jacques gli disse, senza mezzi termini, che non era nei suoi gusti accompagnarsi con gli uomini e che forse aveva sbagliato a fargli credere che l'amicizia fra loro fosse il ponte verso qualcos'altro.

Michael era rimasto innaturalmente calmo, il viso una lastra di ghiaccio, e aveva risposto, compìto, che non sapeva di cosa stesse parlando e che se le sue confidenze l'infastidivano doveva certo essere perché non era abituato alle abitudini della buona borghesia, lui, che in fondo era solo un figlio di puttana.

Jacques non si offese, perché sapeva benissimo chi era sua madre, ma si allarmò, perché di colpo si rese conto che tutti i gesti di insofferenza che Michael era solito compiere andavano assumendo il volto beghino e intollerante di Martina Ballu, l'irreprensibile e algida madre che Michael citava assai più spesso del normale.

Era lei la donna pia che gli aveva insegnato a pregare e infuso il dovere morale di aiutare i più deboli e anche ora era lei che si agitava nel braccio del figlio, insofferente al dolore, che spazzava via i rifiuti e pretendeva di avere ragione rimettendo Jacques al suo posto in un ordine sociale mai prima evocato fra loro.

Si erano coricati inquieti, entrambi fingendo di dormire. Il giorno dopo Jacques aveva lasciato la casa di via Margutta per una nuova destinazione di cui non aveva informato nemmeno l'Ostia, il Braghe, lo Spagna e il Lisca.

6

E poi, all'improvviso, mentre era ancora pieno inverno, il suo settimo a Roma, Jacques Israël Colmar aveva seppellito sua madre.

Adesso la vedeva con chiarezza, povera Ninon, avvolta in un lenzuolo bianco, le ossa strette lì dove era stata abbondante la carne, florida come la ricordava da bambino, la stessa carne che l'aveva creato e partorito. La seppelliva che aveva appena quarantasette anni, senza che avesse potuto salutare nessuno dei suoi fratelli e sorelle.

Dopo i primi giorni di sconforto, in cui si mosse come se altri gli dettassero cosa fare, Jacques riprese il lavoro delle scene. Si parlò molto dello spettacolo che aveva illuminato, una riscrittura della novella di Boccaccio intitolata *Nastagio degli Onesti*. La donna squartata e divorata dai cani aveva fatto grande impressione, e per il contenuto scabroso il Papa aveva fatto interrompere la seconda rappresentazione, con l'ottimo risultato che le repliche si tenevano ora nei sotterranei di un palazzo cui tutti volevano accedere in segreto e mascherati.

Vicino al palazzo si trovava una locanda che aveva alti i prezzi e buono il vino e che Jacques ora frequentava per merito del suo capocomico. Non aveva pensato che questa sua nuova fama avrebbe ricondotto da lui il Cavaliere: era ancora troppo addolorato e perplesso sul proprio futuro. Ma ecco che a notte fonda, mentre tutti erano ubriachi, Michael si fermò al suo tavolo, sventolando le piume del cappello, e gli spiegò, senza che gli venisse domandato, che Martina Ballu, sua madre, aveva ereditato dal marito e dal fratellastro un grande negozio di stoffe a Bruxelles e che – Jacques prestasse attenzione – quello che indossava era solo uno degli abiti che gli arrivavano direttamente cuciti con buone tele di Anversa.

Jacques guardò il bell'abito di broccato violetto e arancio, colori strambi, un po' eccentrici, che richiamavano le piume del cappello che Sweerts aveva poggiato sulla sedia. Lo lasciò dire e solo alla fine gli comunicò che la sua di madre, la puttana, non la borghese che ereditava negozi, era morta, che era stata seppellita senza pompa, avvolta in un lenzuolo, finendo così la sua vita disgraziata. Ora doveva lavorare – e gli indicò il capocomico –, non era lì, purtroppo, per divertirsi, e lo aveva congedato.

Il Cavalier Suàrs si era lasciato spingere via, interdetto. Ma dopo poco era tornato al tavolo del capocomico, aveva offerto da bere a tutti e aveva chiesto dove si sarebbe tenuto il prossimo spettacolo dopo *Nastagio degli Onesti*. Conosciuta la piazza, aveva salutato senza più tanta pompa, come all'inizio, ed era sparito fra gli avventori.

L'ultima notte del *carnem levare*, che segnava l'inizio della Quaresima e del digiuno, la compagnia di Jacques Israël Colmar andò in scena con una farsa mitologica per la quale erano stati acquistati venti vasi di olio lampante, tre sacchi di piume d'oca per simulare la neve, otto pezze di broccato e sei ceste di fiori di carta. L'attore che interpretava Persefone aveva avuto un calo di voce e la Principessa della Primavera cantava come un peloso baritono. L'attore che vestiva i panni di Demetra era ubriaco e smarrì un seno di cartapesta in scena, fra grasse risate del pubblico. Ade era un vecchio bilioso. Le scene di Jacques ebbero grande successo, perché la luce dell'alba vi era simulata alla perfezione e gli inferi puzzavano e bruciavano. Rapita Persefone, la neve di piume coprì la scena e caso volle che anche su Roma fioccasse, così che tutti pensarono che mai più l'amore e il calore avrebbero toccato l'umanità.

Michael, vestito di blu oltremare, applaudì convinto l'intera rappresentazione. Donò monete ai mendicanti fuori del teatro. Conversò con gli operai del teatro e con il pubblico sdentato come stesse intrattenendo una corte di nobiluomini. Quando Jacques apparve, sudato e sporco, gli tributò un applauso più forte e convinto e gli propose di cenare insieme nella sua nuova casa. Non abitava più in via Margutta, ma in una stanza tutta sua, piena dei suoi quadri, di belle sedie.

A tavola trovarono già apparecchiato. Una ragazzetta servì loro cinghiale e gallina. Al termine vi fu persino una coppa di panna e pere. Jacques bevve così tanto che dormiva seduto.

Gli occhi velati di ebbrezza, Michael posò una mano sulla gamba di Jacques e lentamente risalì, fino a sfiorargli il sesso. Due volte Jacques fece cenno al fiammingo di fermarsi, ma non ci fu verso. Era forse un sogno? Michael gli frugò nelle braghe e mormorò qualcosa come "sembra una lucertola" o "che strana lucertola". Jacques Israël rise, ruttando. E Michael si abbassò e gli rubò il seme con la bocca.

Al risveglio, aveva urlato la sua rabbia contro Michael, che strepitava: «Tu mi appartieni! Tu non puoi lasciarmi!» e strillava al punto che Jacques, che si era ripromesso di non toccarlo mai più, era corso a chiudergli la bocca con la mano. L'altro se la strappò dal viso e lo baciò. Jacques si tirò indietro e alzò un pugno, il naso del Cavaliere fu colpito per sbaglio e un lungo schizzo di sangue andò a macchiare una ricotta immacolata avanzata dal festino della notte.

Ora Michael piagnucolava e Jacques gli tamponava l'emorragia con la tovaglia di lino, ma i baffi biondi dell'olandese erano di porpora. Inebetito, si fece accompagnare sul letto, gli occhi da gatto liquidi e imploranti. Jacques, furioso, era andato via.

Giorni dopo, si seppe che il Cavalier Suàrs si era deciso a prendere i voti e che portava, anche mentre dipingeva, il cilicio. Rifiutava il denaro che gli veniva proposto dai suoi ricchi e affezionati committenti al fine di espiare ogni peccato.

Si disse che in piazza aveva dichiarato pubblicamente di volere il perdono per le colpe di lussuria e superbia accumulate benché la colpa aveva da spartirla con un uomo, un pittore, come lui.

Saturo e disgustato, Jacques si liberò dei pochi averi che possedeva, imballò e fece spedire a Napoli un po' dei suoi attrezzi, ché lo precedessero all'arrivo.

Doveva mettere quante più leghe poteva fra sé e Michael de Sweerts e sperare che mai e poi mai questi facesse il suo nome a proposito della notte trascorsa insieme.

7

Michael aveva saputo della partenza da Roma di Jacques Colmar
mentre ritraeva il marchese Annibaldi nel suo palazzo. La furia che
lo aveva preso alla notizia portatagli da un suo aiutante gli aveva
fatto spaccare vasi e strappare tende e tappeti non suoi ma dell'Annibaldi, che, ovviamente, si era subito premurato di metterlo alla
porta. Una grave macchia sulla fama di perfetto controllo e invin-
cibile cortesia che il Cavaliere aveva costruito intorno alla sua arte.

Si era poi recato di corsa a via Margutta, nella casa che era stata
di Colmar, dell'Ostia, del Braghe, del Lisca e dello Spagna sperando di rintracciarvi uno di questi, ma la trovò disabitata, salvo altre
stoviglie, cocci di poco prezzo, da rompere.

Finite le stoviglie, era caduto a terra – si era strappato una delle
sue belle calze – a piangere. Aveva pianto così a lungo e copiosa-
mente da sciogliersi nel Tevere. Non gli erano state più di alcun
conforto, quel giorno o i successivi, le sue abitudini private: con-
templarsi a lungo il viso allo specchio, specie i baffi e gli angoli
della bocca, pulire e limare le unghie, perennemente incrostate di
pittura, mangiare dolciumi, indossare lunghe vesti da camera ri-
camate a fiori in seta, rubate anni prima a una modella. Di solito
si scusava con Dio e con se stesso raccontandosi che si trattava di
abiti comodi e caldi.

Ma adesso, pur dopo essersi concesso tutte queste inconfessabi-
li libertà, sognava ancora Jacques. Gli era capitato di essere deni-

grato, insultato, picchiato dagli uomini che aveva desiderato, ma mai di essere abbandonato in quel modo. Perché Michael era davvero convinto che, in fondo, Jacques lo amasse. Cosa voleva dire altrimenti questa fuga se non la rivelazione di un sentimento indicibile? Oh, sì, era proprio così: Jacques non era fuggito per sottrarsi alle sue attenzioni, era scappato dall'amore, perché non l'aveva mai provato e non sapeva governarlo.

La settima notte dalla scomparsa di Jacques, Michael aveva sgomberato la casa di vino, cibo, dadi e carte dal retro osceno, gettando i torsi di mela con il primo piscio dal balcone e, come ogni mattina da quando aveva compiuto quattro anni, aveva pregato. Ed era stato durante la preghiera che la Madonna, a lungo implorata, gli era apparsa nelle vesti beneauguranti di Venere e gli aveva suggerito: parti, va' da lui, raggiungilo.

E Michael aveva fatto i bagagli ed era partito alla volta di Napoli.

L'INCONTRO

1

«Dov'è dunque il nostro maestro? Ah, eccovi... maestro de las velas! Bienvenido!»

Jacques contemplò dalla soglia del vicolo lo studio di Ribera illuminato da candele. Juan Do, il primo pittore della cerchia spagnola che aveva conosciuto arrivando a Napoli, se ne stava serio, come un gesuita, in fondo alla stanza. I suoi quadri gli incutevano un profondo rispetto. Nella spelonca di rua Catalana dove Jacques era entrato fresco di viaggio, la lettera di van Laer in tasca, Do abitava come fosse ancora sulle alte montagne dei suoi Pirenei: circondato da pecore, un maiale e una gallina accanto al letto, dipingeva tele altissime, che a stento il soffitto del basso medievale di quella zona malfamata detta Malpertugio, prospiciente il porto e i suoi mulini a vento, conteneva.

«E allora? Che aspettate? Entrate, entrate! Abbiamo visto le vostre scene la scorsa sera: precioso, hermoso...»

«Grazie» mormorò Jacques scendendo i gradini della stanza.

«Voi siete davvero il maestro delle candele» aggiunse spumeggiante Ribera, «dovete disporle anche per il mio studio... Anche se, certo, avete ancora da imparare...»

«Non c'è dubbio...»

Jacques spiò Juan Do. A confronto con il brio di Ribera, Do sembrava una statua di legno. Respirava? Com'erano belli i suoi pastori: un'enorme tela che raffigurava l'annuncio, i pastori addormentati con gli asini, gli angeli senza cielo, senza nuvole, bambinoni pesanti poggiati sulle teste dei pastori, venuti in sogno, un sogno pesante sulla testa di uomini stanchi di vero lavoro, la tela satura di corpi, il marrone delle vesti e delle pelli animali...

Se Ribera era un dio, Do era il governatore degli universi pittorici.

«È un piacere rivedervi» gli disse.

Do mosse appena i baffi, spioventi come i suoi occhi. Una grinza sulla fronte quasi calva mostrò che apprezzava anche lui la presenza del francese.

«Su, su, basta con le formalità!» ordinò Ribera. «Siamo qui per bere! Moglie! Amico mio, si discuteva di luce qui, prima del vostro arrivo, e il parere di un uomo di teatro ci mancava. Sedetevi.»

Do si piegò a prendere un bicchiere di vino che la moglie di Ribera aveva portato. Su una tela che lo ritraeva vecchio e barbuto con la tavolozza in mano Do aveva dipinto un cartiglio su cui era scritto: "Ancora imparo". Che cosa aveva mai da dire Jacques ai due spagnoli? Si contentò di essere parte della compagnia. Nonostante fosse notte, dalle stanze interne si udirono le grida dei figli del maestro. La moglie corse a farli tacere, senza alcun apparente risultato.

«Me ne ha partoriti troppi...» scosse il capo sconsolato Ribera.

«Tu gliene hai fatti fare troppi» disse serio Do.

«Cosa pretendi? Che glieli faccia abortire? È religiosissima...»

«Più di te, sicuro.»

«Quando andiamo a messa al monastero di Santa Patrizia occupiamo mezza chiesa...»

Jacques socchiuse le palpebre finché il lume delle candele non vibrò come una superficie di stelle mobili sul bordo di un oceano nero. Rivide la prima volta alla sinagoga di Colmar con i suoi fratelli, suo padre che li contava, occhiuto.

«Venite con noi domani, Jacques!»

«Cosa?» la mano piccola ma robusta di Ribera gli si era abbattuta sulla schiena. Menava forte, lo sapevano tutti in città, gli scalzi si davano la voce, li aveva sentiti: "Accuort' 'o Spagnoletto!".

«A messa. La chiesa è bellissima. E le suore sono soggetti magnifici per le tele! Vecchie sante ascetiche, giovani ninfe...»

Do fissò Jacques. Jacques si strinse nelle spalle.

Ribera scoppiò a ridere: «E fatemi togliere questa soddisfazione: portiamo alle suore un esercito di bambini e un giudeo!».

Do tossì.

«È inutile che vi vantate, Juan, voi siete solo marrano e vostra moglie è cattolicissima come tutti i De Rosa...»

Jacques guardò la severa faccia ascetica di Juan Do. Van Laer l'aveva mandato da lui perché sapeva che era un ebreo convertito. E sapeva anche che era ben introdotto a Napoli: i De Rosa, Pacecco, Annella, Grazia, erano una famiglia di pittori molto amati e ben pagati in città, figli acquisiti del maestro Filippo Vitale e imparentati a un altro maestro, Aniello Falcone. Do era fuggito da Valencia e Ribera gli aveva fatto da testimone al matrimonio.

Do aprì il fornello della pipa, Ribera gli passò una scatola di tabacco e con il dito puntò Jacques: «Questo è un giudeo vero! Giudeo e teatrante! Più scandalo di così! Se domani vi ammazzano in chiesa, dove vi seppelliremo mai in questa città, maestro de las velas?». E scoppiò a ridere.

2

E così c'era andato, al monastero di Santa Patrizia, risalendo la strada degli Armeni, costeggiata di bellissime chiese e di botteghe artigiane, in compagnia della rumorosa famiglia Ribera e della famiglia Do, donne e bambini inclusi: un esercito. Dovunque passavano, altri pittori o clienti li salutavano e fermavano, così arrivare puntuali alla messa era stato un problema.

La chiesa era un trionfo di stucchi e legni dipinti di rosa, giallo, verde e oro; la santa era vestita di collane e illuminata in pieno giorno da una coorte di candele. Una barricata di fiori inutilmente profumati lottava con l'olezzo di sudore e corpi che saturava la navata. I Ribera e i Do si separarono per sesso, le donne in alto dietro le gelosie, gli uomini in basso a capo scoperto, e così anche i bambini.

Due grosse statue di legno e una cascata di angeli con gonne colorate avevano distratto Jacques e così non seppe mai dire come quel giorno si trovasse in fila davanti all'acquasantiera, costretto dal movimento generale degli ornati, la fila degli uomini separata da quella delle donne. Una giovanissima velata seguita da una serva si avvicinava al bacile di marmo. Le donne poggiavano appena le dita nell'acqua e, dopo essersi segnate, risalivano in fretta dietro le gelosie di legno dipinto, un nugolo di monache a far loro ala e a spiare golose gli abiti delle mondane. Gli uomini restavano in piedi, naso all'insù ma non a cercare Dio, bensì a spiare le celate.

Quando fu la volta di Jacques, l'improvviso e fastidioso pensiero di Michael de Sweerts, chissà come, tornò a visitarlo. Si mescolò con l'immagine della giovanissima spagnola che aveva di fronte e così non aspettò che la donna ritraesse le dita ma infilò la mano nell'acqua trasparente e toccò, per errore, le dita piccole e bianche di Lisario Morales y Iguelmano.

Elettricità, se se ne fosse conosciuto il nome a quei tempi, sarebbe stata la definizione esatta per la scossa che colse entrambi, le mani catturate sopra l'altorilievo di pesci, granchi e calamari istoriati nel bacile di marmo. Subito le mani si staccarono, o così parve alla serva che spiava inquieta la padrona e ai gentiluomini spagnoli e napoletani che aspettavano dietro Jacques. Più avanti negli anni, Jacques avrebbe pensato all'istante come a un matrimonio mistico, le loro mani che emanavano luce dal bacile, i riverberi della promessa di felicità che si stagliavano sui volti degli astanti, occhiate e spigole scolpite a fare da mezzane.

La donna si era subito ritratta di un passo e Jacques si era scusato balbettando in francese e poi in italiano, ognuno subito rientrando nella rispettiva fila. Lisario era sparita, uccello notturno fra le grate; Jacques, schiantato dalla scoperta su uno scranno della chiesa, rimase l'unico seduto in una folla di uomini impettiti e con la spada al fianco, Ribera e Do che lo fissavano accigliati.

Cercò fino al termine della funzione Lisario nel buio del soffitto, oro vero fra gli ori incrostati degli stucchi. Lisario invece lo vedeva bene, dall'alto. Il corpo chiuso nella gabbia del guardinfante, il dito segregato dall'anello matrimoniale, la testa velata come da un sudario, contemplava lo sconosciuto separata da sé eppur presente. Si sentiva trasparente, del tutto compresa, del tutto assolta, tradotta senza bisogno di parlare, mentre era ancora ferma sullo scranno del gineceo che puzzava di orina secca, di feci di roditore e di biscotti chiusi in dispensa.

A messa finita invano Jacques Israël Colmar attese impaziente che Lisario uscisse, le monache avevano trattenuto la signora Morales y Iguelmano e la sua serva per donare loro un lenzuolo ricamato affinché lo consegnassero alla Señora di Mezzala, protettrice del marito e finanziatrice del convento, quindi le traghettarono direttamente nella carrozza ferma in piazzetta San Gennaro all'Olmo, spalle alla chiesa.

E così, dalle trine del finestrino che si allontanava, Lisario poté solo spiare il francese che la cercava invano, il cappello fra le mani.

3

Jacques Israël Colmar attese la domenica seguente con la stessa levità d'animo di un dannato il giorno del Giudizio Finale.

Un'ora prima della messa era già in piedi, spalle al tabernacolo della santa, gli occhi azzurri arrossati dall'insonnia rivolti alle gelosie. Aveva domandato a Ribera, a Do, scatenato l'Ostia e lo Spagna a chiedere notizie della giovane donna e ora sapeva del suo leggendario risveglio e del matrimonio con il miglior medico spagnolo mai esistito.

Do lo aveva ammonito con il suo sguardo severo: a Jacques era sembrato per un attimo di rivedere Levi, suo padre. Ribera invece aveva scherzato con lui sulla giovane conquista e poi l'aveva avvertito gravemente che, essendo suo marito il medico del Viceré, quello era un guaio più grande di lui. Jacques, ovviamente, non gli aveva badato e ora era lì, aspettando di rivederla, anche solo per un istante, ma le grate erano così strette che nulla, se non indistinti fruscii, ne trapelava.

"Fa' che le cada un bottone, fa' che le cada un anello, fa' che le sfugga un sospiro, fa' che perda la scarpa."

Gli sembrò di distinguerla dietro le grate, un riflesso verde baluginò fra gli ori. Era di certo vestita di verde, i capelli velati d'argento. La messa terminò senza che avesse alcuna conferma della sua presenza.

Gli uomini uscirono dalla chiesa coprendosi la testa. Pittori della nazione lombarda radunatisi per la funzione fecero cenno a Jacques. L'Ostia e lo Spagna gli andarono incontro. In gruppo sgargiante la famiglia di Ribera attendeva il maestro oltre il porticato esterno. Ma della giovane donna non c'era traccia.

"Fa' che passi davanti alla chiesa, fa' che sia a piedi."

Strinse gli occhi e si diede un contegno: non aveva dunque mai provato attrazione per una donna? Si rimproverò. E intanto le mani gli sudavano, le orecchie erano diventate rosse.

E poi, eccola: velata, il profilo camuso, due bande di capelli neri come pece divisi da una fila di perle di fiume, l'arco sottile delle ciglia sul ventaglio degli occhi. Ecco persino le imperfezioni intraviste o solo immaginate: quando sorrideva, i denti erano larghi e il collo giovane era coperto – perché? – da troppo merletto.

La sede del pensiero è il cuore, diceva Aristotele: Jacques glielo spiò. Un'armatura di broccato argenteo la stringeva come una corazza, segno sicuro che si trattava di donna senza cuore. Era così preso dalle sue fantasie che trasalì quando Lisario lo guardò.

Il volto bianco che saettava sopra il corpetto d'argento, luminosa e insieme buia, fissava Jacques arricciando le labbra. Sembrava annusarlo con sospetto. Jacques ricambiò lo sguardo, inebetito. Provò per quella bambola, che sfuggiva alla sua comprensione come il sator disegnato dai monaci nei mosaici delle chiese, un'improvvisa fame. Voleva mangiarle le orecchie guarnite di perle ma sporche, la bocca che soffiava un curioso fastidio, le palpebre imbarazzate, che battevano di continuo. Come il più ovvio degli innamorati desiderò poggiare la tempia alle guance di lei. Ma dov'erano le mani? Nascoste dalle maniche e da mille piccoli anelli, si vedevano solo le unghie, a forma di mandorla, sporche come le orecchie.

Il nome. Qual era il nome? Non poteva possederla senza conoscerne il nome. Era straniera? Comprendeva la sua lingua?

«Signora... Donna Belisaria? Seguitemi.»

Una delle suore del convento comparsa sulla soglia le stava facendo cenno. E Belisaria – eccolo, dunque, il nome, scivoloso come

146

un serpente alato, obliquo come il sator, ovvero rotas, palindromo del carro in fuga del desiderio – si era mossa macchinalmente verso la porta, sconfitta dal bisogno di ubbidire.

Le spalle dritte, il busto rigido, aveva luccicato con le sue perle alle orecchie un'ultima volta.

4

Era stato Juan Do a presentare il principe di Belvedere a Jacques Colmar. L'accesso al convento gli era costato una grande tela di tema antico, ma questo a Jacques non fu detto, né lui lo scoprì. Il parlatorio del convento era affrescato di giardini e gatti, trompe-l'œil nuovi di zecca, che rendevano l'incontro curiosamente romantico. Le suore avevano messo fra loro un grosso tavolo e armato la signora Morales y Iguelmano, che lo aveva richiesto a gesti, di inchiostro, penna e calamaio.

Una suora baffuta era rimasta a guardia.

Jacques aveva contemplato Lisario: i lunghi capelli intrecciati di perle, l'abito troppo fastoso che le stava appena, largo e sformato.

La giovinetta era il ritratto della desolazione. Era felice di essere lì, emozionata, ma anche – e Jacques lo avvertì – spaventata. La prima cosa che scrisse sul foglio fu: "Mi farete le cose che mi fa mio marito?".

Jacques fu percorso da un brivido. La suora baffuta non venne a controllare e fu una fortuna. A cosa si riferiva? Lisario teneva le mani sul velluto della gonna, come una bambola. Jacques prese la penna e rispose: "Cosa vi fa vostro marito?".

"Fruga" scrisse lei.

Jacques tossì. L'umida stanza del convento era una tana piena di rischi.

"Dentro di me" aggiunse Lisario.

Jacques si accorse di arrossire. Non gli capitava più da quand'era un bambino. "E questo vi piace?" rispose con la penna.

Lisario scosse recisamente il capo. E aggiunse per iscritto: "Lo detesto".

La risposta lo rese audace, ma con un occhio continuava a controllare la suora. "E vi bacia?"

Di nuovo Lisario scosse la testa. Poi ebbe un dubbio e scrisse: "Baci con la bocca?" e se la toccò con due dita, come per essere certa di farsi capire. Jacques annuì.

"Solo una volta al matrimonio" aggiunse lei con la penna.

Jacques stava per chiedere altre informazioni galanti, quando lei scrisse: "Umido peloso fiato stantio".

Immaginando che anche il suo fiato potesse subire un esame altrettanto impietoso, Jacques si toccò la faccia. Aveva tagliato del tutto la barba per sembrare più giovane. Che strana conversazione per un primo incontro. Senza che ci fosse tempo di chiedere ancora, seppe da lei: "Fa cose e mi chiede di farne. Mi tocca. E vuole che io mi tocchi".

Jacques sentì la sacca delle braghe gonfiarsi e se ne vergognò mortalmente. Di nuovo scrutò la suora che era insospettita da tutte quelle scritture silenziose. Bisognava far sparire subito il foglio. Jacques guardò la candela che scoppiettava accanto al calamaio.

Ma Lisario continuava a scrivere. "Mi piace toccarmi", come se assicurasse la validità di un decotto. "Ma lui non lo sa fare. Prende appunti."

Jacques sgranò gli occhi in modo tale che Lisario emanò un enorme sorriso.

"Potete provare a baciarmi, se volete."

Seriamente spaventato, Jacques si guardò intorno, afferrò la candela e lasciò che cadesse sul foglio.

«Sorella! Prendete dell'acqua!» urlò, e mentre la suora correva verso di loro per afferrare il foglio, lui lo sventolò così che la fiamma ardesse più rapida e l'accostò alla stola di cotone che era fra loro sul tavolo, che prese a sua volta fuoco.

La suora uscì urlando e così, profittando dell'improvvisa solitudine, Jacques si avvicinò a Lisario, e sbagliò tutto. Ah, dov'era la consuetudine, la spavalderia, dove la pratica? Lo sgabello gli rovinò a terra – orrore! l'avevano udito? – mentre Lisario se ne stava ancora quieta e composta.

Accovacciato in una posa ridicola e innaturale le prese il volto fra le mani e posò, piano, le labbra su quelle di lei. Mi morderà, pensò. Puzzo?, si chiese. Mi conterà i denti – e ne aveva una buona parte, considerata l'età –, i più ceduti alla terra in baruffe.

Le labbra di Lisario erano sottili e curiose, sfuggenti. Era come baciare una sogliola. E poi un istante prima del vero fallimento lei si era tolta le mani di lui dal viso, aveva messo le sue sulle guance di lui e aveva affondato la bocca nella sua. Jacques avrebbe potuto giurare in tribunale di non ricordare più nulla di quel che era seguito. Fatto sta che la suora era arrivata con una brocca e loro erano già disgiunti.

Lisario, tranquilla come non fosse mai accaduto nulla, guardò la suora. La suora guardò Jacques, contorto e rosso sul suo sedile. Il foglio su cui avevano scritto con le due penne d'oca era completamente bruciato.

«Fine!» strillò la suora e Jacques uscì, di corsa, chiedendosi quando mai l'avrebbe potuta rivedere.

5

Ma poi l'aveva vista e rivista, al convento, con la complicità della suora baffuta che si era lasciata comprare dal principe di Belvedere, cui non erano mancate occasioni simili in numerosi conventi napoletani.

Quando erano soli si era concordato che mai lui la toccasse, ma fosse solo lei a toccare. E l'emozione che prese Jacques, e lo stupore quando lei lo carezzò e gli prese per la prima volta con le mani il membro eretto, non si può descrivere. Solo, glielo spiava tutta curiosa.

Jacques chiese: «Vostro marito... non... ve lo mostra mai?».

Lisario alzò le sopracciglia e scosse la testa sorridendo. Con due dita lo esplorò di sopra e di sotto, meravigliata. Andò alla tavola dove sempre c'erano carta e calamaio.

«Ma che fate ora, scrivete?» implorò Jacques.

Lisario scrisse solo: "Strano".

Quindi tornò da lui mostrandogli il foglio e sorridendo. La lasciò fare quella volta, come le altre, finché il figlio per cui tanto Lisario aveva finto di pregare arrivò. In fondo, non aveva mai specificato da chi lo volesse.

6

«Perché insistete?»

«Perché dovete vederla anche voi!»

Nella bottega di Ribera sua moglie e due serve stavano dando aria alle stanze. Nello sfolgorio del sole la tela dal fondo nero brillava di pochi ma accecanti dettagli: un abito giallo, due grandi mani bianche intrecciate, lunghi capelli color del rame e un viso di fanciulla in preghiera, il viso di Lisario Iguelmano.

Jacques Colmar aveva spalancato gli occhi e d'istinto aveva cercato di chiudere la porta dietro di sé, ma porta non ce n'era, solo la tenda da cui era entrato il primo giorno in casa di Ribera.

«Che avete fatto?»

«Ma niente! Me l'avete indicata in chiesa, ci andiamo ogni domenica e l'ho solo ritratta... *Io*. Invece voi...»

«Maestro, vi devo rispetto e stima, ma...»

«Ma cosa? Ve l'ho dipinta anche rubia... Come dite in francese... blonde! Così nessuno penserà a lei!»

«E questo quadro è già venduto?»

«La mia Maddalena penitente? Ma no.»

«Allora lo compro io.»

Ribera cadde su uno sgabello ridendo. «Non ve la potete permettere, amico mio.»

Jacques contemplava nervoso la sua donna. Quindi alzò un dito contro Ribera: «Non vi azzardate a venderla. Ditemi il prezzo e ve la comprerò».

Ribera fissò il francese a lungo con i suoi occhi lucidi come il carapace di un insetto. «Vi devo dire anche altro. C'è un uomo che vi cerca...»

«Il marito!» esclamò Jacques.

«No. In verità dev'essere un uomo molto distratto, quello. No, è un olandese» e storse la bocca.

Jacques fece uno sforzo enorme per tornare presente al discorso. «E cosa vuole?»

«Vi dice niente il nome Michael de Sweerts? Cavalier qualcosa?»

Jacques sedette a sua volta. Da quale fondo sporco riemergeva questo ricordo da cui era fuggito! «E gli avete detto...»

«Niente. Che non vi vedo da settimane. E che non so dove abitate. Non so perché né cosa voglia da voi questo pittore, ma aveva anche lui una lettera di quel proxeneta di van Laer...»

«Avete fatto benissimo. Io non ci sono per quell'uomo.»

«Bien. Mi mentira vi costerà questo quadro, allora...» sogghignò Ribera.

Jacques lo fissò con lo sguardo in fiamme. Quindi se ne uscì facendo svolazzare la tenda. Ribera pensò per un istante allo sguardo dell'olandese quando gli aveva chiesto di Jacques Colmar: lo sguardo di un'amante abbandonata, aveva pensato.

Quindi si strinse nelle spalle e sorrise alla sua bellissima Maddalena.

7

«E voi lasciate la vostra ricca Roma per trasferirvi nel Viceregno? Siete proprio certo di aver ben scelto, Cavaliere?»

Gaspar Roomer girava i pollici disteso sul letto dove lo aveva sorpreso la visita del giovane ma già famoso pittore.

«Voi sapete di certo che la concorrenza qui a Napoli è feroce e che la maniera alla moda è quella della tenebra piuttosto che quella della luce... Non ho visto ancora una vostra tela, ma non avete l'aria di essere un seguace del Caravaggio...»

«Infatti non lo sono» si tolse i guanti Michael «ma so che qui hanno fortuna anche i pittori della nostra nazione, e poi ci siete voi, signor Roomer, e il vostro illustre collega, il signor Vandeneyden...»

Roomer s'alzò di scatto e infilò una vestaglia. «Lasciatelo perdere, quello. Oh sì, siamo amici, ma non quando si tratta di quadri. Van Laer ha fatto bene a mandarmi da me e solo da me. Mi raccomando, dovete fare affari, siamo intesi, Cavaliere? Fatevi accompagnare nelle stanze qui accanto: siete mio ospite. E iniziate subito a dipingere!»

Michael uscì con un breve inchino. Il corridoio che portava ai suoi nuovi alloggi era invaso da una luce violentissima per i suoi occhi, non era mai sceso così a sud. Immaginò la luce che lo aspettava se avesse percorso rotte ancor più vicine all'Africa: la Sicilia, i regni d'Oriente.

Quando le porte si chiusero dietro le sue spalle fra i legni dipinti di rosa e di verde che tappezzavano le pareti affrescate, si spogliò e si gettò sul letto.

Disegnò a seppia per oltre un'ora. Progetti e noie si affastellavano: un ritratto, una coppia di amanti in giardino, un orso, una capra, un mendicante, un bambino con le mani protese, lo studio di un artista in cui tutti i modelli somigliavano a Jacques Colmar. Membra maschili, schiene di donna, chiese, un tavolo con cipolle, vino e pesche, uva, un paio di guanti, un gatto, l'anima schiusa di un melograno.

Mentre disegnava era calmo, ma, come smetteva, riecco il sentimento. Quello che provava non era il desiderio per suo cugino Pieter, per il garzone di stalla o per uno dei tanti monaci o ragazzi incontrati sino ad allora. Così si era aggirato per la stanza gettando a terra gli abiti, aveva aperto e chiuso una bottiglia numerose volte, si era versato il vino ma non aveva bevuto. Poi, con uno scatto, aveva lanciato il bicchiere contro una parete ed era rimasto a fissare il liquido rosso che poco a poco colava impregnando l'intonaco della casa in cui era ospite. Gli sarebbe toccato ridipingerla.

Il vino disegnò un corpo martoriato e allora la rabbia si mutò in compassione per se stesso. Scoppiò a piangere. Il volto coperto dalle mani come una donnetta, lasciò che le lacrime allagassero le palme. Si strappò i capelli, si deformò i lineamenti troppo belli. Muco e lacrime gli sporcarono i baffi, ebbe disgusto di sé, poi freddo. Si lavò. Pulito e asciutto, si sentì purificato, ma l'emozione era ancora lì, vibrava minacciosa come un tuono lontano. Si inginocchiò a pregare. E pregò con tale intensità che le nocche delle mani divennero bianche, le ginocchia s'intorpidirono. Poiché non bastava, disseminò l'inginocchiatoio di ceci e vi si poggiò. Niente da fare. Accese il fuoco nel camino già carico e vi gettò le cose che indossava: tre anelli, piume, colletti, nastri. L'odore d'amido sciolto che veniva dai merletti arsi illanguidiva l'aria.

Si pentì e cercò furiosamente di recuperare gli anelli dal rogo, si scottò, si armò di una pinza da camino. Tre anelli d'oro, dono recente di un Cardinale, incandescenti, le belle pietre annerite dal fuoco, tintinnarono cadendo sulle mattonelle di maiolica vietrese di Roomer. Ora Michael somigliava a un diavolo: i capelli in disordine, le ginocchia tumefatte, le mani livide, i piccoli denti di volpe snudati, gli occhi sgranati.

La pace che aveva vanitosamente cercato nel chiostro da ragazzo era preferibile alla passione smodata? Poteva perdonarsi, ancora una volta, di amare un uomo? Di aver sempre amato uomini?

Dedicarsi solo alla preghiera e all'arte non era stata una via di salvezza. Era superbia capire, era superbia dipingere, superbia desiderare il corpo di quello sconosciuto come se gli spettasse.

Sconfitto da un giudice impossibile da contestare, Michael si stese a terra, accanto ai suoi anelli incandescenti. Il sonno venne senza incubi o speranze. Verso l'alba si sognò bambino, innocente, vestito con l'abito lungo dei chierichetti. Ne alzava gli angoli con indice e pollice per guardarsi i piedi, faceva ondeggiare la croce sul saio e danzava sul sagrato della chiesa.

E nessuno, nessuno lo rimproverava per questi suoi gesti di bambina allegra.

Lettere
alla Signora Santissima della Corona delle Sette Spine Immacolata Assunta e Semprevergine Maria

Clementissima,

oggi, presente per devozione come comandato dalla Madre donna Dominga: pregoti e pregoti per avere un figlio che non voglio!

Mi condannerai per questo? Cosa devo fare? Non posso sfuggire. In verità pregoti piuttosto di farmi rivedere lo strano sconosciuto intravisto alla Messa! Signora, se Santa Patrizia è la santa delle donne sterili, quale è la santa che devo pregare per l'amore infelice? Ma è poi amore? Io non so... Trascorro la giornata in deliquio come mai mi è capitato: penso e ripenso alla faccia di quell'uomo e al suo sguardo che sembrava mi cercasse...

Intanto me ne sto qui nel giardino del Convento e scrivo di nascosto poiché le Sorelle mi ignorano: sono vecchie e tranquille, nessuna giovane né di ricca famiglia. Le sento spesso cantare, ascolto il vento, guardo le nuvole correre nel quadrato del cortile. E poi un immenso silenzio. Un immenso silenzio popolato solo dal volto dello Sconosciuto!

Mi aggiro fra aiuole e cespugli, schizzo con la mano una fontana, apro il mio libretto di preghiera. Una noia mortale. E poi oggi chi ti vedo? Una Tigre! Sì, proprio una Tigre, una belva che dorme.

Non era un sogno, Clementissima: mi pizzicai per esserne certa. Quella era proprio una Tigre, come l'aveva vista disegnata in certi Libri. Un enorme gatto striato.

Suor Candida, che passava poco distante, si avvide del mio terrore e mi posò una mano sulla spalla.

«È del Principe di Belvedere, la porta a passeggio sulla spiaggia di Mergellina. Non abbiate paura, non morde. Potete carezzarla, se volete. Le hanno limato i denti. Il principe è qui, dalla Badessa.»

Così mi disse. E allora mi accostai al grosso gatto che si rotolava nel sonno sulla schiena. L'orecchio batteva per il ronzare delle mosche. Una farfalla usò il naso della belva come appoggio. La Tigre starnutì! E poi schiuse gli occhi e li vidi: verdi e azzurri, color del mare! Dal secondo piano venivano le orazioni del mattino e si udivano, lontane, le campane dei monasteri oltre la collina suonare come le gole di bronzo degli angeli.

Ah, che grande malinconia provai, Dolcissima! Ecco il mare che non avrei mai preso, ecco la Tigre immensa come la Natura prigioniera del giardino, come Me!

Quindi arrivò inattesa la leccata, una scia bavosa sul palmo della mano, Suavissima, invano dopo stropicciata sulla gonna. Il fiato della Tigre puzzava, come il fiato di un comune gatto o di un cane. Allora ebbi l'idea di alitare anche io sul volto della Tigre, che scosse il testone e si leccò naso e baffi, dal che desunsi che ogni fetore è relativo, secondo la specie, e che anche la Bellezza puzza, dunque è Opinabile! Ce ne stavamo così in contemplazione di Noi Stesse quando udimmo un lungo fischio: il Principe di Belvedere usciva. La Tigre si alzò pigramente e raggiunse il padrone, sulle scale del cortile. Stavo infelicitandomi con tutta me stessa per la condizione che mi riguarda quando ebbi sorpresa vivissima: accanto al Principe che richiamava la Belva eccolo, lo Sconosciuto!

Egli parlava con il Principe e poi, con il permesso delle Suore, mi veniva incontro! Poi era Suor Candida a fermarlo e lui dava a lei qualcosa e mi salutava con una mano. Suor Candida mi raggiunse e disse: «Questo è un dono di un artista, quel signore che è accanto al Principe, che vi ha visto e vuole omaggiarvi. È un dono di devozione, con gli omaggi del Principe e del signor Jacques Colmar».

Ah, Signora! Forse che le mie preghiere sbagliate Ti avevano dunque raggiunta? Nella mia mano fu messa una piccola scatola istoriata con Santi e Madonne, che aprii: conteneva una Rosa di velluto ma profumata come fosse vera! Perle di cristallo simulavano la rugiada e nuvole di seta minutissime l'avvolgevano: disegnate lungo i bordi con tempera intinta nella polvere d'oro. Il fondo della scatola era dipinto d'azzurro con polvere di lapislazzulo, popolato da minuscoli uccelli e putti con la tromba di carta colorata!

E infine, cosa che mi provocò sospetto, paura e infine commozione e pianto, dietro ognuno dei putti era una lettera del Mio Nome, che roteava se soffiavo. Suavissima, ma io sono Sposata! Epperò, subito pensai di sfilarmi una forcina di perle dai capelli per ringraziare il Donatore che aveva il nome francese: Jacques Colmar! Ma era andato via, con il Principe e la Tigre, e Suor Candida ormai cantava con le altre. Ero sola nel giardino che ora mi pareva il Più Bello del Mondo!

Lisario Confusissima!

[...]

Signora Miracolosissima,

l'Amore è arrivato. Io non più aspettavolo e invece, come scrive il signor Ludovico Ariosto, eccolo: "Che non è insomma amor, se non insania?". Lisario muta impazzisce. Non può dire il suo Amore se non con mani e piedi e corpo. E se Quel Corpo manca è come se il cielo fosse un fondo di tazza e il cuore che batte un sasso razzolato da pollame e l'aria che si respira risucchiata dalle porte del Castello! E tutto muore.

Ma quando l'Amato c'è, Signora, nascemi il Sole dai piedi, posso saltare il Mare, succhiare gli alberi dai prati e generare popoli di uccelli: così accade? Oh, come mi sembrano superflui ora i miei Libri, e anche lo ScriverTi mi sembra vano poiché Tutta Ti prego mentre Amo!

Intanto, però, mi chiedo: sarà esagerazione?

Questo Francese che mi piace tanto, che ha mestiere di mani e non un soldo, che non mi è sposo e mai potrà diventarlo, devo seguirlo? Farò la fine di Desdemona? Stupida lei a non dir parola al Moro, ma io, Signora, volessi anche parlare, non posso, come Tu sai! Per precauzione nascondo fazzoletti in ogni dove e se anche il mio Francese dovesse perder sangue mai gli impresterei stoffa veruna! A che servono i Libri se non a imparare cosa non fare?

E però, sembrami di vedere che l'Umanità tutta legge poco o eviterebbe di fare sempre le stesse sciocchezze: e guerre, e lotte, e inganni, e amore... Signora, sbaglio perché non ho letto abbastanza? Però, se penso a Mastro Shakespeare, Suavissima, devo dirlo: io sono in altra condizione.

Io non voglio il Moro, disprezzo il Marito, e preferisco l'Amante. Lo so, ora Tu mi condannerai e così il Mondo, ma che ci posso fare? Ho forse giurato al Prete di sopportare Schifo, Disgrazia e Fastidio? Non mi sembrava che la formula recitasse vessazioni!

A ogni modo, insania, è vero: pazzia è trovarsi nel Convento, pazzia anche scrivere qui certi discorsi, che se qualcuno, non voglia Iddio, scovasse queste pagine saremmo morti in due. E il mio amato è anco Giudeo!

Questo Tu me lo perdonerai?

Da poco ho trovato fra i libri del Marito uno dell'italiano Alighiero e letto a caso un canto di due disgraziati, Paolo e Francesca: "Soli eravamo e sanza alcun sospetto". Subito ho chiuso il Libro e rifiutato di continuare! Soli non siamo mai, specie al Convento, e invece immersi nel sospetto: di Tutti!

E Tutti tacciono, specie le Suore, che sanno bene.

Ma il Sentimento mi rende incosciente e la Volpe dentro di me ha ceduto alla Gallina.

Non mi sorride affatto l'idea di morire per mano del Padre o del Marito e questo pensiero, nonostante io sia Felice come mai sono stata in vita mia, mi assale all'improvviso, specie la notte o quando sono sola.

Rileggo allora il Signor Ariosto e penso d'esser con Astolfo sulla Luna e guardo l'astro che illumina il Castello, ché "là su infiniti prieghi e voti stanno che da noi peccatori a Dio si fanno..."

Anche queste mie Lettere, Suavissima, si fermano alla Luna?

Così raccogli "le lacrime e i sospiri degli amanti, l'inutil tempo che si perde a giuoco e l'ozio lungo d'uomini ignoranti, vani disegni che non han mai loco"?

T'ho vista, sai, dipinta con il piede sulla Falce mentre guidi la Notte. Tieni davvero in un'ampolla la mia Voce e in un'altra i Disegni Luridi del mio Indegno Marito? Allora, Signora Mia Tempestosissima, vorrei indietro la mia ampolla, che Tu ne hai tante, per poter gridare Aiuto e Amore; e per salvar Lisario non chiederei più d'esser Cantante, ma anche solo d'esser cantata dallo sposo mio, quello che ho scelto, non quello che m'è stato dato.

Lisario Serva Felicissima e Afflitta

[...]

Clementissima,

 ho saputo oggi che Jacques Israël Colmar porta in scena "Didone abbandonata"! Come mi piacerebbe vedere questo spettacolo! Ma non accadrà. Sono gravida, Mia Signora, e trattata come una Malata. Sto benissimo e mi devo finger debole perché mio marito non s'accorga della mia felicità. Questa lettera, Mia Signora, è brevissima perché ho l'impressione d'esser stata seguita stamane fin qui sulla spiaggia dove vengo da sempre a scriverti. Mi sono affacciata a controllare e ora torno a scrivere. Devo essermi sbagliata, sento solo le voci di Annella, Immarella e Maruzzella che lavano i panni a mare. Torno nelle mie stanze e Ti raccomando sempre il mio Amato, non importa se Giudeo!

Tua Devotissima Lisario

PERVERSI COME I PESCI

1

Era rimasto contro la roccia che lambiva la spiaggia, spalmato come una seppia ad aspettarla fin quasi al tramonto. Man mano che la marea si alzava le onde gli avevano bagnato giubba e calze, le alghe ormai gli macchiavano le scarpe.

Se qualcuno dal castello avesse visto Avicente Iguelmano in quell'assurda posizione, le dita aggrappate allo sperone di tufo, il volto deformato dallo sforzo, avrebbe di certo pensato a una follia improvvisa o a una temeraria manifestazione del Maligno.

Ce n'era voluto di tempo per capire dove e cosa nascondesse sua moglie, ma ora era certo di aver trovato il luogo: guardò le donne risalire verso le mura con le ceste dei panni e si spostò prudente dall'acqua alla rena. Lisario era entrata lì, lasciando sole le serve e vi era rimasta per lungo tempo mentre il sole percorreva il cielo.

La piccola grotta sulla spiaggia umida – e buia, a parte i riflessi azzurrognoli del mare – non era usata da nessuno, gli attracchi del castello essendo spostati sul fianco opposto della spiaggia. Avicente si chinò ad annusare il tanfo marino, quindi, con palese disgusto, tastò le pareti incrostate di madrepore e melme salmastre: non aveva idea che la grotta fosse così profonda. E tuttavia, a parte lo sciabordio del mare, il movimento improvviso di piccoli granchi e il garrire dei gabbiani, la pietra non sembrava nascondere alcunché.

Avicente Iguelmano si era quasi rassegnato a tornare indietro, quando il dorso della mano urtò un corpo viscido che cadde nell'acqua con un tonfo. Si chinò a frugare: una candela consumata. Tastò ancora alla cieca nello spazio che doveva custodire la candela. La mano urtò un oggetto solido, squadrato. Angoli di metallo. Afferrò l'oggetto e risalì la caverna ormai invasa per metà dal mare.

La luce esterna mostrò una scatola d'osso. Non aveva serratura, il coperchio era poggiato, tale era la certezza di chi l'aveva nascosta di non venire mai scoperta. L'aprì: sul fondo giacevano penna, calamaio e un fascio di fogli rilegati insieme a formare un quaderno. L'aprì.

Restò spalle alla grotta a leggere in piedi per ore, fino a che al posto del sole salì la luna e la fatica di distinguere la grafia si fece insostenibile. Eccole tutte le pagine che l'ignorante, muta, servile e incapace Lisario aveva scritto da quando aveva appreso a tenere in mano la penna. Ecco cosa pensava, nascosta dal suo silenzio. Tutto era disvelato in quelle pagine: come Avicente avesse mentito sulla cura somministrata alla dormiente, come la dormiente si fosse accorta delle sue manovre, quel che era accaduto dopo il matrimonio nella loro camera da letto, come egli avesse mentito su ogni cosa e ora mentisse anche sulla sua paternità.

La vergogna più bieca lo esponeva al giudizio di un essere che aveva considerato meno di una cosa. Inoltre – e questo gli era intollerabile – il segreto che a lungo aveva cercato fra le gambe della moglie era invece lì, nel suo quaderno, seppellito in quell'anima che non poteva parlare ma che, a dispetto e all'insaputa di tutti, sapeva scrivere. Questo pensiero lo attraversò come una fitta e subito fu travolto dalla furia e dalla negazione, poiché, se non poteva concedere a Lisario di godere per suo conto, meno ancora poteva lasciare che pensasse e che con il suo pensiero lo giudicasse non temendolo o odiandolo, come si doveva a un marito inviso o a un padre padrone, ma provando per lui disgusto, indifferenza e, peggio del peggio, ridicolo.

Una rabbia sconosciuta, anche più violenta di quella provata quando sua moglie aveva iniziato a negarsi all'osservazione scientifica, gli montò dentro. Era stato privato del suo diritto, della sua proprietà e sbeffeggiato nella sua stessa mascolinità. A casa di Tonno aveva di recente letto un libro a stampa, una commedia intitolata *Il Moro di Venezia*, dove un tal Jago diceva della Femmina: "Liberale in famiglia, a letto avara". Subito l'aveva richiuso riconoscendo e detestando ancor di più l'inganno della moglie. Quanto si era tormentato cercando il colpevole dell'offesa subita, il padre del bastardo, e ora ecco che nelle ultime pagine del quaderno spiccava il nome: Jacques Israël Colmar. Un artigiano, giudeo per di più.

Di colpo questa scoperta ridusse di nuovo Lisario al suo rango di moglie, di disonorata e traditrice, poiché era assai più facile per Avicente, come per qualunque uomo, pensare alla responsabilità di un suo simile, per quanto inferiore di rango, che all'autonoma decisione di una moglie. Ora si poteva ordire la vendetta e lavare col sangue l'onta subita, al riparo della legge.

E tuttavia quelle pagine lo mettevano in pericolo: se qualcuno le avesse lette da cima a fondo avrebbe comunque scoperto ch'egli era un truffatore della sua professione. Bisognava che ad avere paura fossero Lisario e il francese, non lui, e bisognava che lei perdesse ogni cosa: affetti, sicurezza, protezione.

Rabbia, tremore alle gambe, lacrime brucianti non gli impedirono di rientrare nella grotta e trovare lungo la parete i libri ben nascosti che, poco alla volta, Lisario aveva trafugato e letto.

Uscì a prendere un barchino, se lo trascinò fino alla grotta, vi caricò tutti i libri della sposa, quindi nascose la barca dentro un anfratto e l'ancorò dal lato dove passavano al largo i pescatori.

E del quaderno cosa avrebbe dovuto fare? Meditò di lasciarlo dov'era, ma poi: no. Lo avrebbe portato con sé, nascosto nella camicia.

Risalì verso il castello. Ogni passo lungo i camminamenti gli irrigidiva sempre più le gambe al pensiero di rivedere la bugiarda. Com'era stata brava a ingannare tutti, anche il padre e la madre.

E poi altri dubbi: le suore al convento sapevano di lei? Aveva scritto alla madre superiora? E quest'uomo con cui commetteva adulterio sapeva ogni cosa di lui? Il rischio dello sbeffeggiamento si ampliava, la posizione di medico ricevuto a corte veniva messa in pericolo dalle chiacchiere di un banale imbrattatavole, che per di più gli ingravidava la moglie?

Nella sala da pranzo trovò Lisario radiosa. Impossibile distinguerne le ragioni, se pure ragioni c'erano in quell'animale misterioso: teneva fede a ogni sua incombenza con rinnovato vigore, senza darsi pena, nonostante tutti le dicessero di star quieta e che si riposasse, o quella gravidanza, da altri tanto attesa, rischiava di sciogliersi in un grumo di sangue. Lisario fioriva e ingrassava, sembrava sospesa al suo stesso ventre. Si voltò a vedere chi entrava, quindi, riconosciuto Avicente, tornò a dedicarsi all'unica creatura cui dedicava manifesto affetto, Gatito, che faceva le fusa. Le serve le facevano coorte.

Fu un istante. Avicente avanzò senza una parola, le strappò il gatto dalle braccia e lo lanciò contro il muro.

Gatito, di solito agilissimo e pronto, non poté evitare di battere la testa e cadde a terra inerte, la bella pelliccia floscia, come uno scialle. Le serve strillarono all'unisono, Lisario a bocca spalancata strinse i pugni. Avicente si coprì le orecchie come se davvero sua moglie urlasse. Quindi Lisario afferrò le suppellettili che aveva a portata di mano – piatti, vasi, brocche, pettini, arance, pane, quel che era su tavoli e cassapanche – e le gettò addosso al marito che rinculò ebete, fino a uscire e chiudere la porta per difendersi.

Il pianto delle serve non si quietò fino all'alba. Avicente non aprì la porta all'insistente bussare di don Ilario e agli strepiti di donna Dominga, che temeva un aborto.

Annella, Immarella e Maruzzella celebrarono di nascosto il funerale del gatto.

2

Il giorno dopo Avicente Iguelmano, pur di non restare al castello con il suocero che gli sorvegliava l'uscio, la suocera che strepitava maledizioni e Lisario protetta e isolata come una santa martire, accettò l'invito a pranzo dall'Eletto del Popolo Tonno d'Agnolo.

C'era aria di tempesta in città a causa delle gabelle – si era ai primi dell'estate 1647 – ma gli affari a Tonno non andavano male, tanto che imbandiva banchetti luculliani per i suoi clienti o creditori.

La voce della prossima paternità del dottore si era diffusa, suo malgrado, e tutti lo festeggiavano: aveva bevuto vini dolci a ogni palazzo che visitava per dovere medico, per ogni gotta o raffreddore o mal francese nascosto da reumatismo. Viva, viva il primo figlio del dottore! Erano giorni che andava avanti così, Avicente rosicava: alla frenesia di scoprire il segreto delle femmine che già lo distruggeva ora si era unito il disperato bisogno di trovare e uccidere l'uomo con cui Lisario gli aveva fatto, come si diceva a Napoli, un cesto di lumache in testa.

Ma il pensiero del quaderno, che teneva accuratamente nascosto, lo faceva andare davvero fuori dai gangheri. Anche se spariva, Lisario avrebbe potuto riscrivere la sua storia, dunque era come minimo necessario amputarle le mani. Ma con quale scusa? Per l'evidente adulterio? Presso gli arabi era così: ah, come avrebbe voluto essere un musulmano per infliggere alla moglie le punizioni d'uso!

Erano questi lieti pensieri che agitavano la mente di Avicente quando varcò la soglia di Tonno, che, vedendolo sempre più deperito ma ignorandolo cornuto, l'apostrofò: «Uè, ma niente niente chelle doie zoccole di Argiento Vivo e Pubbreca vi stanno facendo 'o nciucio? Ceuze e janare?».

«Che dite? Non le vedo da molto tempo...»

«E quelle pe' dispetto v'hanno affatturato! Avite da mettere una cuccuma di semi davanti alla porta oppure delle spighe di grano, così 'e janare vengono e passano 'a notte a contare... 'A magia d' 'a conta, se chiamma. Si nun faje accussì, s'accoccano 'ncopp' 'a panza toja e te zucano ll'anema... E comme infatti parete na mappina...»

Avicente scosse la testa, sconsolato, e salutò gli ospiti dell'Eletto. Quella domenica erano al desco di Tonno i due banchieri olandesi che reggevano le sorti del Viceregno, Vandeneyden e Roomer, un maestro di notomia tedesco che dava i brividi solo a guardarlo, tale Johannes Töde, un vecchio frate che dai Pirenei si ritirava al monastero dei Camaldoli, Père Olivier de Saint-Thomas, e un pittore appena giunto da Roma, un olandese belloccio e vanitoso, un tale Michael de Sweerts che si presentò subito chiedendo di farsi chiamare Cavaliere.

Tonno teneva banco in quest'accozzaglia di lingue e di usanze. L'argomento, al solito, com'era sempre e da sempre, Napoli.

«Questa città è fatta di hidalgos, caballeros, facce di cane e avvocati. Po' ce stanno 'e prievete...» e fece un cenno d'omaggio a Père Olivier «... e ultime le zoccole, che, modestamente, sono la mia specialità. Le facce di cane, li vedete?, sono questi lazzari che fanno ammuina. Eh... questa volta agli spagnoli non basterà mettere una targa su ogni cosa in nome della loro Cattolicissima Maestà Imperiale: qui, stateme 'a sentì, fernesce malamente...»

«Ma la Spagna...» obiettò alzando un lungo indice Vandeneyden.

Tonno lo stracciò: «'A Spagna, 'a Spagna... Cavaliè, la Spagna è una provincia di Napoli!».

«Problemi così si risolvono solo con le scuole... È l'educazione che conta, i conservatori...» sentenziò Roomer, strofinando fra loro le dita della mano, pollice contro indice e medio, con il tipico gesto di chi conta moneta.

«Ma se ce ne sono ben quattro, in gara fra loro, e questa città è più ignorante di una bizzoca!» protestò Vandeneyden, che ai conservatori prestava denaro con tassi da usuraio.

«La poesia e le arti dovrebbero sempre essere finanziate con il denaro pubblico...» tentò di obiettare ancora Roomer, polemico verso l'amico, cui rimproverava di sopperire troppo alle mancanze degli spagnoli.

Qui, il Cavalier Suàrs ebbe un moto di indignazione: «Perdonatemi, ma così finirebbe come è già accaduto di recente anche a Roma, di dare committenza a certi maestrucoli solo perché sono amici del potente di turno, solo perché prendono aria nel canile giusto... E poi? Cosa accade? Che tutto quel che si dipinge o si scrive abbassa il gusto e più si abbassa il gusto più muore l'arte e meno le si chiede di andare verso il nuovo...».

Intanto, l'arrivo dei vassoi d'argento sulla tovaglia di Fiandra di Tonno non s'interrompeva mai, il cibo si estendeva da lato a lato come il regno di Carlo V che non aveva mai visto il tramonto: oche, capponi, quaglie, galline, castrato e cinghiale, orate, sgombri, aragoste, capitoni e saraghi.

«Mangiate, Cavaliere, fatemi l'onore...»

«È buona norma dei pittori, signore, condursi parchi d'amore e di cibo» commentò Sweerts, e subito Roomer lo punzecchiò: «Ah sì, conosco certe discipline... Al punto che alcuni dei più grandi artisti del secolo scorso sono morti di fame, vedi quel Pontormo che appuntava su un diario le sue defecazioni quotidiane e teneva il conto dei semi e dei frutti che ingollava...».

Père Olivier, piuttosto seccato, alzò un dito lungo e aristocratico e ammonì: «Bisogna mangiare meno...».

«Suvvia, padre, ci volete togliere anche questo piacere...» protestarono alcuni.

Il vecchio frate muoveva le dita a ventaglio.

«Quel che più ci piace ci ammazza» e puntò il dito, fermo, contro le pance dei commensali.

«E quale sarebbe la cura migliore secondo voi, padre? Verdura e semi?» sollecitò Roomer masticando.

«La cura migliore?» sorrise astuto il vecchio. «Portatemi un po' di farina, sale e acqua.»

Tonno fece cenno alla servitù: «Facite cumm'ha ditto Pàte Oliviè, spicciateve».

Farina, sale e acqua arrivarono, Père Olivier li mescolò, ne prese un cucchiaio, lo tenne in bocca qualche istante, miscelandolo con la saliva, e lo risputò nella tazza. «Ecco. Il miglior cibo per un neonato o per un moribondo. Alla salute.»

E bevve. Il gruppo contenne a stento l'espressione di disgusto. Il vecchio frate, che aveva ancora tutti i denti, li aveva guardati con intenzione, divertito dallo schifo provocato, quindi aveva ripreso ad agitare le lunghe dita.

«Noi somigliamo a ciò che mangiamo. I mangiatori di pollo sono gozzuti, vanno in giro con gli occhi sgranati, chiocciando» e indicò Iguelmano, cui effettivamente i volatili piacevano molto. «I degustatori di agnello sono sempre arruffati e scontrosi, come montoni...» e fu la volta di Vandeneyden, che per un istante ebbe la visione di un agnello, quello mistico dipinto dal suo connazionale Roger van der Weyden, campeggiare su un prato troppo verde ruotando sullo spiedo. «... I mangiatori di mucca sono infastiditi dal mondo, sbuffano, scacciano le mosche con la coda. E i mangiatori di maiale sono lerci e confusi» e fu la volta di Roomer, che infatti sbuffò e agitò un nastro che gli pioveva dal colletto. «I mangiatori di pesci, poi, sono perversi: subdoli, lasciano il loro seme ora qui... ora lì...» e aveva simulato la direzione scostante di un pesce che nuota in mare indicando il Cavalier Suàrs, che si era toccato il collo, come una fanciulla prossima a svenimento. «E l'umanità è anche peggio, perché mangia tutto questo cibo morto insieme!»

Un lungo silenzio era caduto. Solo Tonno continuava a masticare a bocca aperta, indifferente.

Père Olivier lo fissò con disgusto: «Napoletani e spagnoli: perversi, come i pesci!».

Quindi si tentò di cambiare argomento parlando di pittura, ma Père Olivier batté il pugno sul tavolo: «Tutti voi» indicò i banchieri «raccattate opere di prodighi e avari, assassini, sodomiti, femmine perfino! Ladri e imbroglioni...».

«Ma a chi vi riferite?» sbottò Roomer.

«A questi pittori!» esclamò Père Olivier indicando Sweerts, che aveva gli occhi sempre più sgranati e la bocca sempre più aperta. Alla parola "sodomita" aveva sentito qualcosa stringergli il collo di nuovo, forse il rosario che indossava o la corda del boia, ché a Napoli come in Olanda la punizione per i sodomiti era quella, definitiva e inappellabile.

«... e li pagate profumatamente!» continuò Père Olivier. «Non importa a nessuno di voi che questa gente sia riprovevole agli occhi di Dio?»

«E se il vostro Dio nemmeno esistesse?»

Tutti si erano dimenticati del maestro di notomia: Töde aveva parlato senza muovere le labbra, che aveva pressoché invisibili. Era come veder parlare un teschio.

«Eresia!» urlò Père Olivier. «Da quale propaggine pagana del passato viene una simile idiozia?»

Töde alzò il coltello a minimizzare.

«I vostri Padri della Chiesa hanno impiegato secoli a scannarsi sulla natura divina del Cristo... E fra loro c'erano ladri, assassini, sodomiti. Li trovate davvero migliori dei pittori? Gli artisti non fanno male a nessuno...»

«Corrompono le menti! Modificano le anime!»

«Padre, se venite al mio sotterraneo vi mostrerò un po' d'alberghi rotti della vostra anima... Budella, braccia, crani...»

Père Olivier, rosso in viso come un mangiatore di montone, maiale, mucca e pollame, stentava ad alzarsi ma s'impennava ugualmente sulla sedia. Sweerts teneva il braccio abbandonato in apparenza, ma stringeva nella mano un canovaccio come se stesse strangolando sua madre; un cane di Tonno lo tirava coi denti. Vandeneyden e Roomer cercarono di mettere pace.

Avicente Iguelmano, invece, si era d'improvviso interessato alla conversazione: «L'anima è anche la sede del piacere?» aveva domandato al cappuccino.

Però Olivier de Saint-Thomas lo aveva fissato con disprezzo: «Quoi êtes-vous? Un épicurien?! E quel pittore» aveva indicato Sweerts «cos'è? Un gotico imbratta chiese?».

Se a sodomita Michael s'era tenuto, a gotico, il peggiore degli insulti che si potesse fare a un pittore del secolo d'oro, non si tenne più: «A me, gotico?!».

«Signori, signori!» insisteva Roomer mentre ormai tutti urlavano. «La buona tavola del nostro ospite... signori...»

«Perversi come i pesci!» urlava Père Olivier.

«Andiamo... siate concordi, signori... Pensate alle tre Grazie...» provò Vandeneyden, che aveva letto gli umanisti con coscienza esoterica, «pensate a Marsilio Ficino...»

Ma Père Olivier diede di matto: «Ces trois gros culs!».

«Oè, chisto ha ditto chiappone a 'e Grazie!» scoppiò a ridere Tonno.

Michael inorridiva, Vandeneyden tremava: «Chi ha dato da bere a questo vecchio?!» urlò.

«Les artistes! Santi nudi perché le vostre femmine ci facciano le fusa! Sante ritratte nel pieno del coito!»

Avicente tornò alla carica, preso dal suo pensiero fisso: quella era una strada che l'avrebbe portato lontano: «Volete dire che l'estasi divina è come l'estasi del coito?».

Ma Père Olivier de Saint-Thomas era perso nei suoi deliri e fu portato via a braccia dai servi: «Uomini con uomini! Bestie con donne! Uomini con bestie! Fornicateurs damnés!».

Tonno stuzzicò quieto e ilare un cappone: «E vabbuò, sti discorsi di cultura fanno venì famme...».

3

Finì che al termine del pranzo Sweerts sparì, indignato, e Iguelmano, affoscato dai pensieri relativi a Lisario, a come moncarle le mani, a come punirla dell'adulterio, a come lavare l'onta d'essere sempre stato, come suo padre gli aveva ben spiegato, un imbecille arrogante, accompagnò il notomista per un tratto, verso l'ospedale della Pace, dove Töde aveva casa.

L'ospedale, un tempo avito palazzo della Napoli durazzesca di proprietà di quel Sergianni Caracciolo che era stato l'amante della regina Giovanna, da lei ucciso dopo vent'anni di governo cittadino e comunanza di letti, era stato riadattato sin dall'inizio del secolo a Lazzaretto, poiché non c'era anno che Napoli non venisse travagliata da un'epidemia.

Passarono sotto l'arco catalano dell'ingresso – gotico, riecheggiava l'insulto di Père Olivier nelle orecchie di Avicente – mentre Töde salutava asciutto i molti medici che uscivano dall'ospedale. Il cortile era immerso nella luce del sole prima del tramonto, le religiose vi tenevano tavoli e pignatte per il vitto dei ricoverati e così fumo e voci salivano fra gli alberi e le edere che si arrampicavano sulle vecchie pietre.

Si affacciarono dentro il Lazzaretto lungo il ballatoio che evitava il contatto fra medici e pazienti. Le grandi finestre e gli affreschi attutivano in parte il puzzo, i lamenti, le cantilene delle preghiere. Avicente vi entrava per la prima volta. Töde lo condusse verso un lato della

175

lunghissima sala, dove un'architettura elegante separava la sala operatoria dall'immensa camerata. Avicente distolse lo sguardo. Töde lo trascinò oltre la stanza. Le scale a chiocciola strette che dal Lazzaretto conducevano sottoterra terminavano in una cantina dove il notomista teneva i resti dei suoi studi. Era buio, a parte due lampade ad olio, e Avicente sbandò, toccando con una mano la parete umida.

«Sembra che questo pavimento risalga all'età di Nerone» stava dicendo Töde indicando dei mosaici che in un angolo confinavano con la frusta pavimentazione coperta di anfore e tavolacci: la sala era stata usata non molti anni prima come stalla.

«Ho un cuore umano ben conservato, qui» aggiunse, vantando una qualche formula galenica che a Iguelmano sfuggì perché, ora che si abituava al buio, distingueva meglio i cadaveri: erano tutte donne.

«Come mai...» fu per domandare.

«Oh, gli uomini non li conservo mai interi» disse Töde e mostrò ad Avicente un ventaglio rosso, che sulle prime il medico scambiò per un ramo di corallo, un oggetto da collezione.

«Il sistema arterioso di una donna» spiegò Töde, poi su una tavola, appuntato con gli spilli, indicò un ventaglio assai simile, ma molto più lungo e ramificato: «Era quieta, da viva. Ho voluto vedere come erano fatti i suoi nervi.»

Avicente fissò sconcertato i piccoli bottoni di madreperla che tenevano fermo l'intero sistema nervoso periferico della disgraziata: come il sistema arterioso sembravano coperti di cera, squillavano di colori vivissimi, quasi fossero ancora l'uno irrorato e l'altro innestato lungo la schiena della malcapitata.

«Sapete qualcosa dei nervi pubici delle donne?» domandò Avicente, sia pur al limite del disgusto: rieccola l'Operazione cui aveva assistito da bambino a Padova, lì, davanti ai suoi occhi, replicata all'infinito, e il tanfo di cadavere, e l'assenza di luce... non fosse stato per la sua ossessione sarebbe di certo crollato a terra: «Cosa sapete del piacere... femminile?».

Töde sorrise senza labbra: «Tutto quel che sa un uomo adulto,

176

dottore». E poi, mostrando la sala: «Ma non ho trovato qui alcun piacere: ne vedete voi in giro?» e aveva indicato i vasi di vetro pieni di spirito e materia umana.

«Sì, ma...» insisté lo spagnolo «... loro godono e io non capisco come... godono anche senza di noi...»

«E perché vi importa?»

«Perché... ci rubano qualcosa.»

«Queste capre?» e indicò i cadaveri.

«Se possono godere anche senza di noi, forse possono fare altro senza di noi...»

«Non vi capisco.»

«Immaginate che concepiscano senza di noi... In fondo, Maria Vergine...»

«Favole. Anche i preti sanno che è una menzogna.»

«Ma fate conto che sia una metafora, fate conto che sia un mito che racconti un'altra verità...»

«Voi avete appena concepito un figlio, mi dicono...»

Avicente abbassò lo sguardo. Il notomista lo osservò.

«Volete farmi credere che vostra moglie ha concepito per volontà divina? O è quello che vi dice lei?» sorrise.

Avicente alzò il volto tirato dalla rabbia, l'altro levò una mano a scusarsi.

«E sia... Quand'anche le donne concepissero senza di noi?»

«Immaginate un mondo senza padri: su chi eserciteremmo la nostra... autorità?»

Töde guardò con grande e ingiurioso dubbio l'autorità di Avicente Iguelmano, che tuttavia non se ne dispiacque.

«Saremmo alla mercé di chi partorisce i figli e li educa... Presto anche il denaro sarebbe nelle loro mani...»

Töde rise: «Guardatevi bene intorno. Queste femmine sono morte. E non hanno ordinato o comandato un bel niente. Voi vaneggiate».

«Ma se mi aiutate a capire il segreto diverremo celebri e...»

Töde sversò rumorosamente brani di braccia umane da una sacca in un bacile. Avicente si corpì il naso con il mantello.

«Non credo a questo vostro progetto, dottore. A chi importa del segreto di un animale inferiore? L'animale fa quel che gli viene comandato, esegue e obbedisce e prova quel che gli viene detto di provare. Voi fingete un mondo dove si abbia stima del cervello delle donne?» indicò il tavolo. «Del loro sistema nervoso?»

«Parlo dell'anima...»

«Di nuovo. Queste idee meridionali... Comunque se una donna che mi appartiene volesse provare piacere senza di me...» disse fissando il dottore «immaginerei che lo stia provando con un altro...» Iguelmano strinse la mano intorno al bordo del tavolo anatomico «... e in tal caso saprei bene come comportarmi.»

Töde spiattò del liquido organico. Iguelmano restò zitto. Avrebbe potuto chiedere a questo sconosciuto di fare vendetta per suo conto?

Dopo un po' il notomista riprese: «E dite che l'anima prova piacere nell'accoppiamento?».

Iguelmano si strinse nelle spalle: «Voi non ne provate?».

«Mai provato» confermò atono Töde.

E questo spiegava molte cose, pensò Avicente. Se non ne avesse mai provato nemmeno lui, ora non avrebbe avuto tanti scrupoli su come vendicare l'onore offeso.

E consolandosi con la sua finta superiorità morale trascorse l'intero pomeriggio con il tedesco, beandosi della possibilità inespressa dell'omicidio.

4

Il mese di giugno era arrivato e con esso l'estate, vento di scirocco, api e cicale. Per convenienza e per mostrarsi felice in pubblico, la sera seguente il pranzo da Tonno Avicente decise di portare la moglie a teatro, o così aveva fatto credere a tutti, a don Ilario
e a donna Dominga, ai servi e alle serve e a Lisario stessa: doveva
farsi perdonare l'assassinio di Gatito e i suoceri trovarono la ripa-
razione adeguata, tornando a sorridere al genero.

Solo Lisario rimase del suo umore vitreo, come se potesse leggere nel marito le cattive intenzioni. Le era stato impedito d'uscire
per non compromettere la sua salute e dunque non aveva più potuto andare alla grotta, altrimenti avrebbe compreso anche meglio
a che rischio si stava esponendo.

Avicente Iguelmano, in realtà, si era molto bene informato sullo spettacolo che davano alla Stanza dei Fiorentini, in Largo delle Corregge. Una commedia di Tirso da Molina, scene, macchine
e luci di Jacques Israël Colmar. Ordinò s'apparecchiasse la moglie
come una torta, chiusa sotto tre strati di velo e due colletti, e l'infilò al suo fianco in carrozza.

Era noto che le attrici spagnole fossero delle scostumate, benché le commedie lussuriose si dessero in quegli anni alla Duchesca
mentre in un'altra stanza, detta degli italiani, si giocavano opere
più serie e meno scollacciate. Non piaceva alla nobiltà di seggio e
ai religiosi che in teatro si ballasse, come invece le commedie spa-

gnole a volte prevedevano, e non piaceva, almeno a chiacchiere, che le spagnole lasciassero ondeggiare i seni di fronte agli spettatori, ridendo sfacciatamente. Donne in scena passi, ma anche puttane era troppo. Mercedes de Los Angeles, la più famosa in quei tempi a Napoli, e protagonista preferita di Tirso da Molina, si esibiva quella sera nel ruolo di Didone abbandonata.

Se di Lisario Avicente voleva conoscere anche il più piccolo recesso intimo, osservare la vibrazione della più insignificante mucosa, delle attrici ammirava da lontano la carica e lo spirito. Tuttavia, anche quella visita al teatro faceva parte del suo programma di studio: potevano le attrici simulare con credibilità quell'onda misteriosa che in Lisario appariva autentica e nelle sbriffie del Viceré falsa? E Avicente avrebbe osato chiedere a Mercedes un appuntamento scientifico, rischiando di finire sul lettino anatomico trafitto da una spada per mano del capocompagnia? Fantasie si agitavano in Avicente come pulci in un barattolo quando marito e moglie sedettero davanti al boccascena, il dottore inorgoglito e spavaldo, al dito un gigantesco rubino dono della Señora di Mezzala, Lisario a disagio nell'apparecchiatura eccessiva.

Entrarono nella Stanza i guappi della Compagnia della Morte, napoletani di rango o artisti che si fregiavano d'uccidere a mucchi gli spagnoli, ragion per cui gli hidalgos si guardavano intorno con circospezione. Avicente scrutava in ambasce il viso degli astanti spiando potenziali rivoltosi o assassini ma, soprattutto, cercava il francese. Ed eccolo Colmar, in un canto, privo di sedia, in abiti modesti, le candele a fargli lume al viso.

Anche Lisario lo vide bene, anzi prima lo sentì, come il gatto che avverte il pericolo: si voltò e si voltò finché anche lei non vide la stessa faccia che il marito sembrava aver ignorato. Fissò così a lungo e intensamente Jacques che il francese fu costretto a guardarla. Nonostante il velo la riconobbe e sobbalzò. Il primo istinto fu di raggiungerla, Lisario se ne accorse e alzò un dito d'ammonimento, un gesto piccolissimo che altri avrebbero scambiato per uno sventolio di mano, l'ambiente era afoso. Jacques invece se ne trovò paralizzato e si dibatté disperato in quel divieto, cercando varchi per aggirarlo.

Mercedes de Los Angeles, intanto, era apparsa in scena.

Jacques, comandato alle macchine di luce, era andato verso le lampade. Nel buio, fra le oscillanti fiamme di candela, Mercedes, abbondante di petto e torva di sguardo, avanzò in un abito che imitava l'antico peplo fenicio, coperta di finte conchiglie scolpite nel legno. Enea, il marito dell'attrice e capocomico, se ne stava in disparte, l'abbandono era già certo. Alte onde di stoffa azzurrina si agitarono soffiate dal mantice e grandi vasi di terracotta produssero il rumore della tempesta sul Mediterraneo.

Jacques aveva disposto anche il fulmine e apparecchiato una macchina da viaggio, che faceva scorrere dietro le spalle degli attori i luoghi del loro idillio. Al momento, mentre Enea raccontava in spagnolo, Troia bruciava alle sue spalle, dipinta a olio da Jacques su un telero veneziano illuminato a fosche tinte da un braciere.

Quando Didone guardava il suo amato, Lisario e Jacques, distanti metri e sedie, separati da teste e cappelli, si guardavano. Lisario stava sorridendo a Jacques, che la fissava livido, quasi soffrisse il mare che in scena si agitava alle spalle dei regnanti.

Avicente squadrò in volto il maestro di scena. E poi sua moglie.

Lisario ne incrociò lo sguardo e sbiancò.

La mano le scivolò dalla gonna, Avicente gliela riafferrò, incredulo e irritato. Enea e Didone erano giunti al dunque e la regina, indignata, alzava i toni. Avicente strinse la mano di Lisario fino a farne diventare le dita blu. La carne si ritrasse dalle unghie candide. Lisario guardò implorante il marito e fissò la sua mano ormai viola. Dentro la sala si spandeva il lamento di Didone. Enea era partito. Jacques fissò Avicente terrorizzato. Mentre la moglie continuava a implorarlo con gli occhi di lasciarle la mano e un flebile respiro le veniva fuori dalla bocca, Avicente si concentrò su Didone e sembrò dimenticare tutto. Ecco, era il momento della pira. Jacques manovrò perché dal sottopalco apparisse, fra i commenti contriti del pubblico, la bara della regina.

Avicente lasciò la mano di Lisario, che sospirò di sollievo, ma fu solo un istante, il tempo di girare all'interno del palmo l'enorme rubino dono della Señora di Mezzala. Riacciuffò la mano della moglie e le piantò nella carne la pietra appuntita.

Lisario strinse le labbra.

I finti ciocchi di legno presero fuoco, un fuoco dipinto, mentre scintille d'artificio davano l'idea del crepitare del rogo. Le lampade furono rivoltate perché le fiamme disegnassero onde lunghe sui muri. Avicente cercò un fazzoletto per nettarsi il labbro e usò la mano destra, per non lasciare Lisario. Il sangue scorreva dai palmi congiunti a macchiare l'abito di gran gala della signora Iguelmano. Lisario teneva gli occhi ai piedi delle seggiole e non si lamentava, né lacrimava, nemmeno respirava. Jacques, lontano e impossibilitato a soccorrerla, vide però che Lisario, e la sua anima, erano fuggite vie: erano in piazza, lontane, magari sedute alla fontana, divise dal corpo.

Una grossa prora azzurra e velata comparve fra i marosi. La luna, imporporata da una torcia, guidò Enea da Cartagine verso Roma. Negli occhi di Jacques la luce bruciò, insieme al fumo delle candele. Gli applausi scrosciarono abbondanti sul cadavere di Didone. Mentre il pubblico fischiava, applaudiva e urlava in varie lingue, Jacques udì le orecchie ronzare.

Il capocomico, dopo averne raccolte per sé e per la moglie, invitò il pubblico a tributare lodi al maestro di scena, ma Jacques neanche si mosse dalla sedia nel retropalco, fu portato a braccia dagli attori, i pugni serrati, la mascella bloccata.

Avicente, ignorando la ressa e l'applauso, si era intanto alzato e sua moglie, ubbidiente come un cane, lo seguiva. Per uscire occorreva passare davanti al palco e lo spagnolo lo fece in assoluto silenzio, un silenzio così rumoroso che a Jacques sembrò d'essere colpito da una fionda. Solo allora saltò in piedi, salì sulla pira accanto a Didone che si rassettava le vesti e lanciava baci al pubblico e urlò: «O voi che avete assistito, stupidi amanti e mariti gelosi, fermatevi!».

La sala zittì, come se la commedia fosse ripresa. Avicente invece non si arrestò, era solo rallentato dalla ressa, Lisario alle costole, il capo chino.

«Chi non sa amare non è degno di vivere. Così muore Didone, ma è Enea che dovrebbe morire, non credete?»

La sala mormorò.

Il capocomico prese Jacques sottobraccio: «Andiamo...» gli sussurrò, ma il francese era di marmo, non gli riuscì di spostarlo.

«E i delinquenti che violentano le loro donne dovrebbero morire di una fine lenta e dolorosa!»

Qualcuno commentò che il maestro di scena doveva aver alzato il gomito, il capocomico tirò via Jacques che si sbilanciò, ma il suo dito e il suo braccio erano rivolti ad Avicente.

Il medico si voltò allora a fissare sua moglie per un tempo difficile a definirsi. Lisario, dal canto suo, non osava respirare e forse nemmeno pensava, era diventata di sale come la sposa di Lot. Intanto la mano perdeva sangue sulla gonna, qualcuno accanto a lei se n'era accorto e mormorava: «Signora, mio Dio, siete ferita?».

Avicente con voce bassa e controllata, la voce degli arroganti e degli insicuri, soffiò rivolto al primo attore: «Abbiamo pagato per una sola commedia, ma vedo che desiderate ammannircene due».

Al che il capocomico sorridendo largamente si scappellò della papalina che indossava per interpretare Enea – e che doveva passare per un berretto frigio –, risucchiò dietro le scene con un sol gesto Jacques, di colpo divenuto marmellata, e si scusò, salutando e ringraziando il pubblico. Un nuovo applauso seppellì tutto.

Trascinata in strada dal flusso di spettatori, Lisario era di cera. Fuori risuonavano i festeggiamenti dell'Ascensione: una processione notturna tagliò il Largo delle Corregge, la Madonna oscillò sul baldacchino portato a spalla dagli scalzi.

«'O fuoco! 'O fuoco!» si udì gridare.

Una folla senza forma li spintonò.

«Hanno appicciato 'a casa d' 'a frutta!»

«Chi è stato?!» chiese Avicente.

«È stato chella merda 'e Naclerio, ca nun puteva fa' avverè ca nun'era bono a luvà a miezo 'a gabella...» urlò una vecchia assatanata, un mazzo di sedano fresco in mano che dava sulla schiena a chiunque incontrava.

«Quanno maje! È stato Masaniello!» rispose un ragazzino che aveva forse otto anni e correva agitando un bastone con cui randellava le ginocchia degli astanti.

«Uè, cazzillo!» gli urlavano dietro i randellati imprecando.

Avicente Iguelmano rivolse solo una volta la parola a sua moglie nella mischia e fu per dirle: «Siete brava a scrivere».

Lisario sgranò gli occhi colmi di terrore. Faticarono a risalire in carrozza e a ripartire per Baia: soldati, fruttivendoli, scalzi e lazzari sbarravano le strade.

La Madonna dell'Ascensione camminava sulle loro teste come un pennone di nave sul mare in tempesta.

5

Avicente, giunti che furono al Castello di Baia, lasciò che la moglie andasse a dormire e aprì i suoi libri. Aveva già letto di quel che cercava. Ma dove? Rispolverò intera l'enorme biblioteca che aveva creato in quei mesi e infine trovò l'informazione.

Bisognava cucirla, a doppio filo, stretta. Cucire le grandi labbra che aveva spiato per mesi, lasciare solo un piccolo foro perché le urine defluissero. Un'operazione breve e così quel capitolo sarebbe stato concluso per sempre. E il figlio della vergogna non sarebbe mai nato.

Preparò gli aghi e si procurò il cotone. Entrò nella stanza da letto dove Lisario dormiva, la mano fasciata alla bell'e meglio, sfinita, e la stordì con un colpo. Lui che aveva paura del sangue, lui che non aveva mai voluto essere chirurgo, lui che somministrava solo pozioni e intrugli. Aprì le gambe a sua moglie, le alzò la camicia, gettò a terra le lenzuola. Infilò il filo nell'ago. Con due dita afferrò la carne molle e restò fermo. Come un maestro di musica che dirige i cantori. Aspettando arrivasse dall'alto il suono. Aspettando l'armonia. Punse con l'ago la carne, una singola goccia di sangue ne cadde.

Corse a vomitare alla finestra.

6

Più tardi, quella stessa notte, mentre in città i soldati arrestavano la moglie di un tale Tommaso Aniello, perché fingeva di portare un bambino e aveva in braccio invece una calza di farina non tassata, e un temporale estivo scaricava fulmini sul golfo, Lisario, stordita dal colpo ricevuto, si alzò dal letto e andò in cucina, tormentata dalla nausea, dalla rabbia e dai presentimenti.

Uno strusciare di piedi la seguì, udì dietro di sé porte aprire e chiudersi. Una lama strideva nel silenzio, come se qualcuno affilasse un coltello. Ebbe paura. In cucina udì i passi così vicini che, non trovando altra via d'uscita, s'infilò nella credenza. Dovette entrarci stesa per scomparire tutta, al suo corpo corrispondevano ben tre ante. Seminuda – la camicia da notte si era arrotolata – attese trattenendo il respiro, tra le forme di formaggio, la pasta madre messa a lievitare, i piatti di uova, i bicchieri, i vasi, le tovaglie ingrassate di sugna.

Avicente, intanto, sudato ed eccitato, si aggirava per le stanze in punta di piedi. Talvolta inciampava nelle masserizie della casa.

Da una fessura della credenza Lisario poteva scorgere il baluginio del coltello, una scia luminosa che si confondeva con il lampo e il tuono sul mare, improvvisi frantumi di vetro sul pavimento. Le gambe scoperte e il sesso e le natiche le gelavano, resisteva immobile come un'antica statua, i capelli riversi nella vasca dei fagioli secchi. Pappici le solleticavano la pelle, un gorgoglio di visceri rischiava di tradirla. Restare immobile, l'aveva imparato da bambina, poteva essere la salvezza: paralizzarsi, mimetizzarsi come certe farfalle che osservava sui convolvoli o gli insetti stecco sulle cortecce. E come la spaventavano, a quei tempi, questi animali grandi e però innocui, che non schiacciava per ribrezzo. Una volta sola aveva rotto gli arti e il cranio a una lucertola con il pestello rubato alla cuoca e poi ne aveva pianto settimane, chiedendo perdono alla Madonna.

Ora, stesa fra gli ingredienti di cucina, ingrediente ella stessa, Lisario non aspettava che di morire. I lunghi sonni che l'avevano salvata dalle violenze paterne e dagli insulti della madre non l'avrebbero salvata quella notte. Pure, il sonno stava di nuovo per prenderla quando la credenza si aprì da un lato e la lampada a olio tenuta da Avicente le illuminò le gambe e il sesso nudi.

Si trattenne, come le prede che d'istinto sanno cieco il predatore in assenza di movimento. Avicente fissava ipnotizzato il triangolo nero del sesso di Lisario nella luce svanente della lucerna, mentre il puzzo di stoppino si confondeva con il fiato della credenza spalancata, provocandogli stordimento. Poi, un tonfo sordo. Il coltello gli era caduto di mano.

Lisario vide dalla fessura il volo della lama fin dentro la farina del giorno avanti mettere in fuga dall'impiantito gli scarafaggi.

Avicente era in ginocchio, le mani strusciavano a terra.

Per quanti mesi aveva spiato il mistero e ora il mistero s'era involato, fuggito nel letto di un altro. Ma cosa aveva voluto fare? Cogliere Dio nel piacere meccanico, in un singolo, insignificante, dettaglio? Moccio e saliva gli colavano dal labbro, pianse da demente, senza singhiozzi.

Lisario spiò il marito: era scalzo – per non svegliare le guardie del castello –, le brache calate. Il sesso, che pure nei primi giorni del matrimonio le era parso desiderabile, pendeva floscio, una sacchetta vecchia di pelle senza vita. Scivolò fuori dalla credenza, piano. Avicente non lo impedì.

«Corri» le disse una voce, «corri!»

E che fosse quella di Annella, Immarella o Maruzzella che spiavano la scena o la Suavissima Signora in persona, non poté verificarlo: diede addio al castello scalza e in camicia, si gettò nella pioggia, invisibile ai gendarmi che la tempesta aveva fatto ritirare nelle casematte, sfilò dal ponte levatoio, calato perché i guardiani erano stati sorpresi dal temporale, e camminò nel bosco per ore e ore fino a cadere esausta.

Per tutto il giorno successivo don Ilario e donna Dominga cercarono la figlia scomparsa. Quindi, si fecero convinti che il marito l'avesse uccisa e nascosta. La stanza che Avicente Iguelmano usava per i suoi esperimenti e studi fu setacciata in cerca del sangue della perduta sposa: quale lo sgomento dei Morales e dei soldati entrando e trovandola tappezzata di vulve e uteri. Furono spediti, allora, i soldati spagnoli a cercare nei pozzi del castello e nei corridoi che non si sapeva dove conducessero, perché come oscure tube versavano acque reflue nel ventre della casa, visitato da uccelli e topi e costruito secoli prima che la fabbrica di Pietro da Toledo inglobasse la *domus* pagana.

«L'avevo detto io ch'era catalano!» urlava donna Dominga maledicendo il genero, i pugni stretti. «Una sola figlia e che dormiva sempre!» piangeva. «Dormiva tanto, che questo ganzo di merda l'ha potuta far sparire e nessuno se n'è accorto!»

«Durmeva allerta allerta!» confermavano le serve puteolane, affinché la colpa ricadesse su Avicente e la fuga della padrona passasse sotto silenzio.

La giustizia, infine, s'interessò del medico e anche il Viceré, benché avesse ben altro a cui pensare: cinquecento Alarbi di quel Tommaso Aniello cui aveva incarcerato la moglie facevano guerra agli spagnoli armati di semplici cannucce, il popolo assaltava case e il cardinale Filomarino, che avrebbe dovuto tenere pace fra le parti, un po' aizzava Masaniello, un po' taceva sulle congiure della nobiltà contro il pescivendolo, venti barili di polvere da sparo nelle chiaviche della città per far saltare in aria i lazzari.

Così Avicente dovette per forza chiedere aiuto a Tonno d'Agnolo, rifugiarsi nella sua casa, pronuba la notte in cui il pescivendolo rivoltoso, per dimostrare al Viceré che ci sapeva fare, aveva chiesto a tutti i napoletani di spegnere lampade e candele, e quelli tutte le avevano spente, così, di colpo, Napoli era sparita dalle mappe dell'Impero. Valla a cercare, anche da mare la città non c'era più: si disse poi che quella notte trenta navi prossime al golfo si fossero smarrite, chi attraccata a Ischia, chi a Gaeta e chi aveva proseguito fino a Salerno, scambiando le luci di questa città per quelle della perla del Vicereame. E poi, da che era rimasta senza luce, tutta la città s'incendiò.

Mentre Avicente riparava da Tonno – cacatissimo sotto perché sicuro bersaglio del popolo che avrebbe voluto rappresentare ma che derubava –, i lazzari e i commercianti si erano alzati compatti per la mancata concessione del privilegio di Carlo V, che pareggiava il popolo alla nobiltà: Peppo Carafa si era incaricato di portare il papiello che testimoniava la concessione del vecchio beneficio e invece aveva portato una carta sporca, senza considerare che già tutti lo schifavano perché era sempre stato dalla parte degli spagnoli, si prendeva il pizzo sulla *bona officiata* e sui giochi di carte e aveva fatto rotolare con un piede la testa del principe di Sanza, che invece difendeva il popolo, dopo la decapitazione. Per tutta risposta Masaniello aveva ordinato di incendiare i palazzi. Prima i sagliuti, che guadagnavano panificando pane nero e piccolo invece di pane bianco e grande facendo pagare lo stesso prezzo: il chiatto duca di Caivano, Basile, che si era arricchito da garzone a signore, abitava allo Spirito Santo, vicino a Tonno. Dai suoi balconi volarono bauli e guantiere, i bauli si aprirono e ne caddero lenzuola, drappi e paramenti, ori, damaschi e argenti. Fu ordinato lo strascino: i lazzari dopo l'incendio del palazzo se lo trascinarono per strada, tirandolo per i capelli. Poi c'era stato un consigliere che voleva erigere di nuovo la casa della gabella della frutta e anche la sua casa fu sventrata, carte e derrate incendiate, pure i cavalli e le mule. E così palazzo dopo palazzo, fino agli Eletti del Popolo – e Tonno, cacato sotto ma contento, si fregava le mani perché i suoi concorrenti schiattavano uno a uno –, che la gente schifava in modo speciale, perché spogliavano le chiese e i poveri recitando il rosario: i lazzari incendiarono i palazzo loro e quello dei loro figli, mentre quelli, in ginocchio, imploravano di non essere appicciati. Insomma, più il Viceré non dava aurienza a Masaniello, più venivano assaltati i palazzi e i signori accoppati a uno a uno.

La giustizia s'era dovuta distrarre, la troppo giusta giustizia spagnola: chi aveva il tempo di badare a un medico che aveva forse ucciso e interrato la moglie e che, intanto, se n'era andato dalla casa di Tonno giusto in tempo per non volare anche lui giù dalla finestra? Sì, perché gli arrabbiati avevano preso, alla fine, Tonno d'Agnolo e gli avevano fatto fare un volo dal primo piano costringendolo a scappare tutto sciancato, mentre la folla inferocita gli bruciava le masserizie e le belle poltrone stile Rinascimento, le pelli e i tappeti annodati, che ci volevano tre serve con le scope di saggina per spazzarli tutti i giorni, e gli svuotavano le cantine e le dispense, dov'era cibo per un esercito, fottendogli a gratis le prostitute, che mai ne basta di stupro durante una rivoluzione.

Scappa e fuggi, Avicente aveva bussato al Lazzaretto, alla casa di Johannes Töde, che sogghignando l'aveva fatto entrare: sapeva che prima o poi sarebbe venuto da lui. Non ce l'aveva più il tempo di cercare Lisario, che il dottore immaginava vivissima anche se poi, chissà, magari i lazzari l'avevano trovata e fatta a polpette, quièn sabe?

«Resterete a lungo, dottore? Abbiamo bisogno di un luminare come voi qui, all'ospedale. Siate il benvenuto» aveva detto con la sua voce tagliente come un rasoio il tedesco. «L'aria si sta scaldando e i cadaveri affluiscono veloci...»

Avicente si sventolò, due dita nel colletto, asmatico: «Grazie,

grazie. Finché non dimostrerò ai miei suoceri che quella disgraziata è fuggita con il maestro di scena non avrò pace! Li voglio morti, morti!».

«Oh, dottore, di questi tempi per certi desideri non serve nemmeno fiatare...» disse il notomista e calò l'ascia sul braccio del cadavere che stava sezionando.

8

«L'inverno svela, l'estate rivela...» mormorava, intanto, Michael de Sweerts accostando la tempia al vetro della finestra da cui si contemplavano i vigneti cittadini di Gaspar Roomer.

Allungò la mano alla tenda che copriva il *Ratto delle Sabine* e fece sparire le scomposte donne rapite. Il suo ospite considerava quel quadro troppo esplicito per la servitù, la moglie, le tre figlie.

«Rivela disgrazie!» Roomer in vestaglia e pantofole si aggirava nervoso fra i suoi sacchi di soldi. «Sarebbe meglio andarsene...»

Un temporale estivo era giunto di colpo – il secondo in due giorni, nonostante l'afa – e il vetro era un muro d'acqua: scrosci sfrondavano platani e limoni, squassavano le viti.

«Quanto è meglio l'inverno, Cavaliere! Quest'estate e questi incendi procurano solo ansie...»

Roomer si tormentava le mani ma si fermò a controllare i conti, le lenti pendule sul naso.

«Onestamente, la pioggia del meridione non somiglia alla nostra. E di gran lunga preferisco le nostre gelate a questo spugnare senza fine di insetti e piante» disse Sweerts, quieto come un gatto che si lecchi i baffi.

Roomer si soffiò sonoramente il naso. Le nuvole avevano coperto il mare, i piani alti dei palazzi erano invisibili. Più scendeva il buio, più scomparivano nella pioggia strade e giardini. Fra i platani un ultimo residuo di servitù destinata ai lavori esterni correva verso casa trafelata, tenendosi con la mano libera i cappelli di paglia, che squillavano di giallo entrando nell'orbita dei lumi a olio.

Michael s'accasciò su una sedia. Il cuoio emanò profumo di concia recente, i chiodi nuovi squittirono appena. Erano questi dettagli a definire la ricchezza del banchiere.

Sweerts dormiva nella galleria di opere che Roomer si era poco alla volta assicurato. Roomer si era fatto mostrare un paio di quadri di Sweerts e li aveva trovati interessanti. Sperava che in cambio dell'ospitalità egli ne facesse dono spontaneo, speranza malriposta poiché il Cavaliere era avaro quanto il banchiere. Bisognava liberarsene.

«Cosa pensate di fare qui? La città, lo vedete, non è nelle migliori condizioni per accogliere un artista e farne la fortuna... Rischiate, restando, di non lavorare mai più. O addirittura di morirci.»

Michael chiuse gli occhi e poi li dischiuse con studiata lentezza. L'ombra proiettata dal lampadario di candele gli disegnò una macchia scura in volto dentro cui squillavano le iridi azzurre.

«Ci sono altre ragioni per restare. In fondo, non ho mai visto una rivoluzione dal vivo.»

Roomer scosse la testa, spaventato.

«Una guerra non è male, una guerra è utile, ci si può guadagnare, ma una rivoluzione...»

E andò a tastare i sacchi di monete sulla scrivania. Il vecchio segretario in ciabatte che aveva teso le mani per prelevarli e chiuderli al sicuro interruppe il gesto a metà, quindi uscì rinculando.

«Una rivoluzione» proseguì Michael «ha mille altri pregi. Vanno per aria tante convenzioni...»

Roomer starnutì. «Voi siete qui per altro, amico mio, e mi date qualche pensiero...»

«Altro?»

«Quel vostro amico di cui mi avete parlato, il maestro di scena...»

Il Cavaliere si alzò di scatto e le ombre sul suo viso lasciarono spazio a un nuovo gioco di bui. Gli occhi gli scintillarono, come a un gatto appostato dietro un cespuglio.

«Il maestro di scena non ha nulla a che fare con me e con il mio viaggio a Napoli. Cosa vi fa credere ch'io sia legato a un modesto artigiano?»

Roomer prese un candelabro e s'avviò verso la porta.

«Bene, bene. Vi auguro allora la buonanotte. Io sono stanco ma se voi volete restare ancora...» e fece una pausa piena di significato «fate pure come fosse casa vostra...»

«Sì» mormorò Michael, rivolto alla pioggia, ignorando il sottinteso. «Resterò, grazie. Ancora un po'.»

Con l'uscita di Roomer la sala si fece più buia.

Michael andò ad aprire la finestra e il vento spense il lampadario, alzò le gonne alle Sabine, sparigliò i soprammobili. A Michael sembrò che le povere vergini mugolassero di spavento. O di piacere.

9

Fra il mercoledì e il sabato della settimana che sarebbe passata alla storia per gli atti di Masaniello, nel frattempo nominato Generale, Jacques Israël Colmar e Avicente Iguelmano pensarono intensamente a Lisario Morales. Nessuno dei due aveva sue notizie, entrambi la sospettavano morta – la voce della sua scomparsa era arrivata in città, come ogni pettegolezzo che riguardasse gli spagnoli e la giustizia – e ognuno di loro la desiderava per ragioni differenti. Anche Michael de Sweerts cercava e non trovava il suo amato – era tornato altre volte alla bottega di Ribera, invano – e Lisario, a sua volta, cercava un modo per raggiungere Jacques, ignorandone del tutto la dimora.

Il mercoledì ci fu una sfilata dell'esercito rivoltoso alla volta del Maschio Angioino dove la nobiltà napoletana – i cavalieri – si era nascosta per non subire aggressioni in seguito alla mancata approvazione dei capitoli di Masaniello, i papielli in cui chiedeva diverse tassazioni e diversi diritti. L'esercito sfilò davanti a Jacques che si dirigeva da Ribera, che aveva bottega e abitazione a Pizzofalcone. Sulle picche, bottino dell'assalto, il membro tagliato di un congiurato, una parrucca bionda, poiché un altro si era finto donna per non morire, un braccio, un abito di broccato.

«Il Cardinale li ha convinti a non bruciare altre trentasei case» sbuffò Ribera, seduto su uno scranno rotto, «ma così non si lavora più...»

«Maestro, sto cercando la mia donna...»

«Esa estúpida idea! Ce n'è fin troppe di donne!» sospirò Ribera gettando un occhio alle cucine dove stavano la moglie e le quattro figlie.

«La credono morta. Ma io so che è ancora viva...»

Ribera fissò il francese. «Fesserie da innamorato. Ora mi direte che non potete più vivere senza di lei e io avrò la nausea tutto il giorno e non dipingerò più nemmeno una mela bacata.»

«Il marito la vuole morta.»

«Vedi che novità!»

Un urlo disumano salì dalla strada. Ribera e Jacques uscirono a guardare. Il popolo correva verso la nuova via Toledo.

«Che succede?»

«È arrivata l'ora 'e don Peppo! Mo' s'accumencia a fa' giustizia!»

Ribera e Jacques si guardarono. Lo spagnolo chiuse la bottega.

Arrivarono verso Palazzo Maddaloni che la cosa era già conclusa e una folla invasata portava la testa baffuta di don Peppo sulla solita picca. I criaturi si raccontavano il fatto:

«Chillo dicetto: "So' Peppo Carafa!" e chill'ato, chiatto chiatto, arrispunette: "E io so' Aniello 'o beccaio". E nce tagliaie 'a capa. Po'!»

«Adesso nessuno li terrà più» mormorò Ribera alzandosi il mantello e abbassandosi il cappello.

«Uè! Hanno pigliato pure 'o schiavo, se chiamma Mustafà, e s'hanno fatto dicere addò stanno 'e dinare...»

«Sfella m'ha ditto che c'hanno magnato 'e cosce: uno muorzo!»

«E mò, ha ditto 'o Generale de' pisce ca nun s'hanna purtà chiù 'e ferrajoule, s'hanna vedè 'e cosce, s'hanna vedè 'e spade...»

Ribera alzò istintivamente il lungo mantello, il ferraiolo. Jacques lo guardò stranito.

«Andremo tutti in braghe corte come bambini, ma almeno salveremo la testa... Datemi retta, Colmar, lasciate perdere la vostra donna, qui non è aria. Rischiate di rivederla all'Aldilà.»

E stava per andarsene quando una donna alta e bruna si precipitò fra i lazzari implorando di avere la testa di don Peppo e chiedendone il corpo indietro, fosse anche a brandelli. Jacques immaginò subito di doverla difendere dagli assassini. Invece nessuno la toccava. Si scansavano, come se fosse infetta.

«Chi è?» chiese a Ribera.

E prima che lo spagnolo rispondesse si udì la voce di una vecchia piena di riverenza: «Bella 'Mbriana è asciuta 'a fora 'o vascio...».

I capelli erano intrisi di lacrime, il belletto che aveva in volto si era sciolto e il colore dato alle palpebre colava lungo le guance. La voce profonda implorava, ma nel cercare di riavere la testa di Carafa il petto le si era scoperto rivelando l'assenza dei seni.

«Ma è un uomo!» si stupì Jacques.

E subito dietro di lui un lazzaro obeso e guercio commentò: «'E capito, chillu ricchione... Faceva 'o smargiasso e nce piaceva 'o culo e no 'a pucchiacca!».

Se gli uomini non l'avevano toccata, le donne invece arrivarono in massa e l'afferrarono: il corpo di Bella 'Mbriana scomparve nella confusione, invano Jacques la cercò con gli occhi.

I due criaturi che avevano raccontato di Palazzo Maddaloni e don Peppo li bloccarono sfoderando coltelli: «Altoquà! Vuie site pittori?».

Jacques e Ribera si lanciarono un'occhiata. Ribera rispose in dialetto: «Embè?».

«'O Generale ha cumannato ca tutte le case devono tenere sulla porta 'na "P" ca vò dicere Popolo...»

Ribera sospirò, ironico: «E l'angelo del Signore passò oltre le case degli ebrei le cui porte erano segnate col sangue degli agnelli...».

«Tenete fatica assai, seguiteci!» intimarono i criaturi.

Ma al primo vicolo Ribera fece segno a Colmar ed entrambi svanirono nel buio. Le grida dei ragazzi li rincorsero.

Separandosi Ribera si rammentò: «Ah, Colmar! Vi ha cercato di nuovo l'olandese. È venuto a bottega...».

«Tornasse, voi non mi avete visto né oggi né di recente.»

Ribera annuì e si avviò lungo Sant'Anna di Palazzo, ma a metà si voltò: Jacques Colmar stava chiedendo a una serva e poi a un calzolaio e poi a un falegname. Ribera sapeva di chi domandava.

Si strinse nelle spalle cercando invano il ricordo dei giorni in cui aveva amato così sua moglie.

Quella notte, perché nessuno sparisse e tutti fossero controllati a vista, Masaniello ordinò il contrario di quel che aveva chiesto giorni avanti, cioè che tutta la città restasse illuminata.

E Napoli riapparve sulle carte dell'Impero così luminosa che pareva un cielo stellato.

Lettere
alla Signora Santissima della Corona delle Sette Spine
Immacolata Assunta e Semprevergine Maria

Signora Suavissima,

questo foglio l'ho tolto a una Bibbia trovata nella dimora del tipografo che questa notte ha lasciato ch'io dormissi fra i suoi attrezzi... Il mio bel quaderno, come ben sai, è ora nelle mani del Marito, rimasto al Castello nella mia precipitosissima fuga, e così anche le novelle del Signor di Zerbantes e tutti i libri miei amatissimi. Quale orrore scoprire che aveva letto! Se non fosse stato per te, Santissima! E per il figlio che porto in pancia e non mi impedisce di camminare! Tu mi hai guidata dall'alto nel buio dal bosco fino alla città. Certo era ch'io morissi! Ma Tu hai cosparso la strada di aiuti: donne con cesti di ciliegie e un vecchio pastore con un abito e poi un carro e mai qualcuno che volesse uccidermi o violentarmi: a tutti hai spiegato che ero Muta e anche Incinta, così tutti hanno avuto grande pietà di me!

Oggi ho visto le devastazioni più grandi e ho assistito a scene che nemmeno nei versi più sfrenati di Messer Ariosto potevano immaginarsi: ero sulla via che porta al Mercato quando ho incrociato una carrozza incrostata d'oro, bardata di nappe e paramenti d'argento che camminava trascinata da buoi!

Ho strofinato gli occhi più e più volte che non mi riusciva di credere! Nei bassi sulla via ho visto poi donne lerce e vili vestite con gli abiti cosparsi di perle, cinture d'oro alla vita, anelli e collane, che friggevano il pesce. Scambiandomi per una mendicante me ne hanno gettato un pezzo urlando: «Vafanculo agli sfaccimmi mangiapane a tradimento!». E c'era-

no cortili di palazzi nelle cui fontane il popolo basso si nettava il culo e chi si fasciava i piedi con tende di seta, chi se ne andava in giro con gli ostensori a spalla, chi buttava ossa spolpate negli abbeveratoi di marmo...

Il mondo è alla rovescia?

[...]

Suavissima,

perdona se ho interrotto così la mia lettera precedente e se continuo a scrivere su questo foglio di fortuna, ma nottetempo i rivoltosi hanno fatto irruzione nella tipografia del mio caro ospite e io mi sono svegliata fra fiamme e grida. Sono uscita sulle ginocchia e ho cercato scampo in una chiesa portando con me questa mia unica corrispondenza con Te. Ho dormito fra gli scranni, sul marmo, finché non si è detta messa e allora sono uscita. Io che non ero mai stata nel Mondo e che non sapevo cosa fosse, sola come non sono mai stata, camminava da ore senza direzione, ripensando al mio povero Gatito morto, al mio Francese che di certo mi crede uccisa o persa, all'odio terribile e alla pazzia di mio Marito e a tutti gli eventi che si sono così velocemente susseguiti, quando di colpo Tutto si è Risolto! E davvero io non credeva sarebbe successo più!

Mi aggiravo affamata per la via Toledo e vedendo una grande folla sotto il Palazzo Reale mi era avvicinata e qui vedeva alla finestra del Viceré affacciarsi un lazzaro vestito come duca che diceva cose per cui tutti piangevano. E piangevano di più perché il Viceré abbracciava il lazzaro! Me ne stavo incantata lì a guardare quando mi sento presa per le spalle: mi volto sicura di dovermi difendere o scappare e invece... Il mio Francese mi guardava come io guardo la Tua Immagine, Suavissima, e mi diceva cose che nella confusione del gran rumoreggiamento della folla io capiva a stento, salvo che mai ho visto uomo piangere eppure lì, nella piazza, Jacques piangeva e mi stringeva. E allora chiusi gli occhi, completa di felicità, perché ci abbracciavamo mentre a nessuno importava.

Dal balcone il lazzaro vestito da duca ha detto qualcosa a proposito dei maravedì che mancavano a migliaia per le necessità del popolo e proponeva di vendere gli arredi delle chiese: «Perché debbono essere di oro? Basta una tazza di legno pe' dicere la messa...». Il Viceré non rispondeva e scalzi e lazzari intorno a noi si muovevano a onda, qualcuno non era d'accordo, i religiosi mescolati alla folla si guardavano. Ma Jacques mi ha portata via e insieme abbiamo camminato tanto e tanto, tenendoci stretta la mano, infine siamo arrivati a una casa in cima al Capo de Napoli in un vico che si chiama Settimo Cielo dove l'aria afosa si è sciolta e abbiamo sentito fresco.

Fuori della casa c'era un albero di pero bellissimo e una parete di gelsomino profumata. Una vecchia ci ha aperto e ci ha fatto entrare in una stanza con il letto. Ho avuto una tinozza per lavarmi e finalmente da mangiare. Tutta mi sono lavata, Suavissima! Che non ne potevo più di puzzare! E ci siamo stesi sul letto, fuori è salita la notte e Jacques mi ha detto: «Adesso io e te siamo sposati. E a nessuno dobbiamo più rendere conto».

Come ho dormito, Suavissima! Mai in vita mia ho fatto sogni più belli, più azzurri. Domani Ti scrivo di nuovo, intanto le ore volano nella mia nuova Casa e quasi non sento la mancanza dei miei Libri: ho potuto cucire questo foglio a un nuovo quaderno, segno chiaro di Nuova Vita e Nuovo Tempo!

Grazie Suavissima, grazie!

La Tua Devota

LA COSCIENZA È UN CASO CHIMICO

1

Quel che né Jacques né Lisario avevano potuto vedere nel Largo
di Palazzo, mentre iniziava il declino di Masaniello e lui nemmeno se ne accorgeva, tanto il Viceré era stato bravo ad accoglierlo
da nobile, ché a lui e alla sua famiglia di zoccole del Lavinaio era
sembrato di ascendere in Cielo – perché è così che si governa: agli
amici piccoli favori, ai nemici strade d'oro –, era il volto deformato dalla gelosia di Michael de Sweerts.

Mentre Roomer, sempre più spaventato, in accordo con l'amico
banchiere Vandeneyden aveva fatto partire per l'Aja alcuni carri di
quadri e statue, e altre opere, al momento non trasportabili, le aveva fatte spostare nel palazzo di don Peppo Carafa, che, in quanto
già assaltato e sventrato, non era più oggetto d'interesse dei lazzari, Michael, tremebondo, si aggirava cauto per la città, assai pen-
soso di tornarsene di corsa a Roma.

E tuttavia l'idea di non cercare più Jacques Colmar l'affliggeva:
era stato perciò con assoluto stupore che aveva assistito in piedi,
poggiato a una colonna, all'incontro dei due amanti.

A separare Michael da Colmar e Lisario erano le facce di cane,
lazzari con il grugno impestato di pieghe di carne, la bocca larga
pronta ad abbaiare. Se ne stavano seduti e sbracati sotto il Palazzo Vicereale. Anche le loro donne avevano la faccia di cane, occhi
nerissimi e sopracciglia folte. Le più tenere, quelle che servivano
nei conventi o ai piani bassi dei palazzi, avevano occhi bovini, la

mandorla rivolta verso il basso, eredità greca o alessandrina, facce imbambolate.

Non c'erano solo loro quella mattina, però: erano convenuti nel Largo anche i maestri di musica, di pittura, gli allievi dei quattro conservatori, che facevano da scuola, da orfanotrofio e da mensa per la città dei ragazzini. Tutti sospesi alle labbra del pescivendolo Generale, solo Michael distratto da una scena cui nessuno badava.

Chi era la donna? Una ragazzina a quel che vedeva, piuttosto gravida, anche. Così, tenendosi a distanza, aveva seguito i due fino al monastero di San Gaudioso di fronte al quale, in vico Pero, angolo via Settimo Cielo, era una casa coperta di gelsomino.

Accolto dalle suore di San Gaudioso per il pranzo, Michael aveva scrutato a lungo le case del Duecento che sorgevano oltre l'apparecchiatissimo portale barocco del convento, fresco di scalpello. L'alto albero di pero che sovrastava la dimora degli amanti gli aveva catturato la fantasia, poiché vi dimoravano gazze e ghiandaie e ne cadevano foglie larghe come lenzuoli. Sotto le belle foglie compariva spesso una vecchia pesta e brutta per stendere panni. E poi si vedeva molto di quel che accadeva dentro la casa.

La ragazza bruna che Jacques aveva portato con sé era assai elegante nel gesto ma povera di abiti. Mille fantasie si agitavano nella mente di Michael: l'avrebbe volentieri usata come modella per una madonna o forse per santa Maria Egiziaca. E da pittore sublimava l'ira fantasticando di colori e pose mentre Jacques abbracciava la sconosciuta.

E si baciavano anche. L'odio e la gelosia gli montarono dentro come una malattia mortale. Finiva di salire una vampa e ne arrivava un'altra, era pericoloso restare a guardare, era un'allucinazione continua. Voleva essere fra le braccia di Jacques ed essere lui la donna baciata.

Uscì dal convento senza salutare e le suore se ne ebbero molto a male. Per strada scansò una processione che beatificava Masaniello, rientrò in Palazzo Carafa e si stese sul letto senza poter dormire.

2

Sì: l'immortalità era arrivata.

Jacques Israël Colmar poteva ora guardare ogni cosa del mondo con un nuovo sguardo, felice di quel che gli accadeva. L'immortalità abitava le idee di scena del maestro delle candele e non gli importava più, come da giovane, quando l'ansia gli impediva di finire ogni disegno, che la sua gloria fosse per bravura o tecnica o fama o ricchezza, non gli importava che il suo nome restasse e che venisse riconosciuto vincitore su altri. Ora era immortale perché aveva toccato la verità.

Prese a dipingere, non potendosi portare in scena spettacoli a causa della rivoluzione, piccoli quadri che ritraevano dettagli illuminati da una candela. Vennero in visita alla Casa del Pero nei giorni seguenti alcuni pittori delle Nazioni: si accorgevano che la pittura era buona ma, scontenti, invidiosi, infelici, commentavano arricciando il naso come bertucce: «Ti accontenti di piccole tele...».

«Sono anche troppo. L'eternità mi dorme accanto la notte» rispondeva tranquillo il francese e volgeva lo sguardo a Lisario che cuciva in un angolo della stanza. Aveva imparato ad arrossire in un modo nuovo e, quando accadeva, Jacques diceva ai suoi ospiti: «Vedete, l'anima di Lisario ci è venuta a salutare...». Lei alzava un braccio in segno di minaccia e si portava la contentezza in un'altra stanza, ridacchiando e fingendo di avere da fare.

I pittori se ne uscivano parlando del francese con foga e con disprezzo, uniche armi della rabbia impotente. Una scia di malpensiero lasciava la Casa di vico Pero e si spargeva per Napoli senza che Jacques se ne accorgesse.

Intanto, l'idea incosciente dell'innamorato era di trasformare la Casa del Pero in bottega, ignorando la presenza di un marito legittimo e geloso in città, di una famiglia di militari che cercava la figlia scomparsa e i mille altri pericoli del momento: più ci pensava e più la cosa fermentava in lui.

Aveva bisogno di un prestito, però. Fu proprio Ribera a dirgli che Roomer si era rifugiato a Palazzo Carafa e a suggerirgli di chiedere a lui il denaro.

Così, scansando ora uno scontro, ora una carica di soldati, ora le processioni di lazzari che portavano in alto vasi dorati e tappeti sottratti alle case, il sabato mattina si era presentato all'ingresso deserto del Palazzo.

Il grande giardino, una vera e propria foresta cosparsa di orti e fitta di viti che risalivano fino alla Certosa dei frati di San Martino, era abbandonato. Né servitù, né giardinieri. Jacques traversò lentamente Belgioiello, così si chiamava, cercando i pavoni e gli uccelli rari da cui si diceva fosse abitato. Incrociò il tempietto in stile greco che conteneva certe lenti, dono del principe di Tarsia, grazie alle quali si spiavano gli abitanti della Luna nelle notti limpide. Vivo Peppo Carafa, sulla spiaggia di Mergellina il duca se n'era andato a spasso con un leone al laccio. Adesso che Belgioiello giaceva abbandonato, come i giardini delle fate, mentre i lazzari facevano scorrerie e i coloni non accendevano più i fuochi bianchi di sterpaglie per tenere ordine nei prati, Jacques si sentì autorizzato a infiltrarsi nelle scale del Palazzo.

Sotto alti archi si aprivano finestre grandi come letti e porte modellate come fontane. Udì voci dalle stanze interne e vi si diresse scansando rovine di stoviglie e drapperie strappate. Da un corridoio veniva odore di olio di lino. Un lume teneva banco sul tavolo dell'ultima stanza: alla luce fievole il volto esile, fanciullesco e insieme spavaldo di Michael de Sweerts lo fissava stupito. Dietro il Cavalier Suàrs, o ciò che ne restava poiché al momento privo di penne e piume, la barba sfatta, le guance pallide per la paura e forse anche per la fame, c'era un vecchio avvolto in un mantello verde, con un grande cappello floscio, il padron di casa, Gaspar Roomer.

«Signore... monsieur... chi siete?»

«Sono un pittore.»

«Non siete uno dei rivoltosi assassini che camminano qui fuori?»

«No, non lo è» aveva interloquito Michael.

Un silenzio strano era seguito e Roomer, benché stravolto, aveva fissato entrambi. «Vedo che vi conoscete... bene, signore, voi scuserete questo povero vecchio così male accampato... Certo preferirei ricevervi nella mia villa di Barra, ma, al momento, mi dicono sia pericoloso prendere la via delle Calabrie... Posti di blocco, agguati... Che mondo abitiamo! Ma ci vado lo stesso, costi quel che costi... Oh, sì! Ho già fatto spedire metà della mia collezione all'Aja...»

«Non sapevo che fossi venuto a Napoli» mentì il Cavalier Suàrs, rivolgendosi a Jacques Colmar come se Roomer non esistesse. «E da quanto tempo ci abiti?»

«È un anno.»

«E ci abiti solo?»

«Che vuol dire?»

«Hai preso moglie? Hai concepito figli? Questa è una città per fare famiglia...» Storse le labbra in un sorriso acido.

«Certo, come no!» sogghignò Jacques. «Non vedi che pace per le strade? Non hai notato la guerra? Attento, il tuo ospite parte...»

Gaspar Roomer, in effetti, non aveva smesso di raccogliere masserizie. Due servi scendevano le scale con scatole e bauli e statue infarciate di stoffa e cordami, li aveva avvicinati salutandoli e lasciando a Michael l'indirizzo della villa di Barra.

Jacques tentò: «Eccellenza, ero venuto qui per chiedervi un prestito per una bottega d'arte...».

Roomer lo fissò come se fosse pazzo. «Voi scherzate? Addio, addio...» e già scendeva le scale di Palazzo Carafa.

Michael si sentì in obbligo d'essere mondano e generoso così lo rincorse: «Dategli ascolto, Roomer... Jacques Colmar realizza fondali per i teatri...».

«Ah, bravo bravo...» e intanto saliva in carrozza.

«E quadri anche» aggiunse Jacques correndo a sua volta, «nature morte con candela...»

«Una sola candela? Mi interessa, mi interessa...» urlò quasi sulla via Roomer, ma già i cavalli avevano preso il passo.

Michael de Sweerts agitò in segno di saluto il fazzoletto che gli pendeva al polso, unica vanità sugli abiti sporchi.

«Non perdi mai le tue untuose abitudini, vero?»

Colmar era pieno di disprezzo.

«Ma come, cerco di piazzarti al miglior collezionista di Napoli e ti lamenti? Dovresti essermi grato...»

Jacques prese anch'egli la via della strada. «Il tuo aiuto ha un costo e le tue attenzioni mi infastidiscono. Vuoi un consiglio?»

«Non vedo l'ora...»

«Lascia Napoli in fretta prima che qualche lazzaro ti tagli il collo. Stammi bene e addio.»

E se n'era uscito nel viale di Belgioiello, a passo svelto diretto sulla via detta di Toledo.

Il Cavalier Suàrs rimase per un po' sul ballatoio dello scalone monumentale: «Scappa, scappa... Tanto ora lo so dove stai...» disse a voce alta, benché Jacques non lo udisse più. Quindi prelevò il fazzoletto dal polsino e si coprì il naso, infastidito dal puzzo che saliva dai pozzi neri.

«Verrà la peste prima o poi in questa città» mormorò irritato e si reinfilò nelle stanze abbandonate, fra le cornici spezzate e le tappezzerie strappate nella fuga.

3

Michael quel pomeriggio si era acquattato come una volpe dietro
il pollaio. Aveva atteso che Jacques uscisse e si era assicurato che
andasse da Ribera. A sera Jacques non era ancora rientrato e Lisario si aggirava inquieta sul ballatoio della Casa del Pero.

Michael si avvicinò. Lisario ammirò in silenzio l'eleganza dei vestiti, la piuma sul cappello: si era agghindato a festa.

«Vi porto notizie del vostro uomo.»

Lisario si sporse preoccupata.

«Purtroppo, in un incidente... I lazzari... Credo sia morto, signora.»

Lisario sbiancò, si portò le mani al viso, barcollò.

Michael prontamente le si fece sotto e la sorresse. Lisario poggiò
i capelli alla guancia di Michael piangendo senza suono.

«Non piangete, piccola amica... Cosa volete che sia?» bisbigliò.
«Il vostro Jacques non torna? Ma la vita è un affare di nessuna importanza... L'amore se ne va...» e poi, molto bene informato sulla
bruna che lo infastidiva, aggiunse: «Vieni: ti riaccompagno a casa,
dai tuoi genitori... da tuo marito...».

Lisario a queste parole sgranò gli occhi, le braccia di Michael cui
si era abbandonata si tesero, diede uno strappo e fuggì. Corse via,
giù per i vicoli, i piedi impantanati di fango, fra le bucce di frutta,
scivolando nelle urine e nelle erbe mal cresciute ai bordi della strada. Michael la guardò svanire nel buio.

Quando si convinse che la spagnola non sarebbe tornata sui suoi passi, sbottò di sollievo. Avrebbe voluto strapparsi la camicia dal petto, per far respirare più liberamente il cuore: ora poteva, se la donna non tornava, se un balordo l'avesse uccisa a un trivio, riavere il suo amante. Che si perdessero la donna e il bastardo che portava in grembo nei mali pensieri della città!

Immaginò con ribrezzo e desiderio truppe di lazzari che la squartavano e la gettavano in mare, Jacques disperato che la cercava invano e se stesso che consolava l'amico con le identiche parole che aveva appena rivolto a Lisario: "Ma che cos'è la vita? Cos'è l'amore?". E poi avrebbe aggiunto: "Io e te siamo votati all'arte... l'arte lega gli individui eccelsi... io e te ci comprendiamo, lascia andare questa bambina menomata, questo peso che t'impedirà con figli e debiti d'essere pittore...".

Michael rimase sotto la Casa del Pero fino all'alba, ma Jacques non tornò. Infine, una pattuglia di quei lazzari che aveva evocato come assassini della rivale lo fece fuggire agitando, distanti, mazze e alabarde.

Era giorno fatto, invece, quando Lisario trovò la via di casa e sulla soglia il suo uomo, terrorizzato, ad aspettarla. Lei, che non poteva spiegare, pianse fino ad addormentarsi.

4

«Che d'è? T'abbrucia 'a fessa?» La vecchia spiò fra le gambe di Lisario, abituata a curare malattie genitali e infezioni del perineo delle donne che nella campagna s'ostinavano a cavalcare senza braghe. Lisario aveva dolore, si temeva un aborto. Jacques si aggirava sudato per la stanza.

Era la giornata della follia, o così se la sarebbero ricordata tutti, perché Masaniello veniva portato in barca a Posillipo – lui che il pesce non lo aveva mai pescato, solo venduto sottobanco – ubriaco di Lacryma Christi, mentre in trentamila lo guardavano. Poi sul Ponte della Maddalena aveva parlato ai cavalli, pazzo come Amleto, Otello, Riccardo o un altro dei personaggi di quel mastro Guglielmo che Lisario aveva letto di nascosto nel castello. E intanto il Viceré comprava traditori che uccidessero il Generale screditato, mentre lui faceva la sua bella figura generosa ospitando nelle stanze del Palazzo le femmine del Lavinaio vestite a festa, la moglie di Masaniello, che presto avrebbero chiamato con disprezzo "'a Duchessa d' 'e sarde", la sorella, le cognate e tutto il puttanaio innocente trasformato in corte. Lazzari a Palazzo, cucinati a dovere dalla politica.

A firmare la fede di credito del tradimento era Marco Vitale, sedicente avvocato, segretario ufficiale di Masaniello, amico del vecchio Genoino, anima nera della rivoluzione, e sodomita, che aveva portato, in cambio di denari, un cadavere molto ambito a Töde e ad Avicente, che sempre al Lazzaretto stava, nella casa del notomista.

Così, mentre Lisario si faceva controllare la pancia, Avicente contemplava un corpo di grande interesse, scampato in parte allo sbranamento dei lazzari: Bella 'Mbriana, morta nel tentativo di riavere il corpo di Peppo, giaceva sul tavolo, illuminata da uno sfarzo inconsueto di candele. Nuda, s'intuivano dal ventre schiacciato testicoli mai nati, il membro piccolo e quasi invisibile, come una clitoride troppo cresciuta, il petto secco che fingeva i seni con un'imbottitura di paglia e piume sopravvissuta allo scempio della piazza.

«E voi eravate un cliente?» stava chiedendo Avicente a Vitale che aveva appena consegnato il cadavere a Töde.

«Come tanti, ma io preferisco gli uomini veri.»

«Che differenza ci trovate?»

Vitale si asciugò la fronte. Aveva i capelli chiari, la faccia di normanno. «Lei non poteva fare quel che...»

Töde li interruppe.

«Va bene, va bene... Il mio amico vi accompagnerà al Banco dei Poveri, la carta è già firmata, dovete ritirare solo i soldi. Del resto, voi sapete benissimo come si fa, no?»

Vitale fece una smorfia, tanti ne aveva già procurati di corpi al notomista, quindi uscì seguito da Avicente, che però continuò, uscendo, a fissare Bella 'Mbriana, mentre Töde si preparava ad aprirla con i suoi strumenti.

La via del Tribunale era invasa di sole e di mosche. Il caldo era opprimente.

«Non sono mai entrato nel Banco» disse Avicente.

Vitale lo ignorò, nervoso. Si guardava intorno come se da un momento all'altro dovessero aggredirlo.

Il palazzo che ospitava il Banco aveva una meridiana sulla facciata del cortile, accecata dalla luce estiva. Le scale, strette secondo la moda di altre epoche, portavano in una serie di stanze e corridoi, le volte affrescate e il pavimento di terriccio. Lunghi banchi di legno sostenevano le pandette e i libri mastri, alcuni cuciti in rilegature così alte che sembravano schiene di donna, sinuosamente deformate dalla scoliosi. Sui banchi, sopra la testa dei contabili del

Banco, pendevano come salumi le filze dei crediti esausti, sospese al soffitto con uncini per non essere rosicchiate dai topi.

Il contabile li guardò di sottecchi, senza smettere di consultare i libri. «Mbè?»

«Un pagamento, a nome di Johannes Töde per Marco Vitale» ed esibì la ricevuta.

«Avvocato...» lo omaggiò un contabile più anziano, «quel pagamento che avete firmato per il banchiere Roomer, di cinquemila zecchini...»

«Sì, sì...» tagliò corto Vitale che non voleva parlarne davanti ad Avicente.

«Solo per dirvi che i soldi sono pronti, potete ritirarli quando volete. Se il Generale crede...»

«Ne parliamo dopo!» sbottò Vitale. « Intanto» e cambiò tono «vi presento il dottor Iguelmano, medico illustre...»

Il contabile s'inchinò e dietro di lui comparve un giovanotto bello, in abiti sgargianti. «Scusate se m'intrometto... Ho sentito per caso il vostro nome...»

Il contabile fece gli onori di casa: «Il Cavalier Suàrs, illustre pittore... Il dottor Iguelmano... ho ben capito?».

Avicente annuì, riconoscendo nel pittore uno degli ospiti al pranzo in casa di Tonno d'Agnolo.

Il contabile continuò, questa volta rivolto a Vitale: «A proposito di Roomer, il Cavaliere, qui, ha appena ricevuto un pagamento per una tela di grande pregio che tutti aspettiamo di vedere commissionatagli dal nostro banchiere, per l'appunto...».

Vitale finse di interessarsi: «Ah sì, e qual è il soggetto?».

«Assassini di profeti» rispose Michael. «Un incontro fra due grandi traditori, Erode e Giuda.»

Vitale ingoiò saliva, nervoso. «Strano soggetto... raro...»

«Meno di quanto si creda» lo fulminò con gli occhi il contabile. Quindi aggiunse scusandosi e congedandosi: «... nella vita, intendo. Vitale, volete seguirmi?».

Sweerts e Iguelmano rimasero soli fra le filze che pendevano come

217

prosciutti e l'odore d'inchiostro. Avicente tamburellò con le dita su uno dei libri mastri, il pensiero ancora rivolto a Bella 'Mbriana.

«Perdonate, dottore» attaccò il Cavaliere, «vi devo parlare di una questione molto privata, dove potremmo...»

Si ridussero in una stanzetta chiusa da una tenda dove altre filze pendevano e innumerevoli volumi erano archiviati, il taglio dei fogli dipinto a tempera per indicare il banco di pertinenza.

«Voi avete smarrito una moglie e la cercate.»

Avicente sobbalzò: «Signore, se siete venuto a minacciarmi...».

Michael alzò una mano per fronteggiare la reazione. «Tutt'altro. So dov'è. E so dov'è il suo amante. Vivono insieme, in un vicolo detto del Pero. Torno quasi ogni giorno a spiarli.»

«E per quale ragione...»

«Li volete morti?»

«Basta che muoia lui!»

«Mi offro per l'azione. Ma dovete aiutarmi.»

«Ma a che titolo...»

«Questioni private. Gelosie fra pittori... E un debito di gioco» aggiunse, nel timore di non essere creduto.

Avicente si tormentò il mento. «Siete abile nella spada?»

Michael inventò: «Ne ho lasciati a terra molti. A decine».

«Cosa vi serve?»

Quindi l'argomento dovette essere rimandato perché il capocontabile aprì la tenda fissando, un sopracciglio alzato, i due congiurati. Vitale dietro di lui fece cenno al dottore.

E i tre uomini si diressero silenziosi verso il Lazzaretto, dove il cadavere di Bella 'Mbriana era stato del tutto smembrato, ormai, mentre alla Casa del Pero la mammana salutava i due amanti rassicurandoli: «L'abbrucia 'a fessa, è cosa 'e niente. 'A creatura sta bona».

5

Il puzzo di sudore di corpi villosi e sformati attanfava l'aria.

Töde e Michael guardarono il medico spagnolo farsi giallo, poi verde, poi livido. Le narici gli si dilatavano e contraevano come a un cavallo dopo la gara.

«Está demasiado caliente... Usciamo?»

Fuori della caverna termale di Baia misero i piedi nello stagno freddo. Una grossa carpa tinse l'acqua di rosa e venne con altri pesci a mangiare residui di pelle e peluria dalle gambe dei tre uomini, uno lungo e bello, l'altro pallido e freddo e il terzo curvo, cadaverico di fatica.

Il senso estetico di Michael era avvilito: «Credevo che nelle antiche terme venissero uomini giovani...».

Avicente boccheggiava. No, non capita ai medici, si ripeteva mentre al centro del petto un muscolo si costringeva. Accade sì, invece, diceva la voce lontana di suo padre, autorevole e sbeffeggiante, come quando era vivo e Avicente un bambino. Anche i medici hanno paura di ammalarsi e morire, ogni giorno della loro vita. E anche per questo aveva tentato di rubare il segreto del piacere a sua moglie, perché gli era parso l'unico contrafforte dinanzi alla morte.

«Sono i vecchi ad averne necessità» mormorò Töde. «E per parlare con discrezione questo luogo è eccellente. Non abbiamo scelto bene, dottore?» aggiunse dando una solida pacca dietro la schiena di Iguelmano, cui le ginocchia si piegarono.

In quel momento una vecchia sdentata e suo figlio strabico passarono accanto allo stagno, le ceste cariche d'uva. La vecchia istruiva il pargolo: «Vide a 'sti tre?» fece. «So' tre peccatori, uno è rattuso, n'ato è ricchione e... No... guarda bene, a mamma» lo strabico si sforzò «... 'o terzo accide 'a gente... Vire 'e nun piglià nisciuna 'e chesti vie...»

E sputò a terra. Töde, il cranio lucido di sudore che lo rassomigliava ancor più a un teschio, fece cenno alla vecchia di avvicinarsi, ma questa si coprì la bocca con una mano, per poco il cesto con l'uva non le cadde e si segnò, scappando.

Töde rise, i denti nudi senza labbra. «Che popolo impressionabile» commentò.

Intanto si era alzato un vento fortissimo. Avevano scelto una giornata tempestosa: di fronte alle terme si muoveva il mare di Cuma come un'unica, verdastra mano. I cavalloni salivano lontani, oltre Miseno, oltre Ischia, venivano dalla Sardegna e oltre ancora, montavano dalla Spagna, tanto che si sarebbe detta una tempesta inviata da Filippo II a punire i lazzari e il loro Generale. Ma il verde si rompeva presto nel bianco della spuma che mangiava la spiaggia, mentre le navi spagnole all'ancora nel golfo erano sballottate dai marosi, un fronte di pennoni e bandiere agitate nel bicchiere pronte a capovolgersi come barchette di carta in una fontana. Davano di stomaco i marinai più giovani e i vecchi tacevano la paura di morire lì, alla fonda; si sganciavano le ancore e, intanto, il porto e il mulino sul fronte del golfo venivano attaccati dalle raffiche che montavano identiche e lontane sullo Scalandrone e su Capri, mentre il cielo grigio in pieno luglio scintillava come una lama di Toledo.

Alberi e villici, piegati per non farsi strappare via da terra, lamentavano le cose in volo sulle case: rapiti i panni messi ad asciugare e i pesci a seccare per l'inverno, cappelli e orci, tetti di paglia e tegole, persino cornicioni e gessi, scoperchiate le chiese più povere, infrante le vetrate tutte, anche quelle fiorite di smalti francesi delle cattedrali, strappati infine dal vento gli occhiali ai contabili complici del prolungato furto spagnolo e portati a riva le ossa, i legni, i morti restituiti al bosco o alle case dal mare furioso.

«Ripariamoci» suggerì Töde e l'olandese e lo spagnolo lo seguirono. La volta dell'antico tempio, lo stesso dove aveva dormito Lisario in fuga, faceva rimbombare la tempesta. Scrosci di pioggia iniziarono a cadere dall'*impluvium* scuotendo la superficie abitata dalle carpe.

«Vi garantisco duecento zecchini, le lame che vi servono e un salvacondotto per l'Olanda, dovessero mai scoprirvi» stava dicendo Iguelmano a Sweerts.

Alle terme li aveva raggiunti una doppia notizia: erano stati uccisi sia il Generale sia Marco Vitale; il Generale dai suoi stessi amici, incluso Genoino, che avevano detto di non credere più al pazzo, tanto s'era capito che il Viceré li avrebbe spazzati tutti via e un capro espiatorio, invece, garantiva la salvezza a ognuno. A suggerire il piano era stato il redivivo Tonno d'Agnolo, rimessosi in sesto e di nuovo nelle grazie del Viceré dopo la fuga precipitosa causata dall'assalto a Palazzo Bagnara.

«Un piano degno di lui» aveva commentato Töde.

Invece Vitale l'avevano ucciso direttamente i soldati spagnoli, a Chiaia, tanto era "piscetiello di cannuccia", come sempre aveva detto Tonno.

«Lui lo voglio morto, lei me la riporterete intatta, figlio incluso. Se abortisce dallo spavento e muore lei, del figlio non m'importa un fico, ne risponderete con la vostra vita.»

«Ma certo, ma certo» disse Sweerts, gli occhi che brillavano sotto la volta.

Un fulmine cadde molto vicino, la malta antica tremò appena.

«Ma vi sembra estate, questa?» piagnucolò il medico.

Le colline, i fazzoletti d'orto, le case con la veranda di paglia retta da un ramo, tutto era stato spazzato. Un raggio di sole portava ora i villici a risistemare le masserizie scomposte e a ricondurre armenti e mucche nei recinti sconvolti dal vento.

Töde raccolse un nido caduto. Una processione di pescivendoli tornava dal mercato di Pozzuoli, le sporte vuote per il maltempo. Ne facevano parte, fra gli altri, come spesso era dato di vedere, uno sciancato, un deforme, un idiota, bambini rachitici. Un gruppo di galline becchettava loro intorno, l'idiota le conduceva con un ramo.

«Accendere la coscienza è un caso chimico» mormorò il notomista.

«È la volontà del Signore» soggiunse Sweerts, che non poteva smettere l'abito religioso di sua madre nemmeno mentre firmava da assassino.

«È la volontà del Signore che un uomo nasca monco o scemo?»

Un bambino si avvicinò a Töde e si affacciò a uno dei vasi d'acqua sulfurea che anticipavano la grotta. Gambe a tarallo, polpaccetti nutriti, era inseguito da sua madre, una delle pescivendole.

«Vien'accà!» intimò la madre. Un cane che seguiva la processione si accostò al bambino, che gli mostrò una tozzola di pane spugnato. Il cane lappò.

«E che differenze vedete fra l'uno e l'altro?» chiese Töde a Sweerts.

«Paragonate un cane a un bambino?»

Töde contemplò il nido che aveva fra le mani. «Voi dipingete corpi, Cavaliere?»

«Certo. Che domanda è?»

«E li dipingete indifferentemente ricchi o poveri, giovani o vecchi?»

«Poveri spesso.»

«Ah, la moda... E quando dipingete un vecchio vi siete interrogato sul perché la ragione non invecchia come il corpo? Sullo strazio di restare intelligenti e desiderosi come da giovani mentre la carne si trasforma lenta in tomba?»

Sweerts si strinse nelle spalle. «Scommetto che voi avete una spiegazione, signor notomista...»

«Vedo la stessa luce nel cane come nel bambino, come nelle carni vizze di quel vecchio» e indicò un pescivendolo che a stento si reggeva in piedi, «la stessa che anima voi che avete appena accettato di uccidere un vostro simile.»

Iguelmano finse distrazione, Sweerts s'infuriò freddamente: «Volete dirmi che non sono degno?».

«Oh, ma figuratevi! Gli utilizzatori della mente sono frequentatori spocchiosi del corpo. E chi parla d'anima non si preoccupa mai di togliere il corpo a qualcun altro, crede di favorirgli la via del cielo. In ogni caso, io mi propongo di tagliare i dubbi col coltello.»

Poi, mentre Sweerts diventava rosso di collera, Töde in un sol gesto gettò a terra il nido, raccolse la spada dell'olandese abbandonata accanto ai vestiti di broccato, non assicurata al fodero, come la legge prescriveva, per pura vanità, e tagliò di netto il collo a una gallina. L'idiota che conduceva il pollame strillò.

«Potete cucinarla oggi che non avete pesce» disse alla madre del bambino, che aveva nascosto il figlio dietro di sé.

La processione azzittita indietreggiava.

L'idiota strillando chiese monete per la gallina morta.

Il cane abbaiò.

Sweerts raccolse in fretta gli abiti pensando alla menzogna appena pronunziata: non avrebbe ucciso mai il suo Jacques, bensì Lisario e il figlio, e sarebbe andato lontano con l'uomo che amava. Si aggrappava a questo pensiero, rivestendosi. Avicente, giallo e tremante, si vestì a sua volta e, per ultimo, Töde.

Per un po', mentre Michael, Avicente e Töde si allontanavano vestiti di tutto punto, nessuno osò toccare la gallina morta.

Poi, la pescivendola la raccattò e il vociare che si era spento ricominciò, il monco, lo sciancato, l'idiota e i pescatori sui carri ripresero la strada, come se niente fosse accaduto.

6

Cosa aveva accettato di fare? Adesso che era rimasto solo, Michael si tormentava. La perfezione del corpo e dell'anima, le preghiere quotidiane, in cosa si stavano risolvendo? Omicidio. E aveva un bel dirsi che il suo scopo era riprendersi Jacques – riprendere: parola di dominio affrettato perché, a ben vedere, quando mai Colmar era stato suo? – senza uccidere la donna e suo figlio.

Seduto nella chiesa di Sant'Anna, la spada sulle cosce, teneva le mani giunte sulla lama che mai gli era sembrata così pesante e fredda. Intorno a lui gruppi in preghiera alitavano fra le finestre coperte da tende che il vento risucchiava contro i vetri.

Anche Napoli era commossa e contraddittoria nella sua commozione: adesso che 'o Generale era morto, il popolo lo riscopriva e dava addosso a Genoino, considerato artefice dell'omicidio quanto il Viceré. Sul Largo di Sant'Anna, intorno alla fontana, si tenevano comizi, la voce di una vecchia commara arrivava fin dentro la chiesa: «'A duchessa d' 'e sarde! S' 'a so' purtata dinto a lu palazzo pèsola pèsola, 'e zizze 'a fora!».

«Ma chi?»

«'A mugliera 'e Masaniello.»

«C' hanno fatto 'o strascino?»

«È tutta 'mmiria! È tutta 'mmiria!»

L'invidia entrò per un attimo in chiesa vociante, portata da un lazzaro di sette o otto anni che si divertiva a ripetere le parole della vecchia.

Michael si voltò, spaventato dalle parole che non capiva, e vide sulla porta della chiesa una bambina che teneva in braccio un'altra bambina. L'immagine di Lisario, il volto della donna che già conosceva, persino le sue lacrime e il suo odore che era andato ad annusare alla Casa del Pero nella speranza di rubarle di dosso quello del suo Jacques, lo assalirono.

L'aria viziata della chiesa antica gli era intollerabile, si alzò e la spada cadde facendo voltare fedeli in preghiera. Nella cappella laterale un retablò di marmo ritraeva una crocifissione, la Maddalena era solo capigliatura di spalle, le onde dei ricci in spire di serpente. Sudò. Guardò alla sua sinistra: un altro retablò candido inscenava la Natività, i Magi sui cammelli in arrivo da curva di collina e la capanna nient'altro che una tenda sostenuta da un ramo: eccolo il ramo che teneva in piedi la tenda della bottega di Ribera da cui usciva Jacques. Arretrò, inciampò. S'addentrò ansante nella chiesa fino a una cappella vicina all'altare dove statue di terracotta a misura e sentimento umano piangevano il Signore morto. Morto come sarebbe presto stato lui e di certo la sua anima per quel che aveva in cuore di fare, o come era già a causa della passione colpevole che provava. Era in trappola: doveva ripartire subito per Roma e mettere leghe di distanza fra sé e il delitto.

Sulla soglia della chiesa, mentre usciva a passo svelto diretto a fare i bagagli, incappò in Töde. Sotto l'arco, fra le scene di martirio, lo scotennatore di san Bartolomeo sogghignava, scolpito nella pietra.

«Dove correte, signor pittore?»

Michael farfugliò parole senza senso. Töde gli strinse forte un braccio e lo trascinò di nuovo in chiesa, all'ombra di un nicchione.

«Ero certo che vi sareste tirato indietro. Avete bisogno di me, di un professionista. Facciamo a metà per il compenso, tanto io qui a Napoli ho finito, sono pronto a ripartire.»

«Finito... cosa?» balbettò Michael in olandese, senza preoccuparsi di essere compreso.

E Töde, nella stessa lingua, con assoluta naturalezza: «La rivoluzione è conclusa, il protagonista è morto. Il Viceré è contento dei miei servizi. Lo sarete anche voi» e gli mostrò la ricevuta della cambiale di Vitale, quella del Monte dei Poveri, strappandola davanti agli occhi del pittore.

«Due omicidi al prezzo di uno. Con voi potrei essere anche più modico: in fondo si tratta di ucciderne ben tre...»

7

"Uagliò, qua la cosa è irrimediabile. Che ce venimmo 'nsuonno affà a chisto?"

"Giovanni, Giovanni, tu non speri mai nelle cause perse?"

"E chiù perza 'e chesta?"

Gli altri tre Teatini erano d'accordo con Giovanni e così, quasi in coro, dissero: "Ha violentato 'a mugliera, l'ha fatta fuì, mo' sta nciarmanno l'omicidio d' 'a mugliera e d' 'o malamente che l'ha 'ngravidata...".

E Giovanni concluse: "'O passammo direttamente 'o Piano 'e Sotto, nunn' è chiù cumpitenza nosta...".

"Andiamo, andiamo, facciamo un tentativo... Forse ci serve un aiuto, forse è la lingua..."

E così fece un cenno e da una sesta finestra apparve un uomo alto, cupo, severo.

"Uh, oìccanno a Ignazio... Chisto a me nun m'è mai piaciuto..." si lamentò sottovoce con un confratello Giovanni e di nuovo san Gaetano da Thiene lo rimproverò.

Dal fondo del cortile Avicente nel suo solito letto alzò gli occhi verso il compatriota: "Que el Senor sea contigo, hermano. Conosci le regole dell'amore? Rispondi".

Avicente negò con la testa.

"La prima regola è che l'amore si deve porre più nelle opere che nelle parole. La seconda è che l'amore consiste nella comunicazione reciproca, cioè nel dare e comunicare l'amante all'amato quello che ha, o di quello che ha o può, e così a sua volta l'amato all'amante, di maniera che se l'uno ha scienza la dia a chi non l'ha, e così se onori, se ricchezze l'uno all'altro..."

"L'ha pigliata 'a luntano..." borbottò Giovanni, ma sant'Ignazio da Loyola non gli diede retta e continuò: "Bisogna avere scrupoli, ma che siano veri scrupoli e non falsi. E bisogna saper riconoscere il peccato...".

"Ignà, chisto 'e nu tizzone 'e lava!"

"Silenzio!" ordinò san Gaetano. "Portate rispetto! Vediamo se la presenza del nostro autorevole confratello ha portato esiti..."

Ma in basso Avicente, inginocchiato nel suo letto, stava armando una corta pistola in uso presso l'esercito spagnolo e iniziò a sparare contro i santi, che se ne scapparono urlando verso il cielo.

Lettere
alla Signora Santissima della Corona delle Sette Spine
Immacolata Assunta e Semprevergine Maria

Suavissima,

ho quasi consumato la Tua Immagine che mi ha donato la padrona della Casa del Pero: qui, dove sei ritratta nel Dolore e nel Fulgore, circondata dalla Speranza, ho messo il pollice in preghiera così tante volte che ho quasi forato la bella carta ritagliata a merletto. Un altro sobbalzo e sarei morta, un'altra notte nei boschi e avrei gridato Aiuto. Ma Tu hai guardato con il Tuo Sorriso questo lungo viaggio durante il quale ho temuto più volte di perdere la vita mia e quella della creatura che mi cresce dentro e ci hai portato sul tuo manto dal Viceregno alla terra del Santo Padre. Siamo, come ben sai, a Pitigliano, protetti dal Conte Orsini.

In verità, ospiti tollerati di Eleazar Fucini, un orafo cugino del pittore Juan Do che ci ha accompagnato fin qui, nel Ghetto. Direi grandissima bugia se non confessassi che mi mancano le grandi stanze del Castello o la casa profumata di gelsomino di vico Settimo Cielo. Alloggiamo in una stalla bassa che affaccia su uno scosceso dirupo. Pitigliano mi è apparsa la prima volta, dal valico del Santuario di Santa Maria delle Grazie, come una mano di pietra uscita dalla terra ad artigliare le case. Un immenso acquedotto traversa la valle e l'aria finissima e celeste mi ha fatto capire che Tu, Signora, in qualche misteriosa maniera qui mi sei più Vicina.

Il letto è modesto, Suavissima, dormiamo su un sacco di granturco. Abbiamo un cantaro, una cassapanca piena di mappate che la moglie di

Eleazar, Yacova, mi aiuta a lavare, ma non sempre, perché un po' le faccio ribrezzo in quanto non sono Giudea.

Intanto, ormai la schiena mi pesa ogni giorno di più così approfittiamo della cucina di Yacova e dell'orafo che è affollata di figli dagli occhi neri. Dopo due giorni Juan Do ci ha salutato, fatto molti auguri e abbracciato forte Jacques: Tu lo riaccompagnerai fino a casa sano e salvo, vero? Alla tavola di Eleazar ho visto spuntare una lacrima dagli occhi di Jacques: mangiavamo carne e lenticchie e lui ha detto: «Questa è la minestra di Esaù, il piatto preferito di mio padre». Un'altra volta abbiamo mangiato stinco di agnello, anzi cianchetto ci ha corretto Eleazar, e Jacques ha mormorato più volte la parola "gigot", con infinita melanconia. Poi, come se avesse capito la domanda che non potevo formulare a voce, ha detto guardandomi: «Non ho mai veramente amato mio padre».

[...]

Mia Regina,

Jacques ha trovato lavoro come manovale, qualche volta aiuta anche i pastori a governare le pecore e altre disegna fibbie e gioielli per Eleazar, che non lo paga ma ci dà in cambio vitto e alloggio. Talvolta m'interrogo su questa nostra fuga improvvisa e su dove ci porterà. Sono felice di aver messo molta terra fra me e mio marito, ma ho anche l'impressione che le vere ragioni della fuga Jacques non voglia raccontarle.

Contemplo spesso le natiche nude del mio amante. Sembrano natiche di fanciullo, compresse e muscolose. La scorsa notte le ho carezzate a lungo ma il sonno di Jacques era così profondo che non ne ha risentito. Più tardi le ho guardate riflesse nello specchio che abbiamo fissato sul muro della stalla mentre si contraevano nell'atto di possedermi.

Suavissima, Tu lo sai, i culi maschili sono ridicoli, quand'anche appartengano agli dei o agli eroi dipinti nei soffitti, sempre sembrano posteriori di bertuccia. Ma di Jacques mi piace tutto, senza eccezioni. Qualche volta, Suavissima, prima che la pancia mi crescesse troppo e io non mi vedessi, come è ora, nemmeno la punta dei piedi, mi guardavo da sola fra le cosce. Questo figlio di Jacques io non lo so se lo volevo davvero. Mi vengono anche pensieri strani: un figlio così, senza una casa, senza moneta, nel bel mezzo di guerre e rivoluzioni, con un marito che mi vuole uccidere, come lo crescerò? Cosa vogliono gli uomini? Spiare fra le cosce delle donne? E ora, se partorisco un maschio fra le mie cosce, questo figlio mi considererà come un paio di cosce che l'hanno partorito? E cosa mi aspetta? Partorire e dimenticarmi di me stessa, invecchiare, morire? È tutta qui la vita?

L'amore di Jacques mi riscalda, ma Jacques è così impegnato a dipingere, a disegnare... Perché gli uomini sembrano sempre aver qualcosa da fare e alle donne tocca stare quiete e ferme?

Jacques dice sempre: «Perché voi sapete già tutto, senza bisogno di andarlo a scoprire. Voi siete come il mistero incarnato».

Gli do in testa la pianella quando dice così e lui ride, anche se la pianella di sughero è pesante: per queste risposte mi basta un Prete o quelle sante Suore del monastero di Santa Patrizia che chissà ora cosa fanno o pensano di me che non vado più a trovarle.

Suavissima, perdonami, lo so che Tu invece sei contenta di essere così, ma io di fare il Mistero Incarnato sulla seggiola non sono capace.

[...]

Clementissima,

Jacques non ha smesso di dipingere: piccole tele che non mostra a Eleazar, una candela che le illumina. Mi usa spesso come modello e siccome mi sembra di essere sempre il modello per qualche uomo – come con mio marito – mi lascio anche dipingere, ma gli mostro la pianella, così lui sa che non mi deve far stare molto ferma o mal gliene incoglierà. È bello quando un uomo ride.

Questa settimana siamo andati a omaggiare il Conte Orsini. Ci aspettava dietro una tavola scolpita a lune e arieti, mi ha sorriso e poi ci ha portato a guardare i quadri che coprivano le pareti del vecchio castello comitale: le candele danno l'illusione che l'oro dipinto sia oro vero, le macchie luminose gemme autentiche e le figure nude donne vogliose. Il Conte ci ha detto che acquista solo quadri che gli offrano l'illusione di vedere Dio e i Santi in casa propria e di non invecchiare perché il quadro sopravviverà ai proprietari per secoli. Un quadro lo mostrava florido, con sua moglie accanto, grassa, segno che la guerra non può impoverirlo né le carestie sfiorarlo e che la peste, il tifo, il colera gli fanno un baffo. Anche il cibo non smette mai di piovere dai quadri del conte Orsini: mangiare è un sogno alla portata di pochi, ora lo so, tutti gli altri desiderano ma non possono. Anche chi ha ducati e maravedì è magro, pallido, malaticcio e idolatra nell'olio divinità rubiconde e volgari, rotonde, lardellate. Un'uva prosperosa trasborda dalle tele dipinte da questi olandesi detti Fioranti. Allora Jacques ha mostrato al Conte le sue piccole tele a lume di candela: un ragazzo che tiene per le zampe un pipistrello urlante, una fanciulla (io!) che si spidocchia a lume di candela, un bambino che soffia sulla candela senza riuscire a spegnerla, un cesto di frutta coperto di tulipani blu a lume di candela, un tavolo cosparso di pesci e cipolle.

Il Conte ha molto apprezzato e offerto monete per comprarli. Voleva anche il quadro che raffigura una lucertola spaventata che ferma su un tavolo fronteggia il pericolo del fuoco. Ma questo ha detto che no, non l'avrebbe venduto, perché la lucertola si chiama Lisario. Poi mi ha preso per mano e siamo tornati alla nostra stalla.

[...]

Santissima,

partorirò qui o in casa del Giudeo Eleazar, se mi vorranno, perché il parto di una cristiana nella loro casa dicono che renderà impura la stanza. Signora, lo so che sono Impura perché, nonostante gli anni e le sofferenze, sono Coniglio, Cane, Gatto e Cicogna. E amo Jacques perché ha capito che non deve trattarmi come una sposa qualunque, altrimenti di nuovo dormirei! La vita è un po' meno giusta delle novelle, Suavissima.

E però mi adatto, porterò la fatica finché sarà necessario: in cambio ho questa grande felicità che mi sorride e che ha imparato a dire in spagnolo con un curioso accento: "Te quiero".

Te amo, demasiado Jacques.

[...]

Suavissima,

mangiavamo uno dei pasti consueti alla tavola di Eleazar e di sua moglie a base di questo piccolo grano che chiamano cuscussù e zucca sfranta, quando fu portata a tavola una ricotta bagnata di vino che i bambini applaudivano e dicevano "ubriaca" e allora ho visto Jacques impallidire. Si è alzato dalla tavola e non è tornato nella stalla fino a tarda notte. Sono rimasta sveglia e in ansia, i piedi gelati. Sarà stato di nuovo un ricordo del padre?

L'autunno incombe, le foglie diventano rosse e la brina di notte congela le cannole delle fontane. Quando è tornato era quasi l'alba, ho sperato mi spiegasse, ma mi ha solo abbracciata forte e si è addormentato, come un bambino. Non so cosa chiederti, Mia Dolce. Davvero, vorrei indietro la mia voce per porre domande. Mi tocco la gola. So che le donne urlano durante il parto e io non potrò. Piangerà per me la creatura che nascerà. Cos'ha, cos'ha il mio pittore?

PITIGLIANO

1

Poche settimane dopo l'arrivo a Pitigliano, il diacono del borgo, intimo amico dell'orafo Eleazar, chiese a Jacques di dipingere immagini sacre sulle pietre della via cava, una delle molte strade etrusche attraverso le quali migravano gli armenti da Pitigliano alla città di Sovana. La via cava era spesso attraversata da processioni, secondo un rito di cui gli abitanti ignoravano la longevità, in primavera e in estate e anche, se la neve lo consentiva, per il Natale.

Jacques aveva quindi iniziato a trascorrere intere giornate fra i boschi che bordavano i vulcani spenti della zona. Saliva alle grotte della via cava all'alba, contando l'ombra delle farnie che inclinavano il tronco lungo il cammino. Spesso accostava l'orecchio agli alberi e gli sembrava d'udire la linfa risalire, succhiata dalla terra. Nel bosco volavano capinere e rampichini, colombacci, picchi, ghiandaie e sparvieri. Al ritorno, fra il tramonto e la notte, udiva cantare l'allocco e incontrava civette in caccia. Durante il giorno, mentre dipingeva sospeso su una scala da frutteto, sfrigolavano sotto i suoi piedi scarabei, scolopendre, lucertole, saettoni, coronelle e chiocciole, nel sottobosco frugavano moscardini e tassi, faine, cinghiali, ricci. Farfalle egenie svolazzavano, mentre rapide lepri e timidi caprioli facevano frusciare i rami. Cinciallegre riposavano sui cornioli e poiane circolavano il cielo sul cratere.

Quando il buio scendeva fra i rami intorno a Pitigliano – lo stesso buio che entrava in quell'ora dalle finestre del Lazzaretto a Napoli, mentre una giovane appestata spirava fra le preghiere delle suore, o nel Castello di Baia, dove Avicente Iguelmano si tormentava le mani leggendo trattati –, Jacques tornava verso casa felice, poiché amava i boschi più di quanto avrebbe mai amato le città: spesso sognava di correre sui campi come il vento, privo di gambe, fatto solo di ali e naso, aspirando vorace il profumo del mirto e del rosmarino. Intorno a lui, ogni stagione era bella, che fiorissero papaveri, rose selvatiche e lentisco, margherite e soffioni o sia che, come adesso con l'autunno alle porte, ogni foglia virasse verso il rosso.

E però, come mangiando in casa di Eleazar *hummus* e pane azzimo aveva risentito la voce di suo padre, Levi Colmar, così di continuo gli riaffiorava alla memoria il volto disperato di Michael de Sweerts, la notte in cui gli aveva urlato: «Tu mi appartieni! Tu non puoi lasciarmi!» e un pugno aveva schizzato di sangue una ricotta.

Era certo che Sweerts avrebbe continuato a cercarlo se fossero rimasti a Napoli e che Avicente Iguelmano avrebbe cercato sua moglie. E ora che erano così lontani e nascosti l'ansia non lo lasciava. Di sicuro Lisario sentiva questa sua preoccupazione e, non volendo agitarla, era felice di poter stare lontano tutto il giorno fra i boschi.

Trascorsero così i mesi e, infine, si avvicinò il Natale. La pioggia iniziò a battere insistente sui colli: i ruscelli trasformati in fiumi tempestosi annegarono le greggi, i cinghiali per fame si avvicinavano alle case a rubare galline, le nubi gelarono in cielo come lontani velieri.

Quando anche l'ultimo fiore appassì e le aquile calarono a rapire gli agnelli, Lisario entrò negli ultimi giorni di gravidanza e la processione natalizia per la via cava era ormai allestita.

Jacques, terminate le sacre immagini, si era dedicato a baldacchini e festoni, organizzando per il diacono la più maestosa scenografia che il borgo avesse mai ammirato. Volavano intorno alla Madonna di legno, sotto un tabernacolo di velluto verde, angeli dalle ali gialle, azzurre e vermiglie colorate in sgargianti abiti di seta; ai piedi della Santissima un diavolo rosso, la faccia di drago e il culo di bertuccia, osceno e violaceo, scacciava pipistrelli di stoffa con ali infittite di pelo di tasso. Dannati e salvati si battevano il petto in gramaglie e dietro tavole a ruote e a lettiga sollevavano i misteri, dodici in totale, che i villici ammiravano segnandosi, i sogni della notte alcolica popolati dalle statue di Jacques. Non si vedeva l'ora che fosse Natale per portare in spalle volgari centurioni, lussuriose maddalene, drammatiche madonne.

Alle dieci di sera del 24 dicembre Jacques si preparò per seguire la processione e controllare che le sue macchine sacre funzionassero. Baciò Lisario raccomandandole di non alzarsi dal letto, la coprì con due coperte e uscì.

La neve dal mattino fioccava copiosa. Lisario s'assopì, poi si risvegliò col buio piena di voglia di fare e, ignorando le raccomandazioni di Jacques, uscì per salutare Yacova, che però non era in casa ma in sinagoga. Camminò fra le case deserte del Ghetto e arrivò fino al palazzo comitale, sperando di trovarvi ancora Jacques. La processione era partita da poco, si udivano i cori in preghiera risalire dal fondo della valle. Non passava un'anima, stava quasi per rientrare, quando uno scalpiccio di zoccoli davanti alla porta del paese la fece voltare.

Distinse appena un cappello piumato. L'uomo a cavallo che si dirigeva sulle tracce della processione – candele e fuochi bene in vista nella valle, diretti alla via cava – era senz'altro lo stesso venuto alla Casa del Pero per riferirle che Jacques era morto. Un secondo uomo che non aveva mai visto lo seguiva su un altro cavallo e, forse a causa della neve che confondeva i profili delle cose, forse per la paura o per la fatica della gravidanza, Lisario pensò che quello fosse la Morte armata di falce.

Così, invece di rientrare, seguì i due sotto la neve scrutando le fiamme della Santissima, portata a braccia dai cattolici e rivestita a festa da un giudeo, verso il folto del bosco.

2

Arrivò sul limitare della via cava. Lungo la strada gli etruschi avevano scavato tombe che i pecorai usavano come riparo per le greggi o letto temporaneo. Della processione non vedeva più alcun segno, ma di lontano l'eco dei rami e il tonfo sordo dei piedi nella neve ampliavano le voci in preghiera. I due cavalieri, invece, sembravano scomparsi nella notte. Avanzò a fatica, scivolando, cadendo. A ogni svolta le sembrava d'essere vicina, a ogni nuovo rettilineo composto di gradoni si sentiva lontanissima.

Raggiunse la prima insegna dipinta dal suo Jacques e pregò la Suavissima: l'immagine rosata al lume di una torcia, che era stata lasciata dagli oranti parecchio tempo prima ed era già molto consumata e messa alla prova dalla nevicata, le sorrise dolcemente. Il freddo le procurava sonno e stanchezza. Chissà quanto avanti era la processione, ormai. Ma non poteva fermarsi.

Una fossa a lato della strada preannunziava un cunicolo altissimo: la via era stata scavata nella montagna e in alto i rami degli alberi cresciuti sui bordi rilasciavano, a causa di un uccello notturno che vi si era posato, improvvisi mucchi di neve fresca sui passanti. Qui la luna che ogni tanto filtrava a fatica fra le nubi non poteva arrivare, la notte era senza stelle e appena appena il candore del nevischio stagliava un profilo di pietra o di pianta.

Quand'ecco che la processione apparve, molto lontana, in un punto distante della via. Avesse potuto gridare! Avesse potuto chiamare Jacques! All'improvviso gli zoccoli ruppero il silenzio, due corpi le piombarono addosso e un colpo alla testa le fece perdere i sensi.

3

La donna giaceva stordita nell'ovile. Una porta serrava la stanza, satura di feci secche. Töde aveva lasciato una lampada accesa accanto alla paglia. Michael si mise dietro la porta per nascondersi a lei e nascondersi a sé.

Ora gli tornava alla mente la voce di Martina Ballu, sua madre, l'alito di lisciva, senape e fiori secchi: «Michja, fatti in là, mi soffochi! Smettila di abbracciarmi, non sei una bambinetta».

La sua vita era un'enorme, gigantesca menzogna, un magnifico dipinto, bello a vedersi ma falso. Non sentirsi accettato, amato, elogiato era un'ulcera purulenta, un'immensa dolente ferita. Oh sì, lui era un buon cristiano, anzi un vero profeta. La santità nascosta nella tela. Se solo avesse posseduto quella parte mascolina e capace di cui sua madre gli rimproverava l'assenza. Anche la voce di suo padre lo aveva raggiunto, il suo disprezzo per il figlio, il segno del fallimento. Sarebbe tornato di corsa in paese per confessarsi, per ammettere ogni colpa, ogni cattiva intenzione. Ma il pugnale che gli aveva lasciato Töde gli pesava sul fianco. Il notomista era uscito nella notte a cavallo, dopo averlo aiutato a trascinare Lisario fino lì, per completare l'opera. A lui toccava uccidere Jacques.

Michael aveva pensato mille modi per liberarsi del maestro tedesco – ucciderlo prima di arrivare a Pitigliano, comprarlo e dissuaderlo dall'uccidere l'uomo che amava – ma non aveva avuto il coraggio di praticare alcuna delle vie immaginate. E adesso la Morte con la falce cavalcava verso Jacques e a lui toccava il compito di pugnalare la partoriente.

Lisario ebbe un sussulto, una contrazione, la sua gonna si bagnò. Michael tremando si ritirò contro la porta. Adesso Lisario era sveglia e si guardava intorno stordita. Si toccò fra le gambe nel punto da cui erano fuoriuscite le acque. Quindi fissò l'uomo che la teneva prigioniera con occhi allarmati, sgranati.

Sopra la testa di Lisario, una lastra di pietra nella roccia raffigurava una donna dalla doppia coda. Michael stirò le labbra in un sorriso vigliacco e tremante.

«Dicen que son unos monstruos...» disse in spagnolo per mettere a proprio agio la ragazza, ma per tutta risposta Lisario spalancò la bocca e tese le braccia, percorsa da uno spasimo ininterrotto dai piedi alla testa, la schiena inarcata.

Michael arretrò terrorizzato.

Ora Lisario respirava affannosa. Il parto era iniziato. Ecco che di colpo la donna somigliava alla sirena bicaudata scolpita sulla roccia, le cosce aperte e la gonna alzata nello sforzo disperato della spinta. Nascose gli occhi davanti a quel granchio umano, enfio e devastato dal dolore, le mani e i piedi che raschiavano furiosi contro il legno. Toglieva l'aria dalla stanza con il suo respiro, come se la risucchiasse dentro di sé. Fra le dita Michael vide però ugualmente la terribile presenza della partoriente, le gambe lustre di sudore nonostante il freddo, la gonna ammonticchiata come tenda sul ventre enorme, il collo teso nello sforzo, i capelli appicciati alla fronte, le spalle scoperte dall'agitazione, gli occhi spalancati ma opachi di dolore, il seno compresso dallo sforzo ma già gonfio di latte, l'ansito. Michael paventò l'uscita della "cosa", la nascita, disgustato dal sesso femminile da cui ora fiottava sangue e da cui, un attimo dopo, iniziò a fuoriuscire una testa. Ora l'essere aveva due teste: quella della madre e quella del figlio, né bestia né oggetto, mostro di natura.

"Morirà da sola" sperò, ricordandosi a un tratto della spada che aveva al fianco e che gli pendeva, membro inutile, sul terreno. Provò allora la vergogna devastante della vigliaccheria, poiché teneva chiusa in un ovile una donna che non sapeva né aiutare né ammazzare e che, caparbia, concepiva senza voce, e si rincantucciò in un angolo a lamentare, come un bambino, il suo borbottio, unica voce della scena, guardando la sua stolida ansia di perfezione scontrarsi con l'assoluta imperfezione della vita.

Desolato, si tappò le orecchie per non sentire se stesso e il raspare della partoriente, pregando che finisse in fretta o che anche a lui un figlio, prodotto dal seme tanto desiderato di Jacques, gli nascesse da una gamba o dalla testa, come accadeva agli antichi dei, o che potesse anche defecarlo, quel figlio della colpa, o vomitarlo. Ma tutto il suo corpo, nonostante la paura, vibrava con quello di Lisario e soffocava nell'infinito spasimo, lottando per la vita, infinitamente cercando un appiglio per risalire.

Infine Lisario generò e la piccola cosa urlante prese a muoversi. Era stato un parto veloce, dettato dal panico, e per rapidità desiderabile in altre circostanze; ma per lui quel tempo era equivalso agli evi in cui si generavano intere masse di stelle e aveva luogo la creazione divina.

Tremante, Michael aprì gli occhi. Lisario teneva fra le braccia il bambino urlante e puntava il dito verso qualcosa al suo fianco. Impiegò tempo a capire.

«L'espadón» chiese.

La madre annuì. Cosa voleva fare? Uccidere il figlio appena nato? Avrebbe dovuta prestargliela subito, in questo caso, ma Lisario afferrò la spada per tagliare il cordone che le pendeva fra le gambe e poi ne annodò un pezzo, come le aveva spiegato Yacova nelle settimane precedenti, espulse la placenta e svenne.

Cosa restava? Michael, senza spada, afferrò il cappello di velluto e piume e sgattaiolò nel buio, a quattro zampe, come l'animale che era diventato. Dietro di lui la lampada che aveva poggiato accesa si rivoltò e incendiò la paglia. Michael vide il primo fuoco ma non tornò indietro, corse anzi più veloce nella direzione verso cui pensava di trovare Töde. Il cavallo, spezzata la cavezza, lo seguì trottando nella neve. Poco dopo, attirati dal pianto del neonato e dalle fiamme, tre contadini accorsero strappando al fuoco Lisario.

4

Nello stesso momento in cui Lisario partoriva, la processione ondeggiò all'arrivo al galoppo del cavallo. Jacques, che sosteneva il baldacchino della Madonna sulla spalla destra, stentò a voltarsi. Le grida si levarono rimbombando nella via cava, contadini e artigiani, donne e ragazzini affondarono con i corpi nella neve fresca, alcuni caddero nelle tombe etrusche.

L'armato, coperto da un lungo mantello nero, gettò la spada due volte contro Jacques, che alzò un braccio a difendersi. La torre del baldacchino rovinò, trascinando con sé il Mistero successivo – san Michele Arcangelo che uccideva il drago – in una furia di legni spezzati. L'ultima cosa che Jacques vide furono gli azzurri occhi di vetro dell'arcangelo, il volto roseo che gli cadeva addosso e dietro di sé un teschio senza labbra, i denti digrignati – il notomista Töde – che si lanciava verso di lui per ucciderlo. Inciampò, tirò con una mano il mantello dell'assassino, che si strappò.

Lisario, libera, correva nei prati. Avesse potuto sentire la sua voce anche una sola volta prima di morire: com'era la voce dell'amore? La neve e la montagna risposero: è muta, è muta.

Mentre rovinava urlando nel fondo della valle, diretto al lontanissimo rigagnolo, vide l'arcangelo ruotare su se stesso, la spada di san Michele infilzare l'assassino e bloccarsi contro un albero, il cadavere nero pencolare come un impiccato. Ma la caduta era lunga e nessun appiglio c'era a salvarlo.

Allora chiuse gli occhi e fu buio.

DONNA, STATUA, CADAVERE

1

«Avete recuperato vostra moglie, l'uomo che vi ha fatto becco è morto e avete anche accolto il frutto della colpa in casa vostra: chi mai potrà condannarvi? Al più, sarete considerato come un uomo pio e generoso che non ha scelto la via della violenza per farsi giustizia come fanno tanti, ma cui la Divina Provvidenza ha risolto il problema...»

La Señora di Mezzala si soffiò il naso per la sesta volta da quando Avicente era venuto a farle visita. Il volto scavato, gli occhi cerchiati, persino i capelli si mostravano più bianchi del dovuto. Il dottor Iguelmano sembrava invecchiato di almeno dieci anni. Se si fosse confrontato ora con quel soldato di ventura che gli era sembrato tanto malmesso al suo arrivo al Castello di Baia pochi anni addietro, non ne sarebbe uscito di certo vincitore. Gli mancavano i segni del vaiolo, aveva ancora qualche dente e si profumava il fiato, ma i tormenti più che il tempo lo avevano incurvato e gli avevano procurato un addome gonfio che non smetteva mai di riempire col vino.

«Adesso la terrete ben segregata, quella disgraziata! Non le importava nulla della sua famiglia? Sapeva che mentre faceva la donna perduta suo padre è morto?»

Avicente scosse il capo e concentrò l'attenzione sul pappagallo ara della Señora: anche lui sembrava prossimo alla fine, il becco incrostato, il piumaggio stinto, una strana forma di affanno, quasi un rantolo. Solo la zampa era, come sempre, incatenata al piatto di metallo.

«E sua figlia? Eh! Non poteva che partorire un'altra femmina! Meglio per voi: una puttanella in più vi darà meno pensiero di un maschio vendicativo!»

Teodora, in realtà, stava già vendicandosi: da quando lei e Lisario erano state strappate con la forza alla famiglia di Eleazar Fucini ed era stata battezzata, non aveva dormito una notte. Piangeva con due voci, la sua e quella che mancava alla madre, che, pallidissima, dal momento in cui aveva saputo della morte di Jacques e poiché non aveva avuto nemmeno un corpo da seppellire – la valle sotto la via cava non l'aveva restituito –, era il fantasma di se stessa.

Ma la cosa peggiore non s'era risaputa, non ancora. Per questo Avicente si trovava adesso dalla Señora di Mezzala, perché la notizia restasse circoscritta e protetta da chi poteva meglio difenderla.

«Il fatto è... Perdonate, un capogiro...»

«Portate da bere al dottore!» ordinò preoccupata la Señora.

Avicente ingollò il bicchiere di Tempranillo. La Señora aveva in dono di continuo il Lacryma dei vitigni di Pozzuoli, ma, come al solito, in spregio a ogni prodotto umano, alimentare o tessile del Viceregno, beveva solo vino di Navarra.

«Gracias... Il fatto è, Señora, che mia moglie...»

«Esa perra... quella cagna...»

«... dorme.»

«Come dite?»

«Dorme, di nuovo. E non c'è verso di svegliarla.»

La Señora si poggiò allo schienale della sedia sbalordita. «E da quando?»

«Da sei giorni. Era tornata da una settimana e badava solo alla figlia, quando una mattina l'ho trovata addormentata. E non c'è stato verso di svegliarla. Come un tempo, mangia e beve, se alimentata, e non ha perso il latte. Quando le si accosta al seno Teodora, allatta.»

«Ma è uno scandalo! Una vergogna! Avicente...» era strano per il dottore sentirsi chiamare per nome dalla Señora, sintomo di autentico sconvolgimento «... io vi devo delle scuse: da quando vi mandai a Baia, la vostra vita è stata tutta una disgrazia!»

E sembrava davvero sul punto di commuoversi o piangere. Iguelmano fissò perplesso il fazzoletto dentro cui aveva starnutito. Per fortuna la vecchia si riprese subito e invece di lacrimare starnutì di nuovo. Lo starnuto la rinvigorì, ne uscì assatanata: «Bisogna far silenzio su tutto questo. Nascondere la notizia, minacciare i servi, pagare le guardie...».

«Sono qui per questo, per domandarvi aiuto.»

«E poi voi dovrete risvegliarla, come avete già fatto una volta. Non importa se impiegherete due mesi o un anno, ma questo scandalo...»

Avicente si guardò le mani compunto e disperato. Nessuno, a parte Lisario, sapeva come l'aveva risvegliata la prima volta. E, a onor del vero, in qualche lontano angolo della sua anima meschina il dottore era certo che questa volta non avrebbe funzionato e che uccidere l'uomo che aveva ingravidato Lisario non era stata una mossa che gliel'avrebbe riavvicinata. Per fortuna non si era fidato né di quell'olandese né del tedesco. Del resto era stato lo stesso Töde a dirgli, dopo gli accordi presi nelle terme, che al Cavalier Suàrs serviva una mano, e consistente. E al dottore questa era sembrata un'idea buona, anche perché il notomista gli faceva paura e ribrezzo, più era lontano da Napoli meglio stava anche lui.

Inoltre grazie a questo accordo aveva potuto rientrare al castello, mostrando ai suoceri le pagine in cui Lisario si dichiarava adultera – le altre si era ben guardato dal mostrarle – e portando a testimonio de Sweerts, che con dovizia di particolari aveva raccontato della Casa del Pero e dei due amanti, esibendo, dietro ricompensa, persino la padrona di casa dei fuggiaschi. Poco importava che don Ilario subito dopo si fosse ammalato e fosse anche morto per il gran dispiacere, tanto c'erano voluti mesi e non settimane per ritrovare i fuggiaschi. Alla fine, era stato un bene anche che Töde fosse crepato e che il Cavaliere fosse sparito chissà dove. Aveva potuto limitarsi a riportare a casa moglie e figlia, ma in che stato: la Lisario che era fuggita di notte mentre lui la inseguiva con il coltello era una bambina. Questa donna, stanca per il parto, distrutta dal dolore per la morte del compagno, spaventata e rabbiosa, era invece un'Erinni.

Avevano dovuto legarla per farla salire in carrozza. Non gli aveva mai rivolto lo sguardo. Non ascoltava. Non dava cenno di capire. Al castello, portata nelle sue stanze, si era chiusa dentro, circondata dalle solite tre serve napoletane. Non aveva voluto vedere la madre e la notizia della morte di suo padre le aveva appena velato lo sguardo. Allattava senza quasi mangiare, solo il minimo per non far morire la creatura. Propostale una balia per Teodora, aveva dato in escandescenze, gettando contro i muri stoviglie e vasi fino a che la proposta era stata ritirata. Come un cane, stava in un angolo a curare la bambina, che non piangeva quando era in braccio alla madre, mentre di notte, portata a dormire in una culla accanto alla stanza di Iguelmano, strepitava fino all'alba. Altro che riprendere i suoi esperimenti: cosa che gli sarebbe tanto piaciuta, poiché c'era la novità di farli su una puerpera! Bisognava rinunziare per un po'.

Quindi era voluta scendere in spiaggia, lui sapeva a cercare cosa. Era entrata nella grotta e l'aveva trovata vuota. Lisario aveva rivolto lo sguardo al marito una sola volta ed era stato uno sguardo di odio così intenso e funesto, di rabbia così violenta, che Avicente era arretrato. E poi s'era addormentata di botto. Avevano dovuto portarla nella grande stanza dove l'aveva vista dormiente la prima volta, lavata, vestita, adagiata. Le serve sapevano esattamente come fare. Avicente sostava accanto al letto. Talvolta prendeva la mano inerte della moglie e se la poggiava sull'inguine, altre si strofinava a una sua gamba. Raramente sorgeva da questi bassi tentativi una polluzione casuale e rabbiosa: la natura gli si negava, Dio gli voltava le spalle, la moglie, pur essendo tornata, era sparita.

Quindi aveva deciso di provare ugualmente, anche se aveva terrore delle conseguenze, e aveva ordinato che nessuno più entrasse nella stanza della moglie mentre lui era lì. Dominga aveva iniziato quaranta ore di preghiera perché il Signore aiutasse il genero a risvegliare la figlia assatanata e Avicente si era seduto, sudato, a guardare il catafalco della moglie. Le aveva alzato le gonne e messo la mano dove era nata la sua morbosa curiosità. L'unico risultato, però, era stata un'infezione, rossa e baccellosa, come se il corpo di Lisario sapesse a chi apparteneva la mano che lo toccava e, invece di aprirsi, avesse inventato una peste locale per allontanare l'indesiderato e mostrare intero il proprio disgusto. Allora aveva ordinato sciacqui alle serve e non era più rimasto solo nella stanza con Lisario.

La vita ora gli sembrava inutile: a nulla serviva che i suoi clienti di sempre, passata la paura della rivoluzione, gli si rivolgessero con ogni premura, chiedendogli le sue famose palluccelle o pinnole, compresse rosa che il dottore riempiva di zucchero di canna e qualche erba, placebo molto apprezzati che lo facevano guadagnare a dismisura. Non si preoccupava nemmeno più che le erbe fossero adatte al malessere, tanto era sicuro di sortire l'effetto desiderato: l'arroganza giovanile era adesso diventata una quieta boria che però la presenza di Lisario e di Teodora scalfiva, metteva in silenziosa discussione.

Che donna ingrata, che donna gelida e insensibile! Fra i libri che accompagnavano la notte insonne di Avicente a causa della furia di Teodora c'era un volume italiano di novelle. In una si raccontava di un uomo suicidatosi per amore di una donna sfuggente, il cui fantasma inseguiva in una caccia infernale ogni notte la disgraziata facendola sbranare dai cani in una pineta. Quanto gli era piaciuta questa storia! Aveva persino sognato la stessa scena con Lisario protagonista: dalla schiena le venivano strappati i reni, le budella, il cuore, il fegato. Il corpo della donna era infine cavo, come un guscio vuoto, e con gli occhi le cercava il sesso, ma niente da fare: anche sbranato dai cani non rivelava a Iguelmano il benché minimo segreto, era solo carne marcia.

«Questa donna crudele finirà col consumarvi!» stava dicendo la Señora. Avicente si riscosse da ricordi e fantasticherie, sorpreso da quanto l'espressione della sua protettrice fosse simile alle parole della novella italiana. «Cosa pensate di fare?»

Iguelmano si alzò dalla sedia, il cappello fra le mani: «Attenderò, non c'è scelta. Attenderò e capirò».

2

"Avicente? Avicé?"

"Guarda a chisto: nun sente e nun se sceta..."

"Dottò? Maronna, e che sonno pisante..."

"Adda essere 'o sonno da colpa!"

"Quanno maie, chi tene 'o mariuolo 'ncuorpo nun s'addorme maje, à perz' 'a libertà 'e s'appennicà."

I soliti cinque Teatini si affacciavano dalle finestre del cortile buio. Uno per ogni finestra, con una candela in mano. Ma, alla sesta finestra, c'era anche una bellissima donna vestita con un abito ceruleo, i capelli mossi dal vento.

"Io sono l'Organo che comincia a intonare la Riforma del Mondo! Io ve l'avevo detto!" aveva tuonato con armonica voce e poi si era fatta come di marmo e dalle labbra chiuse era venuta fuori una musica profondissima e remota, alta e lontana.

"E chi è chesta, mo'?"

"Zitto, zitto, è chella là... Chella ca profumava pure morta..."

"Uh, sant'Orsola! 'A Venerabile?"

"Schhhh!!! Statte zitte, ca si chella se vede riconosciuta t'attacca na pippa can un fernesce chiù..."

"Gaetà, ed è modo di parlare questo?"

"Giovà e pure tu! Sì veneziano e parli napoletano..."

"Io ve l'avevo detto!»

"'Alle... Insiste!"

La donna si era scomposta, da marmorea s'era fatta fin troppo umana e con la mano a coppetiello si era sporta dalla sua finestra: "Eh! Insisto, vabbuò? Perché non tenevo ragione che se Napoli non si migliorava e nessuno finiva di costruire il nostro monastero sarriano capitate solo disgrazie? E c'è stata la rivoluzione... Avevo o non avevo fatto la profezia?".

"L'avevi fatta, l'avevi fatta... E dici di sì, ca ccà nun ce n'jammo cchiù! Falla cuntenta!"

"E nun so' sempe stata io c'aggio fatto venì le navi cu lu grano quanno lu popolo accise l'Eletto Storace a lu 1585 e tutti gridarono a lu miracolo?"

"Sìne, sìne... Maronna mia, cumme la fa longa..."

"E accussì, cumm'è vero ca songo morta senza malatìa, che m'hanno addurata pe' semmane intere, calda cumme si fossi viva, ca vuttaie lu sanghe da lu naso, rosa comme a nu còre..., semmane doppo de la morte, io ve dico ca pure chesta femmena spagnola è Santa! Ca si tenesse la voce pe' cantare, quanta cosa ca cantasse... E che lu miedico ca vuie vulite sarvare è perduto! Essa è santa e isso è condannato!"

"Ma comme 'a fai pesante, Orsola!"

"Eh, chella n'ha mise sissantasei sepolte vive..."

"Ma chi?"

"Essa: sessantasei suore in clausura definitiva! Nun sia maje che san Pietro 'nce dà a essa 'e chiave... Simme futtute!"

"Vabbuò, Orsola, stamme a sentì: guarda, nuie simme Teatini, 'nce saje?"

"Certo ca ve saccio. A vuie, ca site sante mascule, v'hanno aiutato; a me, ca so' santa femmena, pure si so' l'erede de Santa Caterina da Siena, primma m'hanno veruto morta e po' hanno detto che ero santa... Eppure venette a ve dimandà 'o permesso pe' fa le Oblate e le Romite!"

"Sempe' sti storie cu li femmene! So' scoccianti, eh? Pure quanno so' sante!"

"Volevo dire che siccome nuie ammo abitato a Napule tanto tempo e che l'ordine nostro è fatto di persona da conto e di bene..."

"E invece io che so'? 'Gnurante e 'ndemoniata?"

"... insisto per prendere sotto la nostra ala protettiva il Dottore, qui presente nella speranza, forse assai remota, che..."

Orsola a queste parole si era alzata in volo levitando e urlando e i cinque Teatini si erano subito aggrappati alle sue gonne: "Aspé... aspé... Scinne! Acchiappa a chesta!".

Ma Orsola aveva tuonato, restando sospesa sul cortile: "Stu fetente, lussurioso, assassino, libidinoso, incapace, 'mbruglione, scansafatiche...".

"Eeeeehhh!!!!"

"Vuie v' 'o mettito sott'a protezione vosta? E io me piglio sotto all'ala mia chesta povera mamma che, cumm'a me quann'ero criatura, parla cu la Madonna in perzona! Teatì, tu cu chi parle? Cu' Belzebù?"

"Qui si esagera!"

"Acque, 'nfunnetelo!"

E una nuvola carica d'acqua aveva scaricato tutto il suo contenuto nel cortile, 'nfonnenno sano sano Avicente Iguelmano, come aveva ordinato sant'Orsola emettendo dalle labbra serrate il canto stridentissimo del pavone, mentre i cinque Teatini dietro e Orsola avanti volavano verso il cielo illuminato dalla luna, continuando a insultarsi a vicenda.

"Dottò? Scitàteve!"

Era vestita di azzurro, sì, ma non era Sant'Orsola: Annarella stava guardando il medico da vicino, quasi naso a naso. Avicente era saltato a sedere in mezzo al letto. Era davvero tutto bagnato.

«Scusate, ma voi alluccavate come un addannato e io ho preso la brocca e ho pensato...»

«Esci! Esci!» aveva urlato il dottore.

«Vabbè, state quieto però... Avete scetato tutto il castello!» aveva detto rinculando Annarella un poco spaventata, i capelli sciolti sulle spalle, lasciando però non senza soddisfazione sul tavolo la brocca che aveva vuotato in testa al padrone.

E ancora, uscendo: «Padrò, ve lo scommoglio il letto 'nfoso?».

«Faccio da me!» aveva urlato Avicente.

Rimasto solo, si era tolto la camicia da notte bagnata, la papalina, aveva tolto le lenzuola dal letto e si era seduto in mutandoni su un sgabello ripensando al sogno. Gli uomini parteggiavano per lui e la santa per sua moglie, era evidente. Iguelmano scavò in una cassapanca alla ricerca di una camicia da notte sostitutiva, non era pratico e fece rumore. Da fuori la porta si udì: «Avite abbisogno di aiuto, padrò?».

Ancora Annarella e di certo anche Maruzzella e Immarella.

«Iatuvenne!» urlò Avicente in una delle poche parole di napoletano che aveva dovuto imparare, indispensabile a mandare via mendicanti, seccatori, venditori ambulanti e serve di casa troppo sollecite e curiose. Un fruscio di passi, come una fuga di topi, si allontanò dalla porta lungo i corridoi del castello.

Cercò di ricordare cosa sapeva di questa santa così palesemente seccata con lui. Gli avevano raccontato dei dettagli, sì, ma quali? Aveva le estasi, restava immobile come marmo, le braccia non si potevano staccare dal corpo, non reagiva né alle mosche né al fuoco delle candele direttamente sulla pelle, aveva stupito tutti i medici che l'avevano visitata, si trasformava in Dio e volava, sollevata da terra, udiva le voci e cantava senza muovere le labbra. E che dopo la morte quando la si era notomizzata non le avevano trovato il cuore, tutto bruciato dall'ardore divino. «Incendio resoluta» avevano detto i medici, segnandosi. Sì, ma perché quest'invasata lo veniva a visitare? Ah, se avesse potuto vederlo lui quel corpo nel 1618... E poi, mentre un geco traversava prudente il soffitto che Avicente contemplava, ecco, fulminante, l'idea.

Nascondere Lisario? E perché mai? Esporla invece! E usarla come studio vivente per la scienza! Un'agitazione febbrile si impadronì di lui, non riuscì più a dormire, scrisse lettere fino all'alba e in braghe scrivendo lo trovarono le serve al mattino, di nascosto dandosi di gomito e facendo gesti con le dita alle tempie a indicare che il padrone era pazzo.

3

Aveva scritto lettere alle principali università mediche di Spagna, alla facoltà di Padova, all'ospedale di Genova, persino a Londra. Tutti avrebbero visto il suo speciale miracolo, la sua straordinaria abilità medica che consentiva a una morta di allattare. Finché il miracolo durava bisognava profittarne e così stabilì una data, fece approntare un cataletto pubblico a Napoli, in una delle stanze del Lazzaretto, e aspettò che l'evento si manifestasse.

In presenza del Viceré e della consorte, della corte tutta, di Tonno d'Agnolo, di Genoino e di tutti i nobili di seggio, una Teodora urlante venne posata sul seno scoperto di Lisario, per il resto vestita come l'ultima regina di un casato antico, paludata di oro, perle e velluti, una corazza di metallo e stoffa. La Viceregina indicò con il ventaglio le natiche rosse della bambina svestita, il Viceré osservò interessato il seno acqueo della statua vivente, le vene azzurre, il capezzolo violaceo. Tutti si sporsero a guardare meglio.

Teodora succhiava placata. E quando ogni spagnolo e ogni napoletano o francese od olandese presente fu ben attento, Lisario di colpo spalancò gli occhi. Grida, strilletti, cadute repentine, fughe urlanti. Ma gli occhi rimasero aperti solo un istante, mentre il mormorio d'orrore e sorpresa correva per la sala.

«Engaño! È viva! Non è morta, è viva!»

Iguelmano afferrò un lungo spillo e trafisse il braccio della morta: il sangue uscì ma il corpo rimase inerte.

«Ecco, il miracolo della scienza che volevo mostrarvi! Sono in grado di tenerla in animazione sospesa! Sua figlia si nutre, il sangue scorre, ella stessa si nutre ma non è viva!» mentì pubblicamente.

Il Viceré annuì perplesso, i medici convocati vollero fare esami, molti scrissero e disegnarono, proprio come aveva già fatto Avicente un tempo. L'esposizione fu prolungata a beneficio della scienza.

Ma anche il popolino iniziò a partecipare: la speranza di grazia che la statua vivente, novella Sant'Orsola, portava con sé camminava lesta per vicoli e strade. «La Madonna che Allatta» si diceva. E tutti le portavano intorno neonati e bambini, sani e storpi, pregando in una litania ininterrotta. Oranti e questuanti arrivarono dalle province più lontane del Viceregno e dalle locali università: ora intorno al cataletto fiorivano cesti di limoni, rose di carta, zucche secche, anfore, confetti. Fioccarono svelti i miracoli e in breve fu la volta degli ex voto: intorno al cataletto di Lisario nell'ombra pendevano, ora, piedi, gambe, tronchi, volti, mani e nasi d'argento. Qualcuno disse che dal corpo venerato presto sarebbe sorto un albero benedetto dai cui frutti ognuno avrebbe attinto per saziare fame e sete e per curare malattie. L'albero del pane, dei limoni, degli zecchini, dicevano sottovoce lazzari e scalzi e bottegai, e chi poggiava un seme sulla pancia della statua, chi una coroncina, chi un fiore o una moneta.

Le madri dei Quartieri Spagnoli venivano a esporre alla Santa i loro Santolilli, bambini venerati già come miracolosi perché votati da famiglie poverissime a quel patrono o a un altro, quasi sempre frutto di violenze dei soldati spagnoli. Giunsero i pittori, inclusi il basso Ribera e l'austero Do, a guardare e copiare: solo i due spagnoli se ne stavano cupi, a braccia incrociate, il pensiero rivolto a Jacques Colmar. Arrivarono i rappresentanti degli ordini sacri: si palesò, per i Camaldolesi, anche Père Olivier de Saint-Thomas, il volto lungo e afflitto che nominò il demonio e paventò l'esorcismo, ma a Napoli su queste storie di streghe e diavoli si andava prudenti, ce n'erano fin troppi per le vie ed erano tutti più antichi del simbolo della croce. Quindi giunsero i guitti e ci fu persino una Pulcinella donna che per un po' distolse l'attenzione dalla statua vivente: la Pullecenella, guitta in un mondo vietato alle donne, salì dietro il cataletto e diede spettacolo: «Ah! Int'a sta città de sanguini e de corpi, dove chi rompe non pava maie, io so' Pullecenella, gallina femmena de mare, ve piscio sulla capa e ve faccio arricreare! Uòmenne fèmmene ascutate: che la revoluzione s'adda fare, ma maie se faciarrà si lo munno nun s'accapovolge e le femmine stanno assopra e gli omeni assotta!».

La Pullecenella fu, ovviamente, subito arrestata dagli spagnoli, fra le urla di lavannare, scalze e vajasse che la volevano trattenere con loro, e non se ne seppe più niente. Ma il clima non sbollì, anzi si presero a fare sacrifici: le donne portavano galline, gli uomini capretti, agnelli e maialini neri. Qualcuno glieli uccideva accanto, seguendo le orme di riti pagani più antichi della memoria, fino a che la Chiesa non lo seppe e inviò il cardinal Filomarino, che apparve, non meno splendente della Santa Morta, argentato e aureolato, gli occhi cisposi degli irritabili e dei longevi, a verificare che la Donna non oltraggiasse la Religione.

Tutti si fecero da parte, come era già accaduto quando aveva parteggiato ora per Masaniello ora contro di lui, più potente del Viceré stesso. Con due dita calzate di guanto di capretto toccò il petto dell'esposta per avvertire il battito del cuore – ma subito si mormorò che intendeva risvegliarla – quindi alzò un sopracciglio, sospirò, si voltò a benedire gli astanti e salutò, alla fine, Iguelmano, che se ne stava neghittoso dietro una tenda. E proprio allora dal corpo di Lisario si era alzata una voce, un suono dolente e stordito, come il canto del pavone, come la vibrazione delle canne d'organo: la bocca della donna era serrata, il corpo di marmo, ma il suono veniva da lei. Il Cardinale poggiò di nuovo due dita sulla cassa toracica. Quindi allargò le braccia. Dagli astanti si levarono le voci, mentre tutti si segnavano.

«Cumm'a Orsola!!! Cumme 'a Sant'Orsola!!!»

«Adda venì 'a peste!»

«Adda turnà 'a revoluzione!»

Ma anche le voci più invasate tacquero cadendo in ginocchio perché il corpo di Lisario produceva un suono che le sue corde vocali per sempre compromesse non potevano dare, ma che veniva curiosamente dal suo stomaco, dalla sua pancia. Avicente si avvicinò, terrorizzato, a guardare. Poi si accorse che Teodora, di solito strepitante se non allattata, aveva poggiato la bocca sulla pancia della madre: era da lei che quel suono imponente si levava. Un suono impossibile a prodursi nel corpo di una bambina, specie nel corpo di una bambina così piccola. Durò ancora pochi istanti, quindi si quietò.

Ci volle la forza pubblica per liberare il Lazzaretto. Il Cardinale fece cenno al dottore di seguirlo in separata sede.

«Questa situazione non può durare, voi mi capite?»

«Eccellenza...»

«Voi dovete portare via vostra moglie con una qualche scusa, vi assicuro ogni mio aiuto o appoggio. Non manca altro a questa città che un nuovo miracolo: ci bastano quelli che possiamo controllare, ma vostra moglie e sua figlia mi sembra che esulino dalle nostre specifiche competenze. Se parlerete con il Viceré lo troverete d'accordo. La rivoluzione, qui, non si può fare. Non si deve fare. Non si farà mai. E manifestazioni come questa la inducono, anche se noi sappiamo benissimo come evitarla. Dunque?»

«Ordinate...» balbettò Avicente.

«Portarla via con un ordine ufficiale, con una destinazione degna...» si carezzò il mento il Cardinale.

Avicente ebbe un'illuminazione. «Un'università prestigiosa... un'università spagnola andrebbe bene? Mi hanno scritto da Salamanca...»

«Benissimo! E guarda il caso c'è una goletta pronta a partire questa settimana che si chiama, vedi il disegno divino, *Salamanca*! La dirigeremo con il giusto carico a destinazione. Siate bravo, preparate tutto. Seguirete vostra moglie e vostra figlia e tornerete quando ve ne darò il permesso.»

E lasciando Avicente Iguelmano più morto che vivo volse le spalle ammantate e se ne uscì, seguito dagli armati.

4

La *Salamanca* partì in una splendida giornata di luglio del 1648 mentre Napoli ancora rombava di rivoluzione, diretta verso la Spagna, scalo in Sicilia per evitare Cagliari e la Sardegna dove, da sempre, si diceva dormisse la peste che sarebbe effettivamente sbarcata a Napoli nel 1656.

Dominga, informata che non avrebbe forse mai più rivisto la figlia, cieca com'era, era voluta venire a Napoli a tastare il catafalco e a tenere in braccio la nipote, che la riempiva di pugni, ribelle come al solito. Nella stanza deserta del Lazzaretto, mentre in strada qualcuno suonava le tammorre, la nana, carica del disprezzo da sempre provato per il genero, avanzò a toccare la mano di Lisario. Quando l'ebbe sfiorata scoppiò a piangere, le serve intorno a lei a sorreggerla.

Infine si rialzò, il dito puntato contro Iguelmano, che arretrò. «Yo te maldigo» disse a voce bassa.

E poi, a voce altissima, ripeté la maledizione finché le serve non la trascinarono fuori dalla sala: «Yo te maldigo! Yo te maldigooooo!!!!».

Annarella, la faccia torva, tornò indietro a rimettere fra le braccia di Iguelmano la piccola Teodora. Il dottore dovette poggiarla subito sulla madre, la bambina gli aveva stretto il naso così forte che sembrava pronta a strapparglielo: goffo e impacciato, sorrise debolmente agli emissari del Cardinale venuti a controllare le procedure della partenza, indignati per la scena.

Seguirono gli ultimi affari prima dell'imbarco e in un batter d'occhio Avicente Iguelmano si ritrovò, armi e bagagli, sulla scaletta che dal molo saliva a una fra le più belle galee dell'Impero.

La *Salamanca* era al comando di Expedito Nacar, uno spagnolo alto e austero, i baffi lunghi come lacrime a pareggiare il mento. Di poche parole, attento che la nave rispondesse a ogni suo ordine, sin dalla partenza aveva ricevuto con puntualità il dottore a pranzo e a cena, intorno a un tavolino ovale, un giovanissimo musico che suonava la viola, una scimmia triste tenuta alla sedia con una catenella d'argento.

Iguelmano aveva visto svanire all'orizzonte la città della sua fortuna: ogni evento degli ultimi anni gli tornava puntuale alla mente, tormentandolo. Durante i pasti, Expedito Nacar non chiedeva mai ad Avicente Iguelmano della dormiente e di sua figlia, i pranzi erano veloci e le cene trascorrevano in silenzio, i due uomini immersi nei rispettivi pensieri, ascoltando la recercata per viola da gamba di Diego Ortiz. Al terzo giorno di navigazione, mentre la luna piena irradiava il Mediterraneo e nessuna terra era in vista, Iguelmano, per fuggire ai pensieri che l'ossessionavano, osò domandare da quanti anni il comandante facesse vita di mare. Expedito Nacar rispose con sincerità del tutto inattesa.

«Mi hanno dato un comando, ma non ho mai avuto alcun potere. Ho seguito il volere di mio padre, ho sostituito un fratello morto giovane e più abile di me, in questo. Non sono mai stato libero. E voi, dottore, siete padrone della vostra vita?»

Iguelmano imbarazzato balbettò un: «Ah...» e un: «Mah...», quindi, dopo aver ben riflettuto, rispose: «Anche mio padre era medico».

«Capisco» disse Nacar, e bevve. «Mia madre andò in sposa a mio padre senza amore e fu strappata all'isola da cui proveniva. L'ho seppellita lo scorso anno, aveva oltre novant'anni e mi chiedeva ancora di riportarla a casa.»

Iguelmano aggrottò le sopracciglia. «Era una donna, alle donne...»

«Non è dato scegliere? E a noi?»

Un nuovo lungo silenzio calò mentre la viola da gamba, dopo aver spiato la strana conversazione, riprendeva a suonare.

La seconda recercata terminò e Nacar soggiunse: «Devo badare ai miei uomini, devo badare al viaggio, devo badare a voi e a vostra moglie. Il viaggio altrui viene prima del mio. Avrei voluto decidere da me che mari prendere».

Iguelmano sospirò. «Cosa avreste scelto, se foste stato libero?»

«Avrei suonato» sorrise Nacar, per la prima e unica volta, indicando il ragazzo con la viola. «Avrei studiato musica.»

«Potete sempre suonare per diletto...» sussurrò il dottore.

«Quante volpi volete che caschino in una sola tagliola? Io non ho scelto e ho sbagliato» quindi puntando gli occhi in viso al dottore disse: «È da quando siete su questa nave che volevo dirvelo: pensate bene a cosa fate. Potreste aver commesso errori nella vostra vita, alcuni sono più irreparabili di altri. Quella donna e vostra figlia, non so cosa ne vogliate fare, ma...».

«Non è mia figlia!» sbottò in un impeto di rabbia Iguelmano.

Nacar abbassò lo sguardo. Il giovane suonatore di viola si interruppe interdetto. La scimmia saltellò gridando.

Quindi, Expedito Nacar sorrise: «E tuttavia è una figlia».

Poi si alzò, anche il medico si alzò, i due uomini si salutarono e la cena della luna piena ebbe termine. Iguelmano andò a letto ma non dormì. Anche Expedito Nacar restò sveglio a lungo, a giudicare dalla viola che risuonò ancora per molte ore sul silenzio completo del mare.

All'alba, la maledizione di donna Dominga arrivò.

Si risvegliarono con la bonaccia: non un filo di vento, non una nuvola in cielo, non un'onda sul mare. La nave ferma al largo dondolava quieta. Quattro giorni di afa e di immobilità consumarono le riserve di acqua dolce destinate a essere rimpinguate a Palermo, ma della Sicilia, come della Sardegna, non c'era in vista nemmeno uno scoglio. Scoppiarono risse a bordo, nonostante il rigido controllo di Expedito Nacar; alcuni barili di cibo furono trovati marci sul fondo dopo che una parte delle derrate era già stata consumata. Qualcuno vomitò, qualcuno lamentò dolori e poi fu proprio il capitano a manifestare i primi sintomi: la febbre che saliva veloce, il delirio. Avicente Iguelmano riconobbe, per averne letto, i sintomi del tifo. Non aveva però la più pallida idea di come fronteggiare la malattia: gli mancavano le sue pinnole rosa di ostia e zucchero, non aveva un palliativo per la morte vera. Per quante precauzioni si prendessero, in due giorni l'epidemia era dilagata e al terzo giorno si contavano già i morti. E intanto la bonaccia non smetteva.

Qualche alito debolissimo di vento aveva illuso tutti a bordo che una ripartenza fosse possibile. Uno stormo di gabbiani si posò in quel tratto di mare, a galleggiare come papere in uno stagno: ci fu chi interpretò la loro presenza come un'avvisaglia di terraferma, ma a sera di nuovo il mare somigliava a un immenso, argenteo lago, i gabbiani avevano ripreso il volo e il cielo privo di nuvole si stendeva compatto sulla *Salamanca* come il manto eterno della Madonna che proteggeva il sonno di Lisario.

Avicente allora, d'accordo con Nacar, ordinò che sua moglie e la figlia fossero segregate per evitare ogni contatto con i marinai: le avrebbe preferite morte di fame piuttosto che uccise dal tifo; se mai fossero sopravvissuti, la sua fortuna medica in patria dipendeva esclusivamente da loro.

Ma il tifo non si accorse che egli era dottore e colse anche lui. Era trascorsa una settimana quando la bonaccia ebbe termine e il vento si levò, impetuoso, a compensare il lungo fermo, non c'era più nessuno abile a manovrare e la *Salamanca* andò alla deriva.

Quella notte i santi Teatini vennero in sogno ad Avicente Iguelmano per l'ultima volta nella sua vita. Questa volta le cinque finestre erano illuminate da candele. Iguelmano, in piedi sul suo letto, urlava ma la sua voce non si udiva: i Teatini lo guardavano come un insetto intrappolato da un bicchiere. Era la prima volta che si trovava nella condizione naturale di Lisario, muto, inascoltato.

"Evvabbè, adda venì ccà 'ncoppo" diceva un teatino con la barba.

"Quanno è fernuta è fernuta. Iamme bello, ca mo' vene la vita eterna..." si stiracchiava stanco un altro.

265

"Pe' chistu ccà è: 'nfierno" segnava su un quaderno un terzo.

"E pure chisto ha fatt' 'a fine d' 'e tracche..." sospirava il quarto facendo scoppiare un mortaretto.

"Andiamo fratelli, andiamo, torniamo a Napoli, dove c'è più bisogno di noi..." concludeva saggiamente san Gaetano.

E cantando erano spariti dalle finestre portandosi le candele.

Invano Avicente aveva urlato: la voce proprio non gli usciva.

5

Non si vedeva ancora alcuna terra emersa quando Lisario si risvegliò, il tempo era cambiato: la bonaccia era diventata una tempesta di rara violenza.

Anche Lisario, come Iguelmano, aveva sognato: la sua Suavissima Madonna l'aveva chiamata – "Svegliati!" – e le aveva mostrato la figlia morta. Aveva aperto gli occhi di colpo. Tutto era buio, tanfo e botti contro le pareti. Dov'era? Lo stomaco le si rivoltò. Dov'era? Le mani incontrarono il peso che le opprimeva la pancia: la sua bambina giaceva inerte, prostrata dalla fame e dalla sete. Spalancò la bocca per urlare: era morta come suggeriva il sogno? Erano morte entrambe? Muovere le braccia, il collo, per non parlare delle gambe, dopo mesi d'inerzia fu un'agonia. Nel buio ci mise un bel po', a tastoni, a riconoscere una nave. Gli urti violenti del mare contro il legno, ecco cos'era quel fragore: tempesta, onde.

Anche volendo, era impossibile stare in piedi. Andò fino alla porta a quattro zampe: era chiusa, la testa le girava. Provò ad attaccarsi Teodora al seno, ma non reagiva. Come si sarebbe fatta sentire senza voce? Pugni e calci, debole com'era, non avrebbero sortito l'effetto. E allora s'accasciò con la bambina in braccio, disperata, contro la porta che, a sorpresa, cedette. L'ultimo che era venuto a portarle del cibo doveva essere così malato da dimenticare di chiudere il catenaccio. S'incamminò faticosamente verso il ponte, cercando l'aria. Un paio di gambe spuntavano di sotto alla scala diretta alla coperta: le calze rotte, il puzzo. Più saliva verso l'alto, più il tanfo stagnava: molti malati s'erano radunati a cielo aperto per cercare tregua. Il ponte, battuto dalle onde, invaso di continuo dall'acqua, era disseminato di corpi. Cordami sbattevano come serpenti contro le vele crollate, fustigavano la tolda. Chi aveva tentato la fuga via mare chissà dove era adesso: mancava una scialuppa. Il timone era libero.

Lisario trovò un barile spalancato e sul fondo un po' d'acqua piovana ma si astenne dal bere: un male c'era, quale non sapeva, l'istinto la trattenne. Salì verso il cassero. Negli appartamenti del capitano trovò altri morti, incluso Expedito Nacar, l'unico composto e severo, come una statua. Più in basso trovò anche suo marito. Se ne stava verde in viso, il respiro flebile, le braccia incrociate, steso a terra. Pozze secche di vomito e altre macchie lo circondavano.

Sentendo una presenza Avicente Iguelmano schiuse gli occhi e a fatica mise a fuoco Lisario e Teodora. Dovette credere di avere una visione perché fece una smorfia e richiuse gli occhi. Lisario gli diede un calcio leggero, Avicente li riaprì e a quel punto ebbe uno scatto che non riuscì a portare a termine, tentò di sedersi. Lisario lo fissò con mille domande in mente ma un unico vero pensiero: nessuno l'avrebbe aiutata su quella nave, tanto meno suo marito.

«A...gua...» domandò Avicente.

Lisario vide nel buio una tazza sporca ma ancora colma. Fu tentata di rovesciarla e andarsene, invece gliel'avvicinò, con la punta del piede. Teneva stretta Teodora mentre la nave sbandava, squassata dai marosi, badando a non avvicinarsi al moribondo.

«Aiutami...» mormorò Avicente provando ad alzare una mano.

Lisario scosse piano la testa, poiché non poteva aiutarlo, con la mano libera da Teodora si fece il segno della croce e uscì. Si voltò diretta verso il ponte, ma dietro di lei Avicente Iguelmano, strappando il filo di voce che gli restava, urlò: «Aiutami!».

Raggiunse il timone. Che poteva fare? Teodora, intanto, dava debolissimi cenni di vita, ma si era accorta in qualche modo che la madre era sveglia. Provò ad attaccarla al seno di nuovo e qualcosa, stavolta, dovette venirne, poiché la bambina succhiò. All'orizzonte, nella direzione in cui la nave senza guida veniva sballottata, erano terre emerse. Isole, si sarebbe detto. In che modo si doveva tenere il timone per avvicinarsi? Lisario tentò, pregando la sua Suavissima, di darle aiuto. L'albero davanti a lei come una croce le ispirava sicurezza, ma le vele erano crollate, strappate o mai alzate: impossibile sapere se la nave avrebbe seguito una rotta di qualsiasi genere in quelle condizioni.

Lisario si sentì piccolissima a guidare una nave così grande, sola, senza cognizione. Pure, dopo alcune ore, le terre si avvicinarono. Non abbastanza, forse. Vide l'ultima scialuppa rimasta. Non poteva calarla da sola: trovò una sciabola e tagliò le corde. La barca cadde in mare e perse i remi. Lisario si tolse l'abito, strinse Teodora e si gettò a sua volta. Aveva imparato a nuotare sotto al castello, ma solo dove c'era piede. Annaspò per non perdere Teodora nel tonfo: non potevano affogare. Arrivò alla barca estenuata, vi gettò Teodora dentro e cercò di arrampicarsi. Non riuscì, rimase aggrappata solo con le mani, mentre la barca veniva trascinata dalle correnti.

6

Campanelli d'oro tintinnano ai piedi delle fanciulle. Un ricordo lontano: don Ilario che racconta a donna Dominga del greco Ulisse approdato sull'isola, nudo, spossato dalla tempesta. Dieci fanciulle vestite di bianco con i campanelli d'oro ai piedi. La più bella delle fanciulle, Nausicaa, una principessa, va incontro al naufrago. E qui donna Dominga, seduta sulla cassapanca con i piedi corti, sporgenti, si copre il viso ridendo per la vergogna e va via. La vede uscire fra le doghe della culla di legno, ridacchiando. Suo padre le corre dietro, chiudendosi la porta alle spalle. Di nuovo campanelli d'oro e scarpe. E ora voci. E braccia.

«Prendetela!» sente.

Sollevata. Un'immensità di luce, nuvole strappate in cielo. Un monte oscilla dietro l'ombra che la tiene in alto. Gabbiani.

«Lisario!» si sente chiamare. È la sua voce. Non può essere. Sono morta, pensa.

«Lisario!»

Gli occhi di Jacques la guardano. I campanelli tintinnano intorno: ora le vede, sono zingare. E il volto che la fissa da vicino è proprio il suo. Anima mia. Mi alma. Jacques. Jacques Israël Colmar.

Gocce salate. Lecca. Sono lacrime? Stai piangendo, amore mio? Ma come sei stanco: sembri vecchio, tanto vecchio. Che ti è successo? Eri morto e ora sei vivo, ma invecchiato.

«Sveglia, sveglia!» le sta urlando il francese.

La poggiano su un: tavolo? Letto? Non sa dirlo. Sente un pianto: Teodora. Ode voci di uomini, un dialetto che non conosce.

Inizia a tremare violentemente.

«Sei con me» dice Jacques. «Sei con me, sei arrivata a Favignana» e poi, comprendendo la paura di Lisario: «Sono vivo, non sono un fantasma.»

Si sente stringere e chiude gli occhi, di nuovo, mentre intorno tutti urlano e ancora il mare ruggisce e Teodora grida la sua fame.

«Te quiero, Lisario, te quiero...» le dice in un orecchio Jacques, prima che si addormenti, la faccia dura e sporca, le lacrime che scendono, copiose. Chiude gli occhi ma dormirà solo per un po', questa volta: lo giura. È felice.

A Sua Eccellenza Angelo Pallavicino Conte di Favignana
presso il Suo Palazzo in Genova

Illustrissimo e Eccellentissimo Conte,

mi ero ripromesso di non scriverVi prima della Vostra visita che sappiamo essere imminente, ma ho creduto bene avvisarVi di un evento che ho trovato compiuto al mio ultimo viaggio da Erice a Favignana. Dopo un tremendo fortunale che ha distrutto ben cinque delle nostre barche, i cavatori hanno accolto sull'isola due naufraghe scampate, si crede, all'affondamento di una nave partita da Napoli, la *Salamanca*, di cui ci è giunta notizia.

Si tratta di una donna spagnola, muta, e di sua figlia, una bambina che ha meno di un anno. I cavatori mi hanno raccontato che le naufraghe sono approdate a quella cala che è chiamata Azzurra dopo diverse notti di tempesta: le zingare schiave portate qui dall'Egitto secondo i Vostri ordini erano a riva per lavare i panni quando hanno intravisto i resti di una scialuppa e il corpo della madre. Il Direttore degli Scavi passava da lì a cavallo di una mula diretto alla Cava Grande e ha sentito le urla delle zingare, si è fatto portare sulla spiaggia nonostante la zoppia e qui ha riconosciuto la donna. Ha raccontato che era la sua donna che egli credeva morta: Illustrissimo, Vi assicuro che le cose sono andate proprio così, come in una storia di romanzo. La donna e sua figlia, miracolosamente, sono vive anche se molto deboli e Jacques Israël Colmar Vi prega e implora il permesso di tenerle presso di sé, poiché egli si dice loro molto affezionato. E in effetti, ripresi i sensi dopo il naufragio, la

272

donna ha pianto molto e si è subito adoperata per aiutare Colmar che, come sapete, necessita di assistenza da che voi l'avete tratto in salvo in quella forra dove l'avevano precipitato durante il viaggio presso il Santo Padre.

La gamba gli duole, come sempre, ma dall'arrivo di questa donna e di sua figlia, Ve lo assicuro, è come rinato e anche i lavori nella Cava sono di molto avanzati. Vivono ora, da alcune settimane, tutti insieme, con grande scandalo: il parroco di Levanzo insiste per sposarli ma Colmar gli ha fatto notare che egli è giudeo e a me ha detto che la donna è già sposata anche se il marito è un poco di buono cui è meglio non rimandarla. Per questa piccola disputa verrete Voi a mettere pace? Ve ne prego. Siamo lontani dalla Legge, ma non per questo invisibili a Dio. D'altro canto, Eccellentissimo, posso testimoniarvi che mai vidi un amore più sincero e completo di quello che intercorre fra il Vostro Colmar e questa donna che chiamasi Lisario e la bambina, mi dicono battezzata Teodora. La spagnola scrive con grazia e conosce la letteratura, anche se non può parlare sa come rendersi utile. Non riesco a cancellare l'impressione, benché Colmar non mi dica molto, di aver riunito una famiglia.

Voi sapete, Illustrissimo, quanto fossi perplesso quando inviaste sull'isola un direttore degli scavi zoppo e malandato, ma più passa il tempo più mi accorgo che questo francese è una brava persona, affidabile, precisa, grata. Non credo che fareste male a lasciargli una compagnia, data la solitudine che qui si prova, specie d'inverno, e pazienza per il parroco, si troverà pure un accomodo, la felicità non può dispiacere a Nostro Signore.

Per il restante, dall'ultima lettera che Vi inviai sono nati due vitelli dalle coppie di vacche che avete fatto trasporre sull'isola, anche le capre, mi dice il pastore, si moltiplicano. In precedenza si stentava a far crescere alcunché su questa terra arida, ma Colmar ha suggerito l'uso di una delle cave come terreno di coltura e fatto trasportare terreno fertile in basso, lì dove il vento non impazza: questa è la prima buona stagione e se ne vedono subito i frutti.

Nascono albicocche e mandorle, hanno attecchito gli ulivi e i carrubi, abbiamo avuto anche cavoli, carote, finocchi e varie verze e foglie. I cavatori sono entusiasti di poter mangiare cibo nuovo, anche le zingare che avete mandato sull'isola sono d'aiuto e, per adesso, non hanno fatto infuriare né il parroco né le donne dei cavatori.

I lavori di ampliamento del Castello procedono, le cave producono, insomma state certo che i Vostri interessi sono ben curati, come sempre, e che non avete certo di che lamentarVi per quest'acquisto fatto dal re di Spagna. Credo troverete presto guadagno anche dalla pesca locale: l'uso qui è di pescare i tonni che si nuotano intorno alle isole in primavera. Me ne hanno mostrato alcuni: Giona non vide una balena più grande, è certo! Ma di questo e altri progetti parleremo da vicino durante la Vostra visita che è attesa da tutti con sincera impazienza.

Il Vostro devotissimo Amico, sempre rispettosamente grato

Ignazio Domingo Peraino, notaio in Erice

Lettere
alla Signora Santissima della Corona delle Sette Spine Immacolata Assunta e Semprevergine Maria

Suavissima!

... Ci hanno oggi spiegato cos'è una stanza dello scirocco: è necessario edificare una stanza sotterranea con lavacri e ambienti comodi per superare i lunghi periodi in cui soffia il vento di scirocco. Mai avrei creduto di finire su una delle isole nominate dal mio Signor di Zerbantes: come vorrei raccontargli di questa stanza che oggi ci hanno descritta. Subito Jacques si è messo all'opera per raffigurarla. Abbiamo trovato una cavità sotto il Castello che bene si adatta e il Conte Pallavicini è stato contento: con questa stanza, ha detto, verrà sull'isola più spesso, poiché egli soffre molto il caldo che a causa della vicinanza dell'Africa è qui intenso. I lavori prevedono che anche la nostra piccola casa abbia una stanza sotterranea. Il Conte poi ha giocato tutto il giorno con Teodora, che tratta proprio come una principessina. Si è offerto, quando vorremo, di farla studiare a Genova e di portare con lei anche noi. Jacques è preoccupato: dice che noi due siamo al sicuro solo su quest'isola e che prima o poi mio marito o altri ci verranno a cercare. Lo calmo sempre quando fa di questi pensieri: siamo credute morte e anche lui lo è, nessuno ci cercherà, mai più...

... Da quando sono su quest'isola vedo la vita come non mi era mai stato dato: godo di ogni pianta che cresce, di ogni fiore che sboccia, delle ali degli uccelli che coprono intero il cielo, dei pesci che fluttuano abbondanti in queste acque. Il mio corpo è parte del corpo di Jacques, noi siamo una cosa sola, lo siamo sempre stati, ci siamo ritrovati e niente potrà più sepa-

rarci, io lo so, nemmeno la morte: è già venuta, ci ha già tolti l'uno all'altra e ora non ha più potere su di noi. La felicità, Suavissima, è immensa: sale dalla terra e dalle acque, ricade dal cielo. Siamo forse un piccolissimo punto nell'ombra dell'angolo dell'occhio di Dio, ma siamo beati e infiniti. Io sono qui per Te e con Jacques e Teodora beata e infinita.

Eccola la felicità di cui parlavano i miei libri...

... Jacques si è fatto portare pennelli e tele dalla terraferma e ha ripreso a dipingere quadri illuminati da candele. Credo gli manchi di fare un po' il suo amato teatro. Per il Natale ha convinto le zingare e i cavatori a fare una sacra rappresentazione: il parroco di Levanzo, che ci ha in antipatia e ci punta contro il dito mormorando "peccato mortale!" ogni volta che ci vede, si è fatto più morbido alla notizia. Ha voluto decidere cosa si raffigurasse e alla fine si è mostrato contento. Jacques ci ha fatti tutti commuovere con la luna che sorgeva, il sole, il mare e poi tutte le vere bestie che abbiamo usato nel presepe vivente. Teodora avrebbe voluto fare il Bambin Gesù ma l'abbiamo persuasa che era troppo vecchia per la parte, così ha interpretato una pastorella e ha cantato con voce divina. Anche di questo, a proposito, Suavissima, ti devo ringraziare: le hai dato la voce che a me è mancata. L'ascolto per ore. Anche il Conte si è invaghito di questo dono e ha mandato un maestro di musica sull'isola. Teodora non sta zitta un attimo e io sono vendicata: per lei parlano le migliaia di parole, di voci, di sentimenti che in vita mia ho dovuto tacere. Ha la gola che partorisce legioni di uccelli in volo. Canta le nuvole, canta i fiumi e le isole, canta la progenie delle specie di cui Tu e Dio Padre avete popolato il Mondo. Grazie, Suavissima...

... Jacques si è ammalato. Il notaio Peraino ha portato il medico più e più volte. Ci stiamo preparando a un viaggio verso Genova, per visitare l'ospedale. Ho paura di prendere il mare, Suavissima, ho paura che Jacques non superi la fatica. Sono trascorsi dieci anni da quando sono arrivata su questa piccola terra e non so cosa mi aspetti di là dal mare... Guidaci!

... Non ci sono più parole. Jacques, amore mio, ci hai salutato per sempre. Teodora e io in lacrime. Non voglio che la terra ti ricopra, sarai sempre con me, sarai sempre con me...

... Teodora parte per Genova, ma io resto qui, Suavissima. Mia figlia tornerà a trovarmi spesso, con il Conte. Io non posso più lasciare quest'isola. Chi porterebbe fiori al mio Jacques? Qui sono stata felice e qui posso esserlo ancora, con il Tuo aiuto...

... L'ultimo quadro di Jacques è pieno di luce. L'ho appeso ai piedi del letto per vederlo sempre. Immergo gli occhi nella candela e sento il suo abbraccio caldo, il pensiero vicino, l'anima che mi parla. Prima di morire ha avuto un ricordo di quell'olandese. Io credo che l'abbia anche un po' amato, in fondo, nonostante ci abbia tormentato in tanti modi. Sono felice, Suavissima, di avere conosciuto, dopo i tormenti, l'amore che rende sereni, che placa i mari.

Tua Devotissima Lisario

IN FINE

1

Quando si realizza un sogno, si è in pace con se stessi. E così si può guardare con maggiore distanza tutto ciò che accade agli altri, confusi nel dolore e nell'insoddisfazione della vita quotidiana. Se poi si è molto lottato per realizzare quel sogno ci si sente buoni e in equilibrio, disposti alla generosità verso il prossimo. Il malvagio è in fondo uno i cui sogni restano sempre irrealizzati e il buono solo uno che dimentica d'essere stato malvagio e assolve se stesso, per questo ha così tanto bisogno di assolvere gli altri dalla propria condizione malvagia.

Michael de Sweerts aveva bisogno di assolversi oltre l'immaginabile: sarebbe stato capace di dimenticare quella che ai suoi occhi e agli occhi dei suoi contemporanei era una colpa, l'essere un sodomita? E, peggio, sarebbe stato in grado di cancellare dalla propria memoria Lisario che partoriva dopo il rapimento, e il tentato omicidio? Giunto ai cinquant'anni Michael si era concesso il ruolo salomonico del profeta: al di sopra di ogni passione umana – e del tutto scaricato dalle responsabilità trascorse che ormai guardava con occhio benevolo di vecchio, come se quel giovane Michael fosse solo il parente emarginato della famiglia de Sweerts – dopo aver vissuto persino una parentesi matrimoniale con una donna che aveva seppellito in fretta e reso infelice, dopo aver recitato il ruolo di buon amministratore della ditta di tessuti di sua madre, Martina Ballu, aveva preso ad aggregarsi a colonie religiose che in quel tempo vagavano numerose a evangelizzare i molti Orienti di un solo e cieco Occidente.

Al compimento del mezzo secolo, Michael era in viaggio verso la Tunisia, e persino sulla goletta che portava lui e i confratelli verso la costa africana dava lezioni di cristiana equità, spiegando come leggere il Vangelo al vescovo Pallu che li accompagnava verso un lungo pellegrinaggio in Terra Santa e oltre. I compagni più giovani l'ascoltavano volentieri, rassegnati a espiare; i più anziani annuivano, distratti dalle colpe di Michael in modo meno evidente a causa dell'impegno profuso a cancellare anche le proprie di colpe, attività che impegna la mente degli uomini quanto la risacca le onde del mare.

Tunisi era stata fatale però al Narciso ascetico nascosto in Michael: i bordelli, la gran quantità di giovanissimi e bellissimi ragazzi avevano ridestato un desiderio che il pittore aveva fatto di tutto per cancellare. C'era stato un hammam di troppo e, nell'hammam, un giovane dall'aria di cerbiatta che egli aveva dipinto con rara efficacia e sospesa malinconia, la testa avvolta dal turbante. Aveva pagato la posa e anche il lungo e rapinoso incontro nelle stanze più calde della sauna, da cui non era uscito: forse un infarto, nessun medico e nessun macchinario nel 1662 a registrare il danno. Si era alzato diverse ore dopo ancora incolume, risvegliato dagli addetti alle pulizie, molto pallido, e aveva seguito i compagni alla volta della Persia.

A Tabris, nell'estate armena, le liti con gli adepti missionari si erano fatte intollerabili. "Sweerts non è padrone delle sue decisioni" aveva scritto il vescovo, "la missione non è il posto per lui, né lui è un uomo per la missione", rinunziando a spiegazioni e alibi che avrebbero dovuto essere tessuti copiosi per giustificare la relazione sorta a un tratto fra il profeta e un suo alunno, un giovanissimo olandese di nome Jan. E subito, a giustificare la condotta che un buon cristiano dovrebbe comunque tenere: "Egli tuttavia non mangia mai carne, digiuna quasi ogni giorno, divide i suoi beni fra i poveri e ogni settimana si accosta tre o quattro volte alla comunione".

Giunti ad Aleppo, i missionari non desideravano che la sua partenza e solo il vescovo Pallu, cui di continuo Michael sovrapponeva la voce, ne difendeva la presenza. Michael dipinse nell'ossessiva e afosa Aleppo otto quadri, tutti di fanciulli in veste di santo. Taluni li addobbò con abiti di merletto, secondo la moda turca, talaltri con pelli di pecora, ma tutti li fece dal vivo e a ogni ragazzo fece doni, a chi un fiore, a chi una tela, a chi un anello o una borsa. Con tutti giacque, per perfezionare la sua santità.

I missionari si rifiutarono di acquisirli alla propria chiesa. Il vescovo Pallu disse allora pubblicamente che, se anche i quadri erano belli – bellissimi –, non li voleva e che per certo non voleva più il loro autore, così gli diede come scadenza l'arrivo a Isfahan per mutare atteggiamento.

In duemila chilometri a dorso di asina e cammello, tanti ne separavano le due città, Michael, per tutta risposta, peggiorò: correggeva le letture del vescovo Pallu, ne contraddiceva i sermoni, dettava legge su questo e su quello.

Una mattina si trovò buttato fuori dalla locanda dove tutti dormivano, la porta chiusa a chiave e il divieto assoluto di rientrare. Urlò contro la porta di legno istoriato, ci batté contro scarpe e pugni ma non ebbe più il bene di vedere il volto di Pallu o i suoi compagni di viaggio.

Partì dalla Turchia e percorse oltre seimila chilometri in due mesi – cammello, asina, mulo, carovana e, per un tratto, goletta – alla volta di Goa, in India, dov'era una missione gesuita portoghese.

La chiesa del Bom Jesù campeggiava fresca di costruzione oltre il porto fortificato, fra le palme, i rettangoli bianchi sotto le finestre barocche di pietra nuda. I portoghesi avevano un loro personale contenzioso con il vescovo Pallu e l'accolsero a braccia aperte. C'erano zanzare più che in Turchia, grossi ragni e ragazzi belli, ma meno belli dei turchi o degli armeni. E troppi, troppi portoghesi. Si era tirato dietro numerosi quadri, dipingendo ogni deserto, ogni marina, ogni sasso. I mendicanti, sulla lunga strada che portava a Goa, erano raggianti sovrani senza pretese: nessuno correva affamato dietro al pittore, nessuno implorava la morte e tutti, sereni e sorridenti, parevano indicare col dito a Michael la direzione della sua vanità. E la vanità prese la forma, infine, di un giovane gesuita di Lisbona, Agostinho, che aveva nei tratti qualcosa di Jacques Israël Colmar, o di questo si convinse Michael, vinto dalle febbri terzane e malariche che lo lasciavano steso sulla spiaggia a delirare. Agostinho gli fece bere e fumare infusi d'oppio, gli somministrò l'ultima eucaristia, lo abbracciò e, quando Michael ebbe tratto l'ultimo respiro invocando perdono al suo Jacques, lo seppellì.

E rubò tutti i suoi quadri.

2

Usciva traballando poggiato a un bastone il vecchio in gorgiera e velluto che aveva appena fatto visita allo stalliere del Viceré. Non portava più il mantello nero cerato che aveva indossato durante l'epidemia venti e più anni prima, né la maschera a becco ripiena di essenze aromatiche: adesso si permetteva di recarsi in casa dei malati in polpe, pizzilli e broccato, anche perché quella sera era diretto a corte, a teatro.

«Siate beneditto!» urlò alle sue spalle uscendo dal basso lo stalliere. «Vi dedichiamo da oggi stesso una capuzzella speciale!»

Il vecchio voltò appena la testa. Il collo gli scricchiolava e l'arroganza della gioventù gli s'era mutata in artrosi, anche se il cipiglio gli colava ancora dal naso che gli anni gli avevano allungato.

«Una capuzzella nuova per il Dottore!» aveva udito ordinare ancora uscendo dalla piccola corte dove abitava lo stalliere.

Come al solito aveva solo somministrato alla morente una pillola di zucchero rosa. Era così deperita che un piccolo miglioramento s'era subito intravisto. Era fame, quella, niente di curabile. Adesso che la città era ridotta di un terzo dalla Napoli che il dottore aveva conosciuto in gioventù, dopo la grande peste, non era difficile trovare morti di fame invece che di tifo o colera. I napoletani avevano interpretato l'epidemia come una punizione per la rivoluzione di Masaniello, forse perché era arrivata esattamente dieci anni dopo l'assassinio del Generale dei pesci.

Il senso di colpa attanagliava il popolo, anche se il morbo aveva ucciso indifferentemente napoletani e spagnoli portandosi via anche tutti i più grandi pittori del tempo, incluso il piccolo Ribera e la sua famiglia di donne, Juan Do, sua moglie e quasi tutti gli altri allievi della lezione di Caravaggio.

Nessuna cronaca rendeva l'orrore cui si era esposta la città: il panico aveva indotto molti a liberarsi di amici e parenti prima della morte, gettati sui carri che correvano verso fosse e ossari fuori dalle mura, o nei roghi che ardevano su tutte le piazze, fatti di suppellettili, abiti e corpi. I morti erano stati così tanti da venire sversati sottoterra, nei cunicoli, nei pozzi, nelle cave dei cavamonti, negli acquedotti, nelle cripte e nelle discariche. Le alluvioni invernali avevano riportato in strada, in un rigurgito purulento, spoglie di cadaveri rigettandoli per le vie. La paura dei morti aveva di colpo superato la paura dei vivi. Presso gli ossari più frequentati nella zona fuori delle mura chiamata delle Fontanelle, qualcuno aveva iniziato a scegliersi un teschio da curare per devozione, dedicando all'ignoto defunto l'affetto che era mancato nel momento del panico nei confronti di figli, padri o madri abbandonati agonizzanti sui carri. Era a una di queste capuzzelle che si riferiva lo stalliere promettendone la dedica speciale al dottore. Le capuzzelle aiutavano i vivi, se si era buoni con loro, ma, se si mancava di rispetto, uccidevano, punivano, maledicevano. Bisognava circondarle di fiori, lavarle, accendere per loro candele, costruire altarini, regalare trecce e monete.

In fondo, anche il dottore era una capuzzella, una reliquia vivente: si trattavano con la stessa deferenza infatti anche i pochi scampati alla peste. Chi era nato prima del 1656 e aveva potuto invecchiare doveva ritenersi oltremodo fortunato.

Avicente Iguelmano non sapeva affatto perché fosse ancora vivo: forse a causa del tifo di cui stava morendo sulla *Salamanca* che gli aveva procurato difese sconosciute; o piuttosto perché aveva finto di dare aiuto nei lazzaretti ma aveva in realtà pagato i frati di San Martino per nascondersi da loro, sulla collina salubre, dove la peste non arrivava. Nella certosa aveva trovato anche un pittore, il figlio di un fabbricante di spade, Micco, che dipingeva storie per la sacrestia dei certosini, ma in tanti mesi di segregazione volontaria non gli aveva mai rivolto la parola: meglio non frequentare i pittori. I pittori non sono uomini, come le donne, i medici e i soldati. Ci aveva messo quasi quarant'anni a capirlo, ma ecco che adesso i suoi aforismi sulla vita erano completi.

Micco Spadaro era uscito dalla certosa per dipingere la peste che avanzava in città come aveva dipinto, dieci anni prima, anche la rivoluzione che la peste veniva a punire. Iguelmano invece se n'era guardato accuratamente. Aveva continuato a offrire le sue pilloline rosa al priore e ai confratelli, che gli somministravano in cambio ottimi vini del Vomero e prodotti del loro orto, e aveva atteso con pazienza che tutti i morti fossero sepolti e i vivi non potessero morire d'altro se non d'inedia.

Il Viceregno impoverito, indebolito, s'era giovato però di quest'alleggerimento anagrafico: tante teste calde in meno, una lezione di umiltà e religiosità per tutti. Solo allora Iguelmano era uscito allo scoperto vantandosi di aver tenuto in ottima salute i frati della certosa e la sua fama medica era volata ancor più alta. Sopravvivere altri trent'anni accumulando denaro e prebende non era stato complicato: aveva seppellito tutti i suoi guai da tempo, inclusa la moglie molesta e la figlia bastarda. Certo, era morta anche la Señora di Mezzala e i Viceré erano mutati, ma Iguelmano era un nome sommamente rispettato, con un magnifico palazzo in città, in barba a tutti i defunti Eletti del Popolo, inclusa la buonanima di Tonno d'Agnolo. Le mode erano cambiate, gli artisti rinomati pure. Per un po' anche gli esperimenti sulla donna, che aveva proseguito pagando prostitute, gli avevano reso qualcosa: aveva finanche coronato il sogno di stampare un opuscolo dove esponeva le sue teorie balorde sul piacere femminile, subito finito all'Indice, ma diffuso fra gli specialisti, che gli aveva reso una piccola fama presto dimenticata.

Pazienza, visto che anche la grande fama cui aveva aspirato s'era dovuta confrontare con il tempo e le sue giustizie: in pochi anni tutto era cambiato. Un medico francese, Jean-Baptiste Denis, aveva compiuto la prima trasfusione di sangue della storia, da una pecora a un bambino; il Re Sole aveva tolto i maltrattati Paesi Bassi agli spagnoli e regnava nel pieno del suo fulgore; era morto il filosofo Baruch Spinoza e con lui forse anche Dio; un biologo inglese, Robert Hooke, aveva inventato il primo anemometro per misurare la velocità del vento e visto al microscopio i più piccoli corpi dei tessuti viventi assegnando loro anche il nome: cellula; quindi era sorto, a dispetto di Brooke, l'astro fulgente di Isaac Newton. Persino il Viceregno spagnolo a Napoli volgeva quasi al termine: d'improvviso il mondo aveva iniziato ad andare di corsa e Avicente Iguelmano, alla non più fresca età di settanta anni, pur trovandosi ancora nelle grazie dei potenti e avvolto da un'aura di miracolo medico di cui più nessuno, per fortuna, si serviva davvero, aveva iniziato ad avvertire la morsa vicina della morte.

Quell'anno, il 1683, il nuovo Viceré, il marchese del Carpio, era giunto a Napoli in gennaio portando con sé molte buone intenzioni e un nuovo astro musicale dai salotti di Roma dov'era stato ambasciatore, il giovanissimo Alessandro Scarlatti.

Era il 23 dicembre e a Palazzo Reale, due cortili dopo quello dove Iguelmano aveva reso visita allo stalliere, si dava la prima delle opere in programma firmata da Scarlatti, *La Psiche*, con cui si festeggiava anche la recente nascita dell'erede al trono di Spagna, il futuro re Filippo V.

Cantava quella sera un celeberrimo castrato, Giovanni Antonio Grossi, detto Siface, il preferito della colta ma scandalosa regina di Svezia, Cristina, e al suo fianco un'altra voce nota ai teatri del Nord Italia nei panni di Psiche, che si esibiva per la prima volta a Napoli, il Candela. Il Candela era genovese, cantava raramente, era molto bello, e della sua vita privata, a differenza di quella di Siface, si sapeva pochissimo. E tuttavia non era ancora entrato in scena che già la corte intorno ad Avicente mormorava: «Ma chi è? È meglio 'e Matteuccio..» – paragonandolo a un altro cantante, gloria locale, bellezza rara e focosa, cui si attribuivano molte amanti nonostante la castrazione.

Iguelmano fu salutato a destra e a manca, qualcuno gli mormorava dietro, altri nemmeno lo vedevano pur non ignorandone la presenza, come accade alle mummie, a chi ha superato la sua necessità attiva nella vita ma è così ricco e potente che rappresenta lo spazio in cui si siede al di là del valore delle sue stesse ossa.

Gli fu porto da un valletto un piccolo programma dipinto. Sedette con estrema cautela, si allargò con un dito ricurvo la gorgiera, tossicchiò. Poco alla volta furono velate le luci del teatro di Corte. Al suo fianco il rubicondo duca di Ruffano, un suo paziente cannaruto e chiacchierone, ondeggiando sul grosso deretano lo urtò con una delle sue braccia ciccione.

«Dottore! E che bella occasione, eh? Buon Natale, buon Natale!»

Iguelmano aveva chiuso le palpebre come unico cenno di assenso, quindi s'era levato il sipario dipinto a ninfe e naiadi ed era iniziata l'opera. Aveva programmato di farsi un sonnellino: detestava i castrati, gli ricordavano Bella 'Mbriana ma erano privi di ogni mistero. Fossero stati veri ermafroditi, allora... Ma erano semplici evirati e la scienza se li faceva fritti. L'attacco fu scintillante, un po' cervellotico. Siface si mostrò nei panni di Amore strappando applausi. E si era già a buon punto e il sonno già lo cullava come una barca a Posillipo, quando entrò Psiche.

La voce era più acuta, brillante e femminea di quella di qualunque castrato avesse mai udito. E poi aveva un timbro speciale, una sonorità melanconica e addolorata. Gli ricordò sua madre – quanti anni che non le rivolgeva più un pensiero – e anche altre dolcezze, persino il batticuore provato in un giorno tanto lontano al suo arrivo al Castello di Baia. Come gli era parsa bella allora Lisario, e spaventosa e pericolosa, come una terra di conquista, come l'America agli spagnoli. Ora Psiche cantava dell'infelice errore d'aver sollevato il velo che nascondeva Amore: quanto le era costata quella lampada... Ah sì, Iguelmano poteva ben capire perché chiamassero questo castrato il Candela: davvero aveva una voce che faceva luce sulla scena. Il cuore gli batté forte, persino l'ombra di una lacrima gli spuntò da un occhio, e dire che erano almeno vent'anni che non ne versava una. Dovette guardare meglio: in fondo, fino a quel punto s'era accartocciato sulla sedia, come molti suoi coetanei presenti, e aveva chiuso gli occhi per dormire. Il palco era immerso in un roseo chiarore, Siface giganteggiava, panciuto e femmineo, in vesti arcadiche.

Psiche invece era snella, velata d'azzurro, lunghi capelli neri e lisci le scivolavano sulle spalle, le braccia nude. Iguelmano la seguì a lungo – gli s'era proprio abbassata la vista! – sentendo un afflato continuo, persino un trasporto. Non fosse stato così vecchio avrebbe potuto credere che fosse – possibile? – un innamoramento!

«State pallido... Vi sentite bene?» gli chiese sottovoce il conte di Ruffano.

«Bene, bene... È l'età, sapete...»

«Pigliatevi una pinnola delle vostre» mormorò il conte porgendogli una pasticchetta rosea dal portapillole d'argento. Iguelmano riconobbe uno dei suoi inutili preparati, sorrise amaro e per non perdere il cliente si servì.

«Gracias» mormorò e ingoiò lo zucchero.

Intanto l'impressione non mutava: Psiche era – doveva essere – un uomo di circa quarant'anni, questo lo sapeva, lo sapevano tutti, ma con che grazia si muoveva, sembrava perfino abbracciare un cuscino così come un tempo Lisario aveva abbracciato teneramente il suo Gatito. Ogni nota, ogni gesto, ogni espressione pungeva in Iguelmano la corda della gioventù.

Doveva vederlo da vicino, si disse: quest'incanto poteva finire o perdurare, ma doveva conoscere a tutti i costi questo Candela che lo illudeva così perfettamente. L'opera sembrò al vecchio medico infinita e se ne beò come se avesse avuto un assaggio di paradiso.

Al termine il teatro di Corte se ne cadde di applausi: Scarlatti vi avrebbe regnato a lungo dopo quella sera. Iguelmano si alzò dalla sedia smanioso e traballante, traversò quasi indenne le conventicole di parlatori, scansò Ruffano e i suoi amici e si diresse ansioso ai camerini. Incrociò prima il capannello di Scarlatti – un muro umano – poi quello di Siface, circondato di ammiratori e ammiratrici che lanciavano grida ed esplodevano in applausi scomposti. Un autentico fronte di guerra: Iguelmano attese che il Viceré chiamasse a sé il protagonista e il compositore perché la via dei camerini si liberasse. Si fece infine strada verso quello del Candela. Già alcune voci chiamavano il secondo interprete, doveva sbrigarsi. Bussò.

«Chi mi cerca?»

La voce era bassa adesso, quella di un uomo adulto. Iguelmano fu quasi per tornare indietro sui suoi passi. Avrebbe sopportato la delusione? Cosa gli stava combinando la vecchiaia? Infine si decise.

«Perdonate il disturbo...»

Il camerino era semibuio, abiti femminili e maschili, valigie aperte, scarpe e parrucche si ammassavano in disordine. Una rosa poggiata davanti allo specchio, il Candela aveva i capelli avvolti in un turbante. Nella semioscurità Iguelmano fu colpito dal viso così femminile e dagli occhi, azzurrissimi, che spiccavano come lampi.

«Grazie» lo liquidò il Candela, senza aspettare un evidentemente previsto complimento. Andava di fretta. Avicente arrossì.

«Una voce straordinaria...» disse subito per compensare la malagrazia.

«Se non vi dispiace, adesso sono atteso.»

«Oh, cambiatevi pure» disse quieto Iguelmano sperando di vedere... Ma cosa?

Il Candela si voltò seccato: «Vi devo chiedere di lasciarmi signor... signor?».

«Sono il dottor Avicente Iguelmano e mi scuso, ma somigliate così tanto a qualcuno che conoscevo...»

S'interruppe, il volto del Candela era ingiallito.

«*Voi* siete Avicente Iguelmano?»

«Sì. Scusate ma ho creduto di intravedere in voi mia moglie, che è morta tanti anni fa, le somigliate così tanto. Dove siete nato?»

Il Candela si irrigidì, teneva una mano sulla porta, pronto a sbattere fuori l'intruso. «A Genova, signore, e sono stato castrato lì. Sono un protetto della famiglia Doria.»

«Capisco... scusate... gli occhi, la vecchiaia...» mormorò Iguelmano mentre la porta si chiudeva.

Si voltò un'ultima volta, poi si diresse verso lo scalone. Che idiota, che stupido vecchio, si rimproverò. Ma aveva fatto solo pochi passi che si sentì richiamare. Il cantante l'aspettava sulla porta facendogli cenno di entrare. Fece sedere il vecchio e rimase in piedi accanto allo specchio.

«Vostra moglie si chiamava Lisario Morales» esordì il castrato senza preamboli.

Iguelmano increspò i sopraccigli: «Sì... ma come...?».

«E ha avuto una figlia non vostra da un maestro di scena francese.»

Iguelmano si alzò, poi ricadette sulla sedia. Con un filo di voce annuì: «Sì».

«Sono io.»

Iguelmano strappò un fazzoletto dalla manica, sudava nonostante il freddo di dicembre. «Voi? Voi chi?»

«Non credevo foste ancora vivo e non mi aspettavo di incontrarvi qui a Napoli.»

Iguelmano balbettò: «Voi siete...».

«Io sono Teodora.»

Quello era una donna?

«Volete farmi credere che siete una vera donna?»

Il Candela annuì ridendo: «Non avete mai saputo cosa fosse una donna vera e adesso pretendete di insegnarmelo? Io sono proprio quella Teodora che voi avete esposta con sua madre e che avete portato in viaggio su una nave impestata. Ma, mi dispiace, non siamo morte, né io né lei».

Iguelmano si alzò, le braccia protese: «Lisario! Lisario è viva?».

Il Candela sorrise: «No. Né lei né mio padre sono più con noi, per loro fortuna. Non potete più fare loro del male. Ci ritrovammo tutti su un'isola al largo di Trapani».

«Anche il francese...»

«Era vivo. Non che mia madre lo sapesse. Ma abbiamo vissuto felicemente oltre dieci anni insieme su quell'isola e io ho avuto il raro bene di una famiglia integra, nonostante voi. Dispiaciuto? Dovevate aver pagato tanto per vedere mio padre morto, dispiace sempre scoprire un lavoro retribuito e mal fatto, non è vero?»

La voce del Candela era ancora bassa, soffiava toni femminei e minacciosi: sarebbe stata dunque questa la voce di Lisario se avesse mai potuto parlare? Iguelmano scosse la testa e scoppiò a piangere ma le lacrime non gli uscirono, emise solo un rantolo.

«Dopo la loro morte io sono stata adottata dal principe Doria e ho studiato musica. Quindi ho scelto una via nascosta: alle donne non è permesso di cantare e quando ne ho voglia mi fingo uomo. Il Candela è un soprannome, in onore del mestiere di scena di mio padre.» Quindi rivolse lo sguardo azzurrissimo direttamente dentro gli occhi cisposi di Iguelmano, che si sentì passare da parte a parte: «So tutto di voi. Mia madre ha scritto molte pagine che vi riguardano».

A questo punto Iguelmano urlò con voce strozzata: di nuovo il suo segreto era in bilico, di nuovo era alla mercé di qualcuno e, peggio, della figlia di Lisario e dell'odiato francese. Rabbioso, strepitò: «Io vi denuncio! Vi... denuncio!» e si lanciò contro il cantante.

Ma la pillola zuccherosa di Ruffano non era mai servita per curare un attacco di cuore e lo strappo giunse immediato. I soccorsi, arrivati poco dopo, portarono via dai camerini un vecchio che non avrebbe mai più detto una parola. L'ultima immagine che Avicente Iguelmano distinse fu il volto di sua figlia, lo stesso della madre con dentro gli occhi di Jacques Israël Colmar, che fingeva d'essere uomo e castrato fingendosi donna in scena, e le ultime parole che udì furono dette dalla voce melodiosa che Lisario aveva sempre sognato di avere per esibirsi in pubblico.

«È morto?» chiedeva quella voce amorosa senza alcun dolore.

E qualcuno rispondeva, un medicastro giovane di quelli che l'avrebbero sostituito – maledetti! –: «È questione di poco. Portiamolo via».

Al funerale di Avicente Iguelmano vennero i rari, cadenti pazienti sopravvissuti. Tramite il principe Doria fu esibita una carta di famiglia che rendeva Teodora erede delle sostanze di Iguelmano, le furono recapitati a Genova, dove viveva quando non cantava sotto mentite spoglie, denari, mobilia, la proprietà di un palazzo e un quaderno, molto rovinato. Le lettere alla Madonna di sua madre trafugate da Iguelmano tanti anni prima.

Lettere
alla Signora Santissima della Corona delle Sette Spine Immacolata Assunta e Semprevergine Maria

Suavissima,

questa sarà, come credo, la mia ultima lettera.

Tutto è finito. Compiuto, completo, terminato. La malattia avanza, Jacques mi aspetta e io non posso restare ancora qui senza di lui. Ti affido la mia Teodora, che so in buone mani, il Conte, bontà sua, mi ha mostrato il suo diploma di Conservatorio.

Questi ultimi anni sono stati felici, Clementissima, di una felicità che non credevo esistesse al mondo e di questo, lo sai, Ti sono infinitamente grata.

Sposto a fatica la mano verso lo specchio, lo volto piano fino a inquadrare la candela. Lo stoppino arde dentro un bicchiere di vetro svasato, l'olio lampante è opaco e quasi del tutto consumato. Rabbocco piano il bicchiere con un misurino di olio di canapa che diffonde odore di pittura. Lo inalo forte, trattengo con me l'illusione che lui sia ancora qui con me. Jacques, amore mio.

Odore di olio di lino, odore di pittura, odore di sudore, l'odore dei peli dei pennelli. Jacques Israël.

Suavissima, il nome dell'amato è una preghiera.

Ti lascio per Teodora questa scatola di marocchino blu: contiene un anello, un rosario spezzato, un fiore secco.

L'aprirei, come faccio ogni giorno, per verificare lo stato dei resti della mia vita, ma oggi no, oggi è meglio respingere tutto nel buio, lungo il tavolo, e tirare a me solo il quadro, l'ultimo di Jacques.

Sulla tela, la lucertola spaventata e la candela che brucia, quasi identica alla fiamma che arde nel bicchiere, ondeggiano.

Questa sei tu, diceva sempre Jacques. Una lucertola spaventata ma che non indietreggia.

E ora eccomi nello specchio, ecco l'orecchio con il pendente di ametista, la guancia floscia. Come sono invecchiata. Ho però i capelli ancora neri. Insistendo, vedrei i denti che mi mancano. Le mani invece mi sono rimaste giovani, Suavissima, nessuna ruga, solo qualche vena in rilievo, identico il pallore, nessun callo.

Forse perché le ho usate sempre per scrivere a Te.

Uno scarafaggio si è arrampicato fin su questo tavolo, ardimentoso e incerto: non è il tuo territorio, abitatore notturno di pavimenti. Rosso, africano, sbatte elitre esitanti. Resta in bilico sul bordo, poi precipita. Ho solo una camicia da notte indosso: che pena la pancia cadente, la vescica che a ogni passo pretende una piccola perdita, le natiche che ballonzolano ridicole sotto la stoffa. Il pelo dall'inguine non è caduto, si è fatto solo più rado, lanuginoso.

Jacques. Mi tocco le grandi labbra asciutte, porto il dito al naso e sento solo odore di urina. Non mi riconosco più: avevo un altro odore, un tempo. Odore di donna. Odore di Lisario.

Lisario, Lézard, Lizard. Lucertola mia, mi chiamava.

Però ora sono libera di scaracchiare forte e sputare nel pitale. Di scorreggiare. Questi, i piccoli piaceri rimasti, purtroppo niente a confronto della grande felicità che ho conosciuto.

Ecco il letto, Suavissima. Presto verrà la notte e mi porterà urgenti notizie del passato, mi stenderò, sognerò il mio Jacques e, questa volta, non mi sveglierò.

Guarda: lo scarafaggio è salito sulla babbuccia. Lo schiaccio. Fa il rumore di un biscotto. Non mi resta che salutarTi, mia Amata.

Sbuffo forte sulla candela.

Buio. Buio, finalmente.

Lisario e basta

Ringraziamenti

A Paolo, Iole e Laura per aver letto, come sempre. A Pino, per Georges Didi-Huberman. Ad Antonio, per un'indimenticabile telefonata.

Indice

Arnoldo Mondadori Editore S.p.A.

Questo volume è stato stampato
presso ELCOGRAF S.p.A.
Stabilimento - Cles (TN)

Stampato in Italia - Printed in Italy